KB043166

조선에서 펼쳐지는 말괄량이 구출 대작전

트레몬의 모험

트레몬의 모험

발행일	2023년 4월 28일
지은이	로버트 바
옮긴이	남원우
그린이	한백
펴낸이	장재열
펴낸곳	단한권의책
출판등록	제25100-2017-000072호(2012년 9월 14일)
주소	서울시 은평구 서오릉로 20길 10-6
팩스	070-4850-8021
이메일	jjy5342@naver.com
블로그	http://blog.naver.com/only1book
ISBN	979-11-91853-33-9 (03840)

가격	16,700원

이 저작물의 내용을 쓰고자 할 때는 단한권의책의 허락을 받아야 합니다.
이 도서는 Robert Barr(1904), *A Chicago Princess*, New York: Frederick A. Stokes Company Publishers를 번역한 것입니다. 일부 내용은 국내 정서에 맞춰 개작했음을 알려 드립니다.

조선에서 펼쳐지는 말괄량이 구출 대작전

트레몬의 모험

로버트 바 지음 • 남원우 옮김

단한권의책

차례

01
나가사키 백수

내 인생의 한 시기를 돌아보면, 그 정도로 무사태평하게 행복했어야 했다는 사실이 놀랍기만 하다. 이상하게 들릴 수 있지만, 완전한 절망은 행복과 맞닿아 있다. 진흙투성이의 길을 조심스럽게 걷기로 한 사람은 닦은 구두가 더러워질까 봐 걱정하거나, 쏟아지기 시작한 비를 피하기 위해 코트 깃을 세우며 피신처를 간절히 찾는다. 하지만 무심코 물웅덩이에 발을 디뎠다가 구정물에 흠뻑 젖게 되면, 그 후로는 더 이상 걱정이 없어진다. 날씨가 가할 수 있는 그 어떤 것도 더 이상 그를 불안하게 만들지 않기 때문에, 한 줄기의 행복이 그의 시야를 밝히게 된다. 그는 한계에 도달했고, 운명도 더 할 것이 없다. 그래서 거기에는 궁극에 도달한 행복이 있다. 그런 아름다운 날들이 나와 함께였다. 나는 이미 궁극에 달해 있었다.

나는 나가사키 판잣집 동네에서도 제일 싸구려 집에 살고 있었다. 쌀 한 봉다리 외에는 아무것도 가진 것이 없었다. 사람이 숨을 쉬고 몸과 뇌를 움직이기 위해 얼마나 적은 양의 식량이면 되는지 나는 그때 알았다. 맘씨 좋은 집주인이 근근이 끼니를 때울 수 있게 해 주기는 했지만, 그도 이제는 내가 빚을 못 갚을지 모른다는 의구심을 갖기 시작했다. 천성이 푸근한 주인이 빚 독촉을 하지는 않았어도 그의 작고 순한 눈에는 불안과 근심이 그렁그렁 차 있었다.

부를 누리다가 나처럼 빈털터리가 된 사람들은 자신의 초라한 꼴을 세상이 모두 비웃는다고 생각한다. 그러나 세상 사람들은 그들의 거지꼴을 알지도 못하거니와 신경을 쓰지도 않는다. 자격지심에 빠져 자신만이 그렇게 느낄 뿐이다. 모든 병은 내 마음속에 있다고 한 크리스천 사이언스 교도들의 믿음과 같다고나 할까. 착한 집주인의 눈에 그렁그렁했던 불안과 근심도 양심의 가책 때문에 내게만 보였을지 모른다. 그의 마음이 아니라 내 가슴속의 근심이 그의 눈을 통해 나타났으리라.

마음이 순수하고 감성이 풍부한 문학소녀가 내가 있는 언덕 꼭대기 판잣집 베란다에 앉았다면 그 소녀는 눈앞에 펼쳐진 호화로운 풍경에 고요와 평화를 노래했을 것이다. 그러나 인생이 무거운 내게는 그것이 무척이나 울적하고 답답한 그림이었다. 한때는 나도 그 그림이 좋았다. 숨 가쁜 언덕을 오르면서도 발아래 펼쳐진 마을 풍경을 즐겼고, 그 너머 장대한 나가사키만을 감상했다.

나가사키 쪽빛 해안에는 언제나 점점이 수많은 선박들이 박혀 있었다. 주변을 압도하는 웅장한 군함, 첩첩이 무언가를 가득 실은 거대한 화물선이 있는가 하면 꼬물꼬물 자식 같은 고깃배와 돛배들도 있었다. 나가사키항의 풍경은 정물화가 아니라 큰 화면에 펼쳐지는 한 편의 영화였다. 활기가 넘쳤고 변화무쌍한 생동감을 보였다. 그러나 나는 그 생동감에 동참하지 못했다. 내게 그것은 단지 시끄러운 바다일 뿐이었다. 한 끼 식사와 하룻밤 방값을 벌기 위해 그때 난 수개월째 막노동판을 전전하고 있었다.

안 가 본 곳이 없을 정도로 나는 세상 곳곳을 섭렵하고 다녔다. 프랑스 북부 항구도시 불로뉴에 간 적이 있다. 내 유람선을 몰고 미국으로 떠나기 전 불로뉴에서 하루를 보냈다. 그곳에서 있었던 재밌는 일이 떠오른다. 갑자기 왜 그 생각이 나는지 모르겠다. 그 작은 도시에 궤도를 달리는 전차가 있었다. "Le Dernier Sou"라는 불어 라벨이 붙은 전차였다. 나는 그것을 "마지막 한 닢"이라고 해석했다. 전차를 타 보지는 않았지만, 불로뉴 교외 어딘가에 "마지막 한 닢"이라는 동네가 있을 것이라고 상상했다. 그런 추억을 떠올리며 내 처지를 돌아보니 어이없는 웃음이 난다. 지금 나는 프랑스가 아니라 일본에 있다. 불로뉴의 전차는 타 본 적도 없는데 "Le Dernier Sou"에 다다라 있다.

그날 아침에는 일을 구하러 항구로 내려가지 않았다. 내가 가진 마지막 한 닢을 믿고 하루 일을 포기했다. 지금까지 일꾼을 필요로 하는 나가사키항의 모든 고용주들을 수도 없이 찾아다녔다. 과거의 경력을 모두 포기하고 막노동 현장에서 막노동 임금을 받는 막노동꾼이 되기를 자처했다. 구직의 결과는 번번이 실패였다. 젊은 시절부터 나는 화이트칼라 교육만을 받아 왔다. 그것은 오랜 세월에 걸쳐 내 몸속에 뱄다. 블루칼라가 되기 위해 떨쳐 내려 애썼지만, 나는 어쩔 수 없는 화이트칼라였다. 일용직 막노동 현장에서는 나를 받아 주지 않았다.

돌이켜 보면, 당시 나는 의기소침할 모든 조건을 갖추고 있었다. 그러나 의기소침하지 않았다. 어떻게 그럴 수 있었을까? 방황의 끝에서 방랑의 쾌락을 터득한 것일까? 핍박과 설움 속에서도 꿋꿋이 얻어먹고 살 수 있는 비렁뱅이 배짱이 생긴 것일까? 그때 내가 결여와 궁핍 속에서도 행복을 느낄 수 있었던 건 다가올 행운의 예감을 믿었기 때문이었다.

"갑작스럽거나 뜻밖의 일이라도 세상의 모든 일들은 그것이 실제로 일어나기 전에 미묘하고 우회적인 방법으로 일의 발생을 암시하는 사전 흔적을 남긴다. 예지력이 있는 사람들은 그러한 암시를 감지할 수 있고 그 결과, 미래를 예견할 수 있다." 신비론자들이 하는 말이다. 이것이 사실이라면, 우리의 미래는 개인의 미세감각 능력에 의해 예지될 수 있을 것이다.

배들이 쉴 새 없이 나가사키만을 오갔다. 뜬금없이 이런 생각이 들었다. '내가 몰라서 그렇지, 분명 저 중에는 나를 찾아온 배가 있어. 친구들이 여유롭게 갑판을 거닐고 있겠지. 어떤 친구는 갑판의자에 앉아서 언덕 꼭대기 우리 동네 판잣집 베란다들을 하나하나 살피고 있을 거야. 내가 몰라서 그렇지, 내 배가 저기에 와 있어.'

싸구려 대나무의자에 깊숙이 몸을 묻었다. 최고로 편안하게, 최대한 게으르게 누운 자세로 언덕 아래를 내려다보았다. 늘 그렇듯이 시내와 항구, 푸르고 광활한 망망대해가 눈에 들어왔다. 그때, 평소와는 달리 무언가가 인디고 물결 저쪽 끄트머리에서 넘실거리며 나타났다. 처음 보는 배였다. 선체의 눈부신 흰색이 남색 바다와 선명한 대조를 이루었다. 배가 한

점씩 커지며 항구를 향해 천천히, 우아하게 다가왔다. 어마어마하게 큰 요트였다. 흰 돛을 양쪽으로 한껏 펼친 요트가 해안에 다다랐다. 나를 향해 날갯짓하는 백조 같았다. 근거 없는 행운의 예감이 들었다. '고생 끝 행복 시작을 알리는 백조가 왔어. 올리브 가지를 물고 행운을 전하러 백조가 내게 왔어.'

백조를 찬찬히 뜯어보았다. 현란한 햇살을 방사하는 순백의 몸체가 눈부셨다. 처음에는 돛단배인 줄 알았다. 때마침 불어온 순풍을 타고 나가사키항에 나타난 커다란 돛단배라고 생각했다. 화려한 돛을 달기는 했지만, 그것은 돛단배가 아니라 증기선이었다. 엄청난 크기에도 불구하고 깔끔한 외양에 화려한 장식들을 달고 있었다. 이 부근에서는 좀처럼 보기 힘든 증기 유람선이었다. 저것이 진정 유람선이라면 선박 주인은 엄청난 재벌일 것이 분명했다. 요트의 가격은 상상조차 되지 않았다. 유지와 관리만으로도 천문학적인 금액이 필요할 것으로 보였다.

여러 선박들이 모여 있는 곳까지 요트가 들어왔다. 목적지에 다다른 요트가 동력을 끄고 관성으로 움직였다. 잠시 후 닻이 바닷속으로 던져졌다. 집중을 해서인지 드르륵 체인 풀리는 소리가 내게까지 들렸다. 찌릿한 전율을 느끼며 내가 벌떡 일어났다. 선미에서 나부끼는 깃발, 분명 성조기였다. 유람선에서 홀날리는 미국 국기를 보고 내가 그렇게 반가워할 이유는 그다지 없었다. 그 나라에서 나는 모든 재산을 약탈당하는 수난을 겪었다. 그러나 대서양을 사이에 두고 멀리 떨어져 있기는 하지만 영국인들이 미국에 대해 가지는 정서는 다른 나라와 조금 다른 면이 있다. 그건 미국인에게 재산을 빼앗긴 내 개인적인 감정과는 별개의 것이었다. 동일 혈통의 유대감이나 동일 언어의 친근감 같은 것이 두 나라 사이에는 존재했다. 사회문화적으로나 언어적으로 미국을 가장 잘 아는 나라는 영국이다. 그래서였을까, 유니언 잭만큼이나 원색이 현란한 성조기를 보자마자 나는 모든 게으름을 떨치고 자리에서 일어났다. 크고 흰 물새가 나가사키 푸른 바다 위에 편안하게 자리를 잡았다. 조무래기 범선들이 먹이 찾는 새끼 새들처럼 물새 주변으로 빠르게 몰려들었다.

항구를 바라보며 이런저런 생각에 잠기던 중 뒤에서 인기척이 느껴졌다. 몸을 돌려 뒤를 확인했다. 겸손과 공손을 겸비한 집주인 얀산이 서 있었다. 용무가 있어서 왔지만, 차마 나를 부르지 못하고 내가 돌아볼 때까지 기다렸다. 어떻게 하면 나를 방해하지 않고 용건을 전달할 수 있을까 고민하는 중이었다. 눈이 마주쳤다. 얀산이 두 손을 모으고 90도로 인사했다. 넓은 옷소매 안에는 둘둘 말린 종이 뭉치가 들어 있었다.

미루고 미뤄 왔던 내 방값과 밥값 청구서가 분명했다. 나는 일본어를 읽고 쓰고 말할 수 있었다. 일본어로 자유롭게 대화할 수 있는 내게 얀산은 다른 이방인들과 달리 특별한 존경심을 보였다.

"얀산씨!"

청구서에 아랑곳하지 않고 내가 그의 이름을 반갑게 불렀다.

"안 그래도 지금 얀산씨 생각을 하고 있었어요. 제 숙식비 계산서를 서둘러 주셨으면 해서요. 자꾸 미루다 보면 계산이 잘못될 수도 있으니까요."

감사의 표시인지 얀산이 허리를 굽혀 세 번 인사했다. 인사를 할 때마다 굽어지는 허리 각도가 점점 커졌다. 소매에 들어 있는 청구서 더미가 내 눈에 띄지 않게 하려고 애썼다. 얀산은 영리하고 빈틈없는 사람이었다. 청구서는 오래전부터 꼼꼼하게 작성됐을 것이었다.

"예, 선생님. 몇 푼 되지도 않는 금액을 가지고 성가시게 해드려 죄송합니다. 그렇게 말씀하시니 당장 물러가서 청구서를 준비해 오겠습니다."

"아, 아니. 그러지 마시고요, 얀산씨." 돌아서려는 그를 말리면서 내가 웃으며 말했다. "소매 안에 있는 거 그냥 주세요."

주름진 얼굴이 민망한 웃음으로 찌그러졌다. 얀산이 무릎을 꿇고 소매에서 청구서를 꺼내 두 손으로 내밀었다. 갚아야 할 빚 명세가 일본어로 빼곡히 적혀 있었다. 내 수중에는 돈이 없었다. 시간이 필요했다. 빚더미 항목에 트집을 잡아 지연 작전을 펼쳤다.

"미안하지만 안산씨, 제가 이곳에 온 넷째 날, 여기 적혀 있듯이 안산씨가 제게 점심을 차려 주었지요. 그런데 아시다시피 그날 저는 시내에서 시 공무원과 점심식사를 했어요."

안산이 장부를 들여다보았다. 또다시 머리를 깊이 숙여 세 번의 절을 했다. 실수였다고 사과했다. 즉시 바로 잡겠다며 일어섰다.

"그렇게 서두르실 필요는 없어요. 그 한 끼 식사가 얼마인지는 신경 쓰지 않아요. 일을 정확히 하자는 거니까 편하게 생각하세요."

연거푸 고맙다고 했지만, 내가 지불을 하지 않고 시간을 끄는 걸 불안해하는 눈치였다. 어떻게든 빨리 돈을 받아 내야겠다는 조바심과 끝까지 예의를 지키려는 순한 천성이 갈등을 빚고 있었다. 세상 모든 빚쟁이가 공통으로 쓰는 상투적인 카드를 그가 꺼내 들었다.

"선생님, 아시다시피 저는 가난한 촌부입니다. 다음 주에는 제 채권자들에게 많은 돈을 갚아야 합니다. 그 돈을 갚지 못하면 그들이 저를 감옥에 보내 버릴 겁니다."

'다음 주'라는 말에 귀가 솔깃했다. 배들이 북적이는 바다 쪽을 가리키며 내가 큰 소리로 말했다.

"다음 주요? 아무 걱정 마세요. 저기 파란 바다 위에 떠 있는 하얀색 큰 배 보이지요? 저한테 온 배예요. 내일이면 빚을 다 갚을 수 있어요."

눈이 달만 해진 그가 내 손이 가리키는 쪽을 유심히 바라보았다.

"아, 저거, 영국 배네요."

"아뇨, 미국 뱁니다."

"전함인가요?"

"그냥 개인 요트예요. 군함이 아니에요."

"저 배 주인이 그 나라 왕인가요?"

"그렇지 않아요. 왕은 왕인데 나라 왕은 아니고 미국에 있는 돈 많은 여러 왕들 중 하나예요. 철강 왕, 석유 왕, 철도 왕 같은…."

"에이, 놀리지 마세요. 한 나라에 어떻게 왕이 여러 명 있어요. 나라님은 딱 한 분뿐이에요." 그가 반박했다.

"일본처럼 작은 나라에서는 그렇지요. 미국은 일본을 열 개 합쳐 놓은 것보다 더 큰 나라예요. 여기저기에 왕들이 많이 있어요. 저 배의 주인도 그런 왕들 중 하나구요."

"왕들끼리 많이 싸우기도 하겠네요."

"그래요. 일본에서는 상상조차 할 수 없을 정도로 심하게 싸우지요. 그런데 싸우는 방법이 여기와는 아주 달라요. 저도 그런 싸움에 말려들었다가 큰 상처를 입었어요. 저 배에서 펄럭이는 깃발에도 사실은 제 돈이 묻어 있어요. 제 수중에 있었던 수백만 엔의 돈이 저 배에 보관돼 있는 셈이지요."

엄청난 재산 얘기에 얀산이 충격을 받았다. 두 손을 머리에 얹으며 그가 소리쳤다.

"저 배는 선생님의 보물선인 거네요."

"그런 셈이지요. 얼른 배로 가서 돈을 챙겨야 합니다. 식사 준비를 해 주세요. 보물선 선장을 만나러 가야 되니까요."

02

일자리를 얻다

안산이 준비해 준 식사를 급히 먹고 시내로 내려갔다. 항구 세관에 들러 미국 선박에 대해 알아보았다. 뉴욕시 소속의 '미시간'이라는 증기선이었다. 시카고의 실라스 K. 헴스터가 선주였다. 배 주인은 항구에 상륙하지 않았다. 그를 만나려면 내가 배로 가야 했다. 배와 배 사이를 오가는 작은 삼판 한 척을 불렀다. 잘 아는 소년 사공이 운영하는 삼판이었다. 그에게도 나는 상당한 빚을 졌다. 그래도 소년은 꾸준히 나를 도왔다. 언젠가는 내게 큰돈이 생겨 빚을 한꺼번에 갚아 줄 거라고 굳게 믿었던 소년은 내 청을 한 번도 거절한 적이 없었다. 내가 부자가 되기를 바라는 마음은 나보다 소년이 더 컸다.

삼판을 타고 미시간호로 갔다. 선체 중앙에 밧줄 사다리가 걸려 있었다. 선원복을 입은 남자가 세상 편한 자세로 갑판 레일에 기대서서 담배를 씹으며 나가사키만에 침을 찍찍 뿌렸다. 나가사키를 바라보면서 시카고에 비해 형편없이 작은 도시라는 생각을 할 거라고 추측했다. 밧줄 사다리를 타고 갑판을 향해 올라갔다. 아무도 나를 제지하지 않았다. 완전한 무관심에 안도보다는 무시를 느꼈다. 갑판에 올라 선원에게 다가갔다. 햄스터씨가 배에 있는지 물었다. 그가 고갯짓으로 배 뒤쪽을 가리켰다.

"저분이요."

배꼬리 쪽을 돌아보았다. 푹신한 등나무의자에 등을 기대고 두 발을 난간에 걸친 채 한 남자가 앉아 있었다. 난간은 티끌 하나 없이 깨끗했다. 남자는 밝은색 여름 가운을 걸치고 챙이 넓은 모자를 썼는데 앞 챙이 너덜너덜 축 늘어졌다. 나가사키시에 등을 돌리고 바다를 향해 앉은 모습이 이 항구에 아무런 관심도 없는 것처럼 보였다. 입에는 불붙지 않은 시가가 물려 있었다. 입술을 이용해 그가 시가를 빙글빙글 돌렸다. 나중에 안 사실이지만, 그는 담배를 피우지 않았다. 단 한 번도 시가에 불을 댕긴 적이 없었다. 입술로 시가를 돌리는 것이 그의 취미였다. 시가는 공전과 자전을 자유롭게 반복했다. 끄트머리가 작은 원을 그리며 회전하면서 시가 자체도 빙빙 돌아갔다. 공전과 자전을 만들어 내기 위해 그의 입술은 희한한 모양으로 끊임없이 움직였다. 시가는 최고급품이었다. 불붙지 않은 시가는 입에 오래 머물지 않았다. 시가의 입술 쪽 부분이 축축해질 때쯤이면 미련 없이 버리고 새것을 집어 들었다. 마른 시가에서 어떤 만족을 느끼는 것일까? 이해할 수 없었다.

남자는 갸름한 얼굴에 예리하고 빈틈없는 전형적인 미국 사업가의 인상을 가졌다. 콧수염이나 구레나룻은 없었지만, 턱 밑에 한 줌의 수염이 달려 염소를 연상하게 했다. 내가 다가가자 눈동자가 내 쪽으로 쏠렸다. 몸은 미동도 하지 않았다. 고개도 꼼짝하지 않았다. 첫마디를 어떻게 꺼내야 할지 고민되었다. 특별한 생각이 떠오르지 않아 지극히 평범하게 말을 건넸다.

"헴스터씨라고 들었습니다."

"그래요?" 시가를 입에 문 채 그가 꼬리를 늘이며 천천히 말했다. 시가의 공전과 자전이 멈췄다. "이 저주받은 땅에서 그나마 믿을 만한 얘기를 들었으니 하늘에 감사하셔야겠소."

뜻밖의 농담이 내 긴장을 풀어 주었다. 내가 그의 말을 받았다.

"동방 사람들은 그다지 믿을 만하지 못합니다. 저는 그들을 잘 압니다."

"오호 그래요? 잘 안다고?"

"대부분의 미국인이나 유럽인은 아시아 사람들을 저만큼 제대로 알지 못합니다."

"그렇지 않아요. 많은 미국인이 그들을 잘 알아요. 그 사람들은 모두 거짓말쟁이에요. 거짓말쟁이에 게으름뱅이. 그게 그들의 모습이지요."

나는 일자리를 찾기 위해 그를 찾아갔지, 토론을 하려고 간 것이 아니었다. 그와 의견 대립을 할 이유가 없었다. 더구나 자신의 주장에 대한 그의 단호한 어투는 내게 반박의 여지를 주지 않았다. 그는 자부심이 매우 강한 사람으로 보였다. 말투에 자신감이 철철 넘쳤다. 예전에도 나는 그런 부류의 사람을 만난 적이 있었지만, 썩 좋은 인연이 되지는 못했다.

"그건 그렇고, 나를 찾아온 용건이 무엇이오?" 그가 단도직입적으로 물었다.

"일자리를 구하러 왔습니다." 나도 단도직입적으로 대답했다.

"어느 쪽이신가?"

"예?"

"뭘 잘하느냔 말이오."

"뭐든 다 할 수 있습니다. 선장으로 배를 통솔할 수도 있고, 평선원으로 일을 할 수도 있습니다."

"이봐요 젊은이, 그건 설득력이 없는 얘기요. 초라한 상품 소개지. 자신을 팔아먹을 줄 모르는군. 뭐든 다 할 수 있다는 건 아무것도 할 수 없다는 것과 마찬가지요. 미국은 전문가의 나라요. 직원을 채용할 때 나는 오직 한 가지 일만 할 사람을 찾아요. 단, 그 일만큼은 어느 누구보다도 잘할 수 있는 사람." 그가 훈계하듯 말했다.

"제 생각은 다릅니다." 머리보다 입에서 먼저 말이 튀어나왔다.

"처음으로 돌아갑시다." 그가 내 말을 잘랐다. "지금 우리 배의 선장은 아무 문제없이 배를 잘 통솔하고 있소. 선원들도 모두 그가 고용해서 지시를 잘 따르고 있고. 이런 상황에서 젊은이가 우리에게 무슨 도움을 줄 수 있다고 생각하오?"

"기관사 일도 할 수 있습니다. 현재의 기관사가 선장만큼 만족스럽지 않으시다면 제가 그 일을 대신할 수 있습니다. 그게 아니면 화부 일이라도 할 용의가 있습니다. 바라는 일은 아닙니다만."

"현재 기관사는 스코틀랜드 글래스고 항구 출신이오." 그가 스코틀랜드를 강조하며 말했다. "스코틀랜드 출신 기관사들은 어디에 내놔도 손색이 없는 이 분야 최고의 실력자들이라고 믿고 있소. 화부도 능숙하고 성실한 사람이오. 어느 누가 오더라도 그 사람과 바꿀 생각은 추호도 없소."

기대와 희망이 무너져 내리는 순간이었다. 배 아래에서 나를 기다리고 있는 삼판 소년과 집에서 내 돈뭉치를 고대하고 있을 얀산이 떠올랐다. 근심과 불안이 몰려왔다. 돈을 받기 위해 그들은 또다시 기약 없는 시간을 기다려야 할 판이었다. 이 배는 내 배가 아니라는 사실이 명백해져 가고 있었다.

"그렇군요. 저로서는 아쉽지만 모든 것이 잘 갖추어져 있다니 다행입니다. 소개서 한 장 없이 불쑥 찾아온 저를 기꺼이 맞아 주시고 오랜 시간을 내주신 데 대해 감사드립니다. 작별 인사를 드려야겠습니다. 좋은 하루 보내십시오."

내가 갑판 사다리 쪽으로 몸을 돌렸다. 지금까지와 달리 노신사가 상기된 목소리로 내게 말했다.

"잠깐 있어 보게, 젊은이. 그렇게 서두를 것까지야 있나. 만난 김에 몇 마디 더 해 봅시다. 혹시 누가 아나, 그러다 우리가 좋은 관계를 맺게 될는지. 이 요트에는 식당도 있고 주방도 있고, 일할 수 있는 곳이 많아요. 저기 의자를 가져와서 여기 좀 앉아 보시오."

내가 의자를 당겨 와 마주 앉았다. 물고 있던 시가를 배 밖으로 던지고 그가 새것을 꺼내 물었다. 시가 박스를 내게 밀며 그가 물었다.

"담배 피우시오?"

"감사합니다." 한 개비를 뽑으며 내가 답했다.

"성냥은 가지고 있소? 나는 불이 필요 없어서…."

"저도 불이 없습니다."

그가 옆에 있는 버튼을 눌렀다. 마법의 호리병에서 나온 것처럼 소년 사환이 순식간에 나타났다.

"성냥 한 통하고 샴페인 한 병 가져와."

사환이 내 팔꿈치 밑에 등나무 테이블을 후다닥 가져다 놓았다. 잠시 사라지는가 싶더니 샴페인과 성냥을 들고 번개처럼 그가 다시 나타났다. 순간 내 눈을 의심했다. 빈티지 78! 사실이라고 믿기에는 너무나 좋은 샴페인이 테이블 위에 놓였다.

"샌드위치 한 조각 하겠소? 너무 이른가?"

"조금 있는 것이 좋겠습니다." 사양하지 않았다. 얀산의 초라한 밥상이 떠올랐다.

상아색 망사 레이스로 치장된 고급 도자기 접시에 가지런히 놓인 치킨샌드위치가 테이블에 올라왔다. 일본에 온 후에 한 번도 먹어 보지 못한 음식이었다. 먹어 보기는커녕 구경조

차 한 적이 없었다.

"시작해 볼까?" 사환이 사라지자 그가 말했다. "젊은이는 완전 바닥 생활을 하고 있구먼. 척 보면 알지."

"무슨 말씀이신지?"

"어쩌다 그렇게 됐소? 미국에도 살았던 것 같은데. 미국 말을 못하는 것도 아니고."

"미국에도 살았고 말도 잘합니다."

"그런데 왜 여기서 그렇게 살고 있소? 술 때문에? 아니면 도박?"

그건 그렇고 세상에나, 샴페인 맛이 어떻게 이럴 수가 있나. 순수하고 담백하고 상쾌한 맛에 어이가 없어 웃음이 저절로 나왔다.

"여기까지 오게 된 게 차라리 술 때문이었다고 얘기할 수 있으면 좋겠습니다. 이 샴페인 정도면 술이 사람을 홀릴 수도 있겠다는 생각이 듭니다. 그런데 안타깝게도 저는 이런 술에 빠져 본 적이 별로 없습니다. 도박은 더욱 아닙니다. 제가 어떻게 여기까지 왔는지는 선생님께 그다지 흥미로운 일이 아닐 듯싶습니다."

"남의 일에 상관 말라는 영국식 표현이라고 이해하겠소. 한 가지 확실히 해야 할 것이 있소. 젊은이는 직업을 구하기 위해 나를 찾아왔고, 내가 일자리를 줄지 말지는 젊은이에 대해 다 알고 난 후에 결정할 수 있소. 선장도 할 수 있고 기관사도 할 수 있다고 했는데, 그런 능력과 자신감은 어디서 생긴 것이오?"

"얼마 전까지 저는 제 소유의 배가 있었습니다. 선장과 기관사 일을 제가 직접 했습니다. 배에 관한 모든 것을 잘 알고 있습니다."

"그게 일자리를 얻는 데 도움이 될지 방해가 될지 좀 더 얘기해 봅시다. 젊은이가 선장으로서 배를 좌초시켰거나 기관사로서 엔진을 못 쓰게 만들었다면 그 경험은 일절 도움이 될 수 없겠지."

"그렇지 않습니다. 사정이 생겨 뉴욕에서 배를 팔았습니다."

"얼마짜리 배였는지 물어도 되겠소?"

"선생님께는 50만이라고 해야 맞을 것 같습니다."

"내게는 50만이라니? 실제로는 얼마고?"

"실제로는 10만입니다."

"아하, 달러와 파운드의 차이를 말하는군. 영국인일 거라고 짐작하고 있었소. 교육은 많이 받으셨나?"

"필요한 만큼은 받았습니다. 이튼 스쿨과 옥스퍼드 대학을 나왔습니다."

자부심을 가지고 대답했지만, 기대와 달리 이튼과 옥스퍼드는 그에게 아무런 영향을 미치지 못했다. 반면에 빈속에 들어간 샴페인은 내게 슬슬 영향을 미치기 시작했다.

"이봐요, 젊은 친구. 증언대에서 남의 말 하듯 찔끔찔끔 묻는 말에만 답하지 말고 시원하게 자신을 털어놔 보시오." 심문하듯 그가 말했다.

"옥스퍼드를 졸업한 후 학교 덕을 좀 봤습니다. 소위 후광이라고 할 수 있겠지요."

"나는 그런 걸 연줄이라고 하오. 아무튼 그래서 학교 덕분에 어디로 갔다는 얘기신가?"

"장관 비서로 갔습니다. 외교부 장관 비서로 일했는데 나중에 그분이 저를 외국 공관으로 보내셨습니다. 그때부터 북경과 이곳 일본에서 외교관으로 있으면서 여러 동방국을 돌아다녔습니다."

샴페인을 한 잔 더 따랐다. 잔을 눈높이까지 들어 올려 스파클이 올라오는 청량감을 즐겼다. 술기운 덕분에 고무된 목소리로 내가 말을 이었다.

"저는 일본어를 능숙하게 읽고 쓰고 말할 수 있습니다. 중국어도 대충은 하고 다른 동양 국가들의 언어도 조금씩 할 수

있습니다. 제 친척이 갑자기 돌아가시면서 아까 말씀드렸던 10만 파운드를 불행히도 제게 남겨 주시기 전까지 저는 명예도 얻고 출세도 한 꽤 잘나가는 젊은이였습니다."

"'불행히도'라고? 사업적으로 머리를 잘 썼으면 그걸 100만 파운드로 만들 수도 있었을 텐데."

"저도 그러려고 했습니다. 그렇게 할 수 있을 거라고 생각했습니다. 그 돈으로 저는 사우샘프턴에서 배를 한 척 사 뉴욕으로 떠났습니다. 얘기가 장황해지는 것 같습니다. 핵심만 말씀드리지요. 뉴욕에서 돈 많은 미국인을 만났는데 그의 유혹에 빠져 낚시와 사냥으로 두 달을 캐나다에서 보냈습니다. 그때 모든 걸 날렸습니다. 캐나다 생활의 대가로 그가 제 요트를 헐값에 가져갔습니다. 광고 문구처럼 '주인에게는 더 이상 쓸모없는 물건'이라고 하면서요."

홀짝홀짝 마셔댄 샴페인 때문인지 그때의 사건들이 오랜 추억 속의 일들처럼 느껴졌다. 억울했던 감정도 희석돼 별로 대단한 일도 아니었던 것으로 생각되었다. 보트 약탈사건을 이야기하면서도 입가에는 연신 웃음이 흘렀다. 내 돈을 몽땅 털어 간 미국 친구는 사기꾼이 분명했지만, 내가 마신 빈티지 78은 그의 협잡을 재치와 총명으로 바꾸어 놓고 있었다. 샴페인의 위력을 아는지 모르는지 헴스터씨는 대화 내내 나를 뚫어져라 바라보았다. 그의 시가가 움직임을 멈췄다.

"뉴욕은 지리적으로 시카고보다 훨씬 유리한 위치에 있소. 유럽에서 돈 싸 들고 넘어오는 멍청이들을 뉴욕 사람들이 절대로 서쪽으로 보내지 않지. 돈 많은 영국인들의 주머니를 털어 낼 첫 번째 기회를 뉴요커들이 가지고 있는 거요. 영국 배들이 시카고까지 들어올 수 있게 운하가 뚫리지 않는 한 시카고 사람들은 영국인들의 지갑을 털 기회를 얻지 못할 거요. 두 달 만에 다 털렸다고? 꽤 오래 버텼군. 유럽 멍청이들이 뉴욕에서 겪는 통과의례지요. 배를 헐값에 넘기고 난 다음에는 어떻게 했소?"

"남은 돈을 챙겨서 좀 전에 말씀하신 서쪽으로 갔습니다."

"시카고로?"

"예."

"시카고 사람들 봉 잡았네. 뉴욕에서 멋지게 한탕 당하고 간 곳이 시카고라고? 내가 처음 시카고에 갔을 때는 차라리 뉴욕이 낫다고 생각했었소."

"시카고에 머물렀다는 얘기는 아닙니다. 여러 도시들을 거쳐서 샌프란시스코로 갔습니다. 그곳에서 일본으로 오는 정기선을 탔습니다. 동양 국가들에 관한 제 지식과 언어능력이 이곳 생활을 하는 데 큰 힘이 될 거라고 생각했습니다. 그런데 아무 일도 찾을 수 없었습니다. 패잔병처럼 수치스럽게 영국으로 돌아갈 수도 없었습니다. 외교관으로 복귀하려고 힘을 써 보기도 했지만, 제가 아는 공관 인맥은 모두 일본을 떠난 후여서 아무 도움도 받을 수 없었습니다. 처음에는 이곳에서 아주 호화로운 생활을 했습니다. 귀족의 이미지로 상류사회에 발을 들여 고급 인맥을 만들기 위해서였습니다. 그런데 모든 것이 수포가 되고 알량한 현금마저 바닥이 났습니다. 정신을 차리고 긴축 생활에 들어갔지만, 때는 이미 늦었습니다. 그때부터 달동네에 살면서 폼나는 고위직을 포기하고 닥치는 대로 막노동을 찾아다니는 신세가 되었습니다. 오늘은 일이 없어서 달동네 언덕 베란다에서 바다를 내려다보다가 크고 흰 날개를 가진 백조가 들어오는 걸 봤습니다. 눈이 번쩍 뜨였습니다. 저거다 싶었습니다. 서둘러 항구로 내려와 삼판을 불러 타고 무작정 요트에 올랐습니다. 덕분에 최고급 샴페인과 안주를 앞에 놓고 선생님과 대화를 하게 되었습니다. 1막의 줄거리는 여기까지입니다."

내가 샴페인 한 잔을 더 따랐다. 그가 깊은 생각에 빠졌다. 입에 문 시가가 어느 때보다 빠르게 돌아갔다. 그가 다시 입을 열었다.

"이름이 무엇이오?"

"루퍼트 트레몬입니다."

"다른 칭호가 있소?"

"직함 같은 거 말씀이신가요? 없습니다. 그냥 트레몬입니다."

"영국의 가족이나 친지 중에 작위를 가진 사람이 있는지 물어도 되겠소?"

"트레몬 영주가 제 사촌입니다. 작위를 가진 친척들이 여기저기 있습니다만, 그들을 저와 결부시키는 건 조심스럽습니다. 친척들은 제가 어디에 있는지 모릅니다. 더구나 지금은 제가 완전히 빈털터리가 되었기 때문에 다시 관계를 맺기가 거북합니다. 저 같은 꼬락서니의 친척을 찾는 광고는 한 번도 본 적이 없습니다."

"외교부인가 뭔가 하는 장관의 비서를 했다고 했소? 그러면 날 위해 할 일이 있을 법도 한데. 개인 비서가 필요하다는 생각을 하던 참이었소. 젊은이라면 할 수 있을 것도 같은데."

환상의 샴페인 덕분인지, 럭셔리 샌드위치 덕분인지, 비렁뱅이 생활을 면할 수도 있겠다는 기대 때문인지, 그게 다 합쳐져서인지, 모자를 하늘 높이 던져 올리고 바다를 향해 포효하고 싶은 충동을 느꼈다. 모든 것이 결정된 듯 내가 말했다.

"화부라도 하겠다는 사람이 비서직을 마다하면 어디가 모자란 거겠지요. 감사합니다."

"그럼 됐소." 백만장자가 화답했다.

"봉급 문제는 나한테 맡기시오. 직원들 봉급에 짜게 굴진 않으니까. 직원들도 그 점은 인정하고 있소. 젊은이가 일을 잘해서 가치가 입증되면 기대 이상의 봉급을 받게 될 거요."

"한 가지 드릴 말씀이 있습니다. 혹시 돈에 밝은 비서를 원하신다면 제게 실망하실 겁니다. 돈에 관한 한 저는 훌륭한 일꾼이 아닙니다."

"알고 있소. 사기나 당하는 사람한테 무슨 돈을 기대하겠소. 사업에 필요한 총알은 내가 지원할 거요. 젊은이에게 바라는 건 완전히 다른 것이오. 모국어 말고 다른 언어들을 구사할 수 있다고 했소?"

"프랑스어와 독일어는 영어만큼 할 수 있고, 스페인어와 이태리어도 웬만큼 합니다. 일본어는 자유롭게 읽고 쓰고 말할 수 있고, 중국어도 말하고 듣는 데는 별 어려움이 없습니다. 일본어나 중국어만큼은 아니지만, 코레아 말도 의사소통은 가능합니다."

"그럼 내 사람이 될 자격이 있소." 백만장자가 나를 자신의 사람으로 받아들였다. "특별히 할 말은?"

"간곡하게 부탁드릴 말씀이 있습니다. 저를 믿을 수 있으

시면 선금을 좀 주셨으면 합니다. 배에서 생활하기 전에 사야
할 것들도 있고, 그보다는 사실, 청산해야 할 빚이 있습니다.”

“알았소.”

백만장자가 바지 주머니에 손을 찔러 넣었다. 한 뭉치의 돈
이 나왔다. 그가 등나무 테이블에 돈을 올려놓았다.

“200달러쯤 될 거요. 세어 보고 영수증을 쓰시오.”

돈을 세면서 그를 힐끗 보았다. 그도 곁눈으로 나를 보았
다. 돈은 200달러가 조금 넘었다. 그에게 총액을 알려 주었다.
일본인 사환이 사무용지를 가져왔다. 화려한 금박을 입힌 용
지 머리에 주홍색 배 그림이 고급스럽게 장식되어 있었다. 황
송한 종이에 영수증을 쓰고 서명을 했다.

“지역 상점들을 잘 아시오?” 나가사키 쪽을 고개로 가리키
며 그가 말했다.

“예, 잘 압니다.”

“나가사키 도자기가 유명하다던데 디너용 도자기 세트 세
벌이랑 찻잔 세트 세 벌, 런치 세트 세 벌을 주문해서 배로 좀
보내 주시오. 항해를 하다 보면 깨져서 못 쓰게 되는 그릇들
이 아주 많거든.”

“알겠습니다. 특별히 원하시는 디자인이나 무늬가 있으신
가요? 가격대는요?”

"굳이 비싼 걸 살 필요는 없소. 무난한 거면 되오. 모양도 알아서 하고, 내가 미리 볼 필요도 없소. 다 맡길 테니까 알아서 구입하시오. 깨지지 않게 별도 박스에 단단하게 포장하고 정확히 오후 다섯 시 반까지 배로 가지고 와서 나를 찾으라고 하시오. 젊은이는 언제 다시 요트로 올 거요?"

"내일 오전에 오겠습니다. 괜찮으시다면요."

"내일 오전 10시."

대화가 끝나갈 즈음 그가 피곤한 기색을 보였다. 몇 분 전부터 기력이 쇠잔해 보였다. 자리에서 일어나 머뭇거리며 내가 말했다.

"베풀어 주신 호의에 어떻게 감사를 드려야 할…"

"됐소, 됐어." 그가 손을 저으며 빠르게 말했다.

내가 자리를 뜨려는 순간, 눈부시게 우아한 드레스를 차려입은 절세미인의 금발 아가씨가 도도한 모습으로 갑판에 나타났다. 나를 완전히 무시한 채 그녀가 노신사에게로 곧장 달려가 들뜬 목소리로 말했다.

"아빠, 시내에 가서 쇼핑하고 싶어요."

"오, 그래야지, 우리 딸. 네가 그러고 싶을 거라고 생각했다. 항구에 들어온 지 오랜 시간이 지났지. 이 사람은 아빠의 새 비서 루퍼트 트레몬씨다. 트레몬, 내 딸이오."

내가 정중하게 인사했지만, 나만의 인사가 되고 말았다. 소 닭 보듯 그녀는 무관심으로 일관했다.

"아빠, 돈이 필요해요."

"그래, 그렇겠지. 아무렴 그렇지 당연히." 늙은 아빠가 같은 말을 반복했다. 아까와는 다른 쪽 주머니에 손을 찔렀다. 또 한 움큼의 돈뭉치가 손에 걸려 나왔다. 그의 옷에 달린 주머 니는 모두가 현찰 금고였다. 필요할 때 손을 넣기만 하면 필 요한 만큼의 돈이 튀어나왔다. 그가 뭉치째 딸에게 돈을 건넸 다. 딸이 빠른 동작으로 돈을 받아 손가방에 넣었다.

"스트레톤과 같이 갈 거니?" 아빠가 물었다.

"네, 물론이요. 왜요?"

"여기 트레몬씨는 영국 트레몬 영주의 사촌이시다." 그가 낮은 목소리로 내 얘기를 다시 했다. 떠나야 할지 머물러야 할지 애매했다. 어정쩡하게 그 자리에 내가 섰다. 아니, 솔직 히 말해서 형언할 수 없이 아름다운 아가씨에게 혼이 나가 그 자리에 섰다. 그녀가 보석 같은 눈으로 나를 보았다. 짜릿한 전율이 온몸에 퍼졌다. 영국과 미국, 동양 여러 나라에서 수많 은 미인들을 보았지만, 이 여신의 미모와는 견줄 수 없었다.

"정말요?" 애교 있는 목소리로 그녀가 놀랐다는 듯 말했다. "만나서 반가워요, 트레몬씨. 거트루드 헴스터예요. 나가사키에 사세요?" 희고 가는 손을 내밀며 여신이 물었다.

"몇 년간 이곳에 살았습니다."

"그럼 시내를 잘 아시겠네요."

"네, 아주 잘 압니다."

그때 또 다른 여인이 갑판으로 올라왔다. 햄스터양이 그녀 쪽으로 몸을 돌렸다.

"힐다!" 여인의 이름을 큰 소리로 부르며 여신이 말했다. "오늘은 힐다랑 같이 안 나가도 될 것 같아. 아무튼 고마워."

"같이 안 간다고?" 아빠가 놀라며 물었다. "혼자서는 나가 사키에 갈 수 없다, 애야."

"혼자서는 안 가요." 밝은 목소리로 딸이 답했다. "트레몬씨 가 멋지게 에스코트 해 주실 것 같은데요."

"저로서는 영광입니다." 노신사의 힐책을 각오하면서 내가 작은 소리로 말했다.

"그래. 네가 좋다면 그렇게 해라." 처음 본 남자와 낯선 도 시에 단둘이 가겠다는 딸의 모험을 아빠가 의외로 쉽게 승낙 했다.

놀란 가슴을 추스르며 마음속으로 내가 말했다. '와우, 트 레몬! 배가 왔어. 휘황한 보석을 싣고 드디어 그 배가 왔어.'

03

핑크빛 나가사키 거리

내가 올라왔던 선체 반대 방향으로 사다리가 내려졌다. 안락해 보이는 고급 보트가 사다리 아래에서 대기했다. 네 명의 선원이 보트에서 우리를 기다렸다. 사다리를 내려가고 보트에 오르는 동안 내가 헴스터양을 도왔다. 그녀가 보트 뒤쪽에 자리하고 망사 장갑을 낀 손으로 손잡이를 잡았다. 그 반대편에 내가 앉았다. 선원들에게 방향을 알려 주었다. 출발 신호를 주려는 순간 그녀가 먼저 출발 명령을 내렸다. 네 개의 노가 동시에 바다를 내리쳤다.

보트가 선수를 돌려 육지를 향해 나아가기 시작했다. 그때, 반은 입고 반은 벗은 일본인 소년이 출렁이는 삼판 위에서 보트를 향해 큰 소리를 질러댔다. 나를 요트까지 데려다준 삼판 소년이었다.

"저 아이 왜 저래요?" 햄스터양이 재미있다는 듯 웃으며 물었다.

"제가 잘 아는 소년입니다. 저 친구가 올 때까지 선원들에게 보트를 멈추라고 해도 될까요? 아버님과 이야기를 나누는 동안 줄곧 저를 기다리고 있었습니다."

"그렇게 하세요." 배를 멈추라고 그녀가 직접 명령했다. 선원들이 즉시 노 젓기를 멈췄다. 쏜살보다 빠르게 삼판 소년이 달려 왔다. 밀린 돈의 두 배가 넘는 금액을 내가 소년에게 주었다. 놀란 소년이 허리가 휘어지게 인사를 하다가 하마터면 배가 뒤집힐 뻔했다.

"영국인이시죠?" 햄스터양이 물었다.

"국적은 그렇습니다만, 세계시민이라고 할 수 있습니다. 지나간 긴 세월 동안 영국보다 다른 나라에서 훨씬 더 오래 살았습니다."

"지나간 긴 세월이요? 나이가 많은 분처럼 말씀하시네요. 겉으로 보기에는 서른이 채 안 돼 보이시는데요."

"다행히도 제 외모가 나이를 배반하지는 않았나 보네요. 아직 서른 안 됐습니다."

"저는 스물한 살이에요." 그녀가 거리낌 없이 말했다. "사람들은 제가 열일곱 살 정도로밖에 안 보인대요."

"아가씨를 처음 봤을 때 열일곱도 안 된 줄 알았습니다."

"정말요? 듣기 좋으라고 하시는 말씀이지요? 아무튼 감사해요."

"실제로 그렇게 보입니다."

"제가 힐다보다 어려 보이나요?" 눈웃음을 치며 그녀가 물었다. "다들 그러던데…."

"힐다요? 그게 누군데요?"

"왜 있잖아요, 힐다 스트레톤, 제 친구요."

"저는 본 적이 없지요."

"무슨 말씀이세요, 아까 보셨잖아요. 제가 트레몬씨와 함께 나가겠다고 했을 때 힐다가 갑판 계단에 서 있다가 제게로 왔었죠."

"보지 못했습니다. 아가씨밖에 안 보였거든요."

그녀가 명랑하게 웃었다. 웃음소리가 맑은 선율을 타고 내게로 왔다. '은종의 하모니 같은 웃음을 가진 여자도 있구나.' 생각했다. 은종 소리와 함께 대화가 멈췄다. 보트가 육지에 다다랐다. 선원들에게 배 댈 곳을 알려 주었다. 배가 닿자마자 은종이 용수철처럼 튀어 올라 뭍으로 뛰었다. 누구의 도움도 받지 않았다. 손을 내밀 기회조차 주지 않았다. 넋 놓고 그녀를 바라보았다. 선원 중 한 명이 내 어깨를 툭 쳤다.

"저기 노인장께서," 고개로 요트 쪽을 가리키며 작은 목소리로 그가 말했다. "도자기를 살 때 아가씨는 알지 못하게 하라고 말씀하셨습니다."

"안 와요?" 부두에 올라선 은종이 소리쳤다.

잰걸음으로 경사진 부두를 오르며 내가 말했다. "제게는 열일곱의 팽팽한 젊음이 없어요."

그녀가 웃었다. 건장한 일본 남자가 끄는 인력거를 잡아 헴스터양을 태웠다. 나도 다른 인력거를 타고 나가사키 번화가를 향해 출발했다. 시간은 이미 세 시에 가까웠다. 상점가에서 저 아가씨가 나를 놓아주지 않으면 도자기 세트를 구입해 다섯 시 반까지 배로 절대 보낼 수 없을 것 같았다. 낌새를 보아하니 아가씨가 가게에서 나를 풀어 주는 건 그른 듯싶었다. 인력거가 상점가에 도착했다. 내게 손을 내밀며 매혹적인 미소로 그녀가 말했다.

"도자기 가게로 데려가 주세요."

"어디요?" 내가 놀라 소리쳤다.

"접시나 디너 세트 같은 거 파는 곳이요. 무슨 말인지 아시잖아요. 그릇 가게요."

물론 무슨 말인지 알았다. 다만 아버지와 똑같은 말을 하고 있는 그녀를 보고 놀랐을 따름이었다. 일이 이렇게 되면 헴스터씨의 도자기는 어떻게 해야 하나? 내가 혼란에 빠져 그 자리에 멍하니 섰다. 그녀의 맑은 웃음소리가 메아리처럼 들려왔다. 정신을 차리고 그녀를 보았다.

"이 도시에는 도자기 가게가 없나요?"

"그럴 리가요. 아주 많습니다."

"그런데 왜 도자기가 뭔지도 모르는 사람처럼 멍하게 서 계세요? 제일 좋은 가게로 데려가 주세요. 디너 세트랑 찻잔 세트를 우선 살 거예요."

알겠다는 뜻으로 내가 가볍게 목례를 했다. 그녀가 다가와 내게 팔짱을 끼고 몸을 기대 깡충깡충 뛰었다. 뜻밖의 행동이 나를 설레고 당황스럽게 했다.

"신나지 않아요?" 즐거움에 들뜬 그녀가 큰 소리로 말했다.

"가슴이 뛸 만큼 신이 나네요. 이런 나들이는 한 번도 해 본 적이 없어요." 속마음 그대로 내가 답했다.

"우리가 이렇게 신이 나는 건요, 신기하고 생소한 이국땅에서 우리가 하고 싶은 걸 맘대로 할 수 있기 때문이에요. 힐다를 데려오지 않은 이유가 바로 그거예요. 힐다는 너무 고지식해요. 정해진 대로만 하려고 하죠. 규칙도 그렇고 예절도 그렇고. 집 안에서는 그래야겠지만, 외국 여행을 와서까지 꼭 그래야 할 필요가 있겠어요? 힘들게 여기까지 와서 하고 싶은 걸 못하고 가면 얼마나 억울해요."

"저도 그렇게 생각합니다." 내가 맞장구를 쳤다.

"우리가 유랑극단 단원이 돼서 '미카도' 연극을 공연하고 있는 것 같지 않아요? 나가사키도 진짜 도시가 아니라 무대 위에 꾸며진 세트 같아요. 키 작은 일본 사람들도 그렇고. 안 그래요?"

"저는 이곳에 익숙해져서 아가씨와는 좀 다릅니다. 여러 해 이곳에서 살았으니까요."

"아, 그렇지요. 깜빡했네요. 미카도 본 적 있으세요?"

"연극 미카도 말인가요? 아니면 일본 황제를 본 적 있느냐는 말인가요?"

"연극이요."

"본 적 있지요. 일본 황제도 만난 적이 있어요. 대화도 했고요."

"정말이요? 진짜 운이 좋은 분이네요."

"맞아요. 그런데 오늘 아가씨를 만나기 전에는 제가 이렇게까지 운이 좋은 줄은 몰랐어요."

헴스터양이 손으로 입을 가리고 혼자 웃었다. 우리가 유랑극단 단원이 아니라 교정의 어린 커플 같다는 생각을 했다.

그런데 유랑극단에 대해 잘 알지 못하듯이 나는 이국의 낯선 거리에서 교정의 어린 커플이 무엇을 해야 하는지도 알지 못했다.

"트레몬씨 같은 남자는 한 번도 만난 적이 없어요. 여자를 기쁘게 하는 특별한 재주가 있으시네요."

"그렇지 않습니다. 그 반대지요. 저는 여자들의 기분을 맞출 줄 모릅니다. 오늘 제 말이 듣기 좋았다면 그건 순전히 제 기분 때문입니다. 최고의 행운을 만났으니까요."

"역시 그렇게 말씀하시네요. 확실히 상대를 즐겁게 해 주는 재주가 있으세요. 일본 황제는 어떻게 만나셨어요?"

"일본에서 외교관으로 근무할 때 여러 의전행사에서 영광스럽게도 황제를 알현할 수 있었습니다."

"예의 바르게 말씀하시네요. 마음속에서 우러나는 말로 들려요. 우리는 민주주의 국가에 살지만, 군주국도 존중해야 된다고 생각해요. 저는 항상 외교관 세계를 동경해 왔어요. 워싱턴 외교가에서 수많은 사람을 만나고 오랜 시간을 보내기도 했지요. 여기 머무르는 동안 저를 많이 도와주세요. 나가사키 외교가에 소개도 좀 해 주시고요."

"유감스럽지만 헴스터양, 그건 어렵습니다. 저는 여러 해 전에 외교관직을 떠났습니다. 그리고 이곳에는 공사만 있고 고위 외교사절은 없습니다. 총 공사관은 수도에 있지요. 나가사키는 그냥 작은 상업도시입니다."

"아, 그래요? 저는 우리 요트와 관련된 외교적 일 때문에 트레몬씨가 아버지를 만난 줄 알았어요."

아차 싶었다. 나는 그녀 아버지 밑에서 일하게 된 신입 비서에 불과했다. 헴스터양은 그 사실을 모르고 있는 게 확실했다. 내가 신분을 위장하고 위선적으로 행동한 꼴이 되었다. 처음에 헴스터씨가 나를 비서라고 소개할 때 그녀가 전혀 관심을 두지 않았던 것이 생각났다. 내가 트레몬 영주의 사촌이라는 말을 듣고서야 호감을 보이며 황홀한 눈길을 내게 보냈다. 가슴이 먹먹해 왔다. 어떻게든 이 난관을 해결해야 했다. 내 지위를 오해한 상태에서 그녀가 가졌던 허황된 기대와 호감, 친밀감을 더 이상 키우지 말아야 했다. 그런데 그 후에 다가올 내 수치심과 모멸감은 어찌할 것인가.

예전에도 지금과 비슷한 수치와 모멸을 경험한 적이 있다. 두 번 다시 그런 일이 일어나지 않기를 지금껏 바라고 있었다. 일본으로 돌아왔을 때 나는 전에 친하게 지냈던 외교관 친구에게 연락을 했었다. 과거에는 내가 친구보다 윗자리에 있었기 때문에 그가 어려울 때 여러 도움을 주기도 했지만, 이제는 입장이 바뀌어 친구가 내게 진 빚을 갚을 수 있게 되었다.

진정으로 따뜻하게 친구가 전화를 받았다. 동굴에서 빛을 본 듯 힘이 솟았다. 그런데 그때까지 친구는 내가 예전의 나인 줄 알았다. 현재 내가 궁핍한 상황에 처해 있고 과거의 지위로 돌아갈 수도 없다는 사실을 알고 난 후 친구의 태도가 급작스레 돌변했다. 따뜻했던 목소리는 얼음장이 되었다. 동일한 상대에게 인간의 반응이 어떻게 그렇게 빨리 달라질 수 있는지 신기할 따름이었다. 그처럼 약삭빠른 처신으로 오늘의 출세를 만들어 냈으리라. 친구가 차가워질수록 내 속은 더욱 뜨겁게 끓어올랐다. 엄청난 모멸감을 들키지 않으려고 이를 악물고 수치심을 씹어 삼켰다.

그 후 나는 어떤 지인도 만나지 않았다. 학연도 지연도 혈연도 모두 뿌리쳤다. 그 자존심으로 고개 너머 판잣집의 앗산 씨와 언덕 아래 삼판 소년에게 빚을 지는 신세가 되었다. 냉혈의 친구는 내 과거 자리를 꿰차고 승승장구 출세가도를 달렸다. 요즘도 때때로 그의 말이 귓전을 때려 나를 어지럽힌다. 마지막 말이라는 사실을 뻔히 알면서도 그는 가증스럽게 이렇게 말했다.

"정말 반가워, 친구. 전화해 줘서 고맙네. 내가 도울 일이 있으면 아무 때라도 연락하게."

그러겠노라고 대답했다. 그의 기대대로 내가 다시는 연락하지 않을 것이란 사실을 친구도 잘 알고 있었기 때문에 내 말 또한 그에게는 가식으로 들렸을 터였다.

그렇게 불쾌하고 수치스러운 상황이 오늘 또 벌어졌다. 그때보다 열 배는 더 안 좋은 상태로 벌어졌다. 여성과의 관계에서 일어난 일이라 더욱 난처했다. 무척이나 사랑스러운 여성, 호감을 가지고 내게 친절하게 대해 주던 여성이었다. 사실을 알고 나면 얼마나 큰 실망을 할까. 그래도 달리 방도가 없었다. 헛기침을 하고 내가 설명을 시작했다.

"헴스터양, 오늘 아침에 제가 실례를 무릅쓰고 아버님을 찾아갔을 때 저는 무일푼의 백수였습니다. 작은 일거리라도 하나 구할 수 있을까 하는 마음으로 요트에 올랐지요. 그런데 억세게 운 좋게도 아버님의 개인 비서직을 제의 받았습니다."

팔짱을 끼고 있던 손을 그녀가 빠르게 빼냈다. 한 발 물러서서 나를 빤히 바라보았다. 나도 꼼짝 않고 그 자리에 섰다. 복잡한 나가사키 번화가 한복판에서 둘이 그렇게 마주 보며 동상처럼 굳어 있었다.

"그러면," 짧게 한숨을 쉬고 그녀가 말했다. "아빠의 직원이란 얘긴가요?"

"그렇습니다." 내가 허리를 숙여 예의를 표했다.

"오늘 쇼핑이 끝난 후에도 우리와 같이 계속 요트에 있는 건가요?"

"아마 그렇게 될 겁니다."

그때 뜻밖의 일이 벌어졌다. 헴스터양이 팔을 뻗어 내 손을 꼭 쥐었다.

"정말 신나는 일이에요. 아빠 말고는 오랫동안 백인 남자랑 대화할 기회가 없었어요. 이젠 트레몬씨랑 여러 가지 얘기를 할 수 있겠네요. 그런데 이거 하나는 아셔야 돼요. 트레몬씨는 제가 원하는 건 뭐든지 다 하셔야 돼요. 아빠 직원이 아니라 제 부하가 되는 거예요. 아빠도 허락하실 거예요."

"충실한 신하가 되어 드리지요, 헴스터양."

"신하? 좋지요. 맘에 쏙 드는 말이에요. 아라비안나이트 요술램프가 생각나요. 뭐든지 다 들어주는 요술램프요. 거기서 트레몬씨가 펑 튀어나왔어요. 트레몬씨한테는 오래된 신하가 없었나요? 남들이 다 떠나가도 끝까지 주인을 섬기는 그런 가신이요."

"좀 전에는 코믹 오페라를 상상하더니 이제는 로맨틱 드라마를 꿈꾸시네요. 로맨틱 드라마에는 그런 신하가 꼭 있지요. 그림자처럼 끝까지 붙어 다니면서 보살펴 주는 충신이요. 퍽 다행히도 제게는 그런 사람이 없었습니다. 있었다면 골치

깨나 아팠겠지요. 저 하나 먹고 살기도 힘든데 가신이라니요? 당치 않지요. 도자기 가게에 다 왔습니다."

가게 안으로 들어갔다. 오묘하고 신비한 동양 도자기의 매력에 그녀가 순식간에 빠져들었다. 황홀한 도자기 마력에서 헤어나지 못하는 동안 나는 햄스터씨가 지시한 자기 세트를 골라 오후 다섯 시 반까지 배로 가져다 달라고 주문했다. 내가 주문한 것과 햄스터양이 고른 도자기가 섞이지 않도록 각별히 주의하라는 당부도 잊지 않았다. 모든 대화를 일본어로 했기 때문에 햄스터양은 내가 뭘 하는지 알지 못했다. 가게 주인은 이해가 빠른 사람이었다. 오늘 일에 그릇됨이 없을 거라는 확신이 들었다.

쇼핑은 아직 끝나지 않았다. 햄스터양은 모든 가게를 섭렵하고 다녔다. 동방의 황홀경이 젊은 서양 아가씨의 마음을 사로잡았다. 이곳 풍경에 식상해 있던 내게도 그녀의 신선한 바람기가 새롭게 전해져 왔다. 하루 전만 하더라도 지금처럼 나가사키를 즐기게 될 줄은 꿈에도 생각지 못했다.

환희의 회오리를 타고 햄스터양이 관광과 쇼핑을 즐기며 다녔다. 나가사키 상인들도 이런 고객을 만나는 건 흔한 일이 아니었다. 돈에 관한 한 그녀는 아쉬움도 두려움도 없었다. 마음에 드는 물건은 닥치는 대로 사들였다. 아니나 다를까 얼마

지나지 않아 가져온 돈이 모두 바닥났다. 그래도 개의치 않고 마음 내키는 대로 쇼핑을 했다. 물건을 구입할 때마다 주인에게 "C.O.D."라고 그녀가 말했다. C.O.D.는 "배달 후 지불"의 미국식 표현이었다. 물건을 배로 가지고 오면 그때 값을 지불하겠다는 뜻이었다. 그녀의 광폭적인 쇼핑 행보가 나를 지치게 했지만, 본인은 전혀 피곤한 기색을 보이지 않았다. 좀 쉬자고 할까 망설이던 차에 그녀가 내 망설임을 사라지게 했다.

"코믹 오페라에서처럼요." 마지막 가게를 나서며 그녀가 말했다. "여기에도 찻집이 있지 않나요? 연극 무대에서 본 것 같은 그런 찻집이요."

"많이 있지요."

"그중에서 제일 멋진 곳으로 데려가 주세요. 이국의 분위기를 즐길 줄 모르면 세계를 돌아다녀 봤자 무슨 소용이 있겠어요?"

나중에 그녀 아버지가 무슨 말을 할지 걱정이 되기도 했지만, 충실한 신하로서 나는 주인 아가씨가 원하는 것을 다 해주었다. 그녀는 모든 것이 신기하고 모든 것이 즐거웠다. 그러한 자신의 감정을 숨기지 않고 그대로 표현했다.

다시 인력거를 타고 해안으로 내려오니 저녁 여섯 시가 훌쩍 넘어 있었다. 요트에서 우리를 태우고 왔던 보트가 그때까지 꼼짝하지 않고 그 자리에 있었다. 보트를 타고 요트로 돌아갔다. 벼락같은 외출이었다. 한차례 폭풍이 휩쓸고 지나간 것 같았다. 헴스터씨의 매서운 호통이 날아올지도 모르겠다는 걱정이 들었다. 불붙지 않은 시가를 빙빙 돌리며 헴스터씨가 난간에 기대서 있었다.

"아빠!" 요트로 오르며 딸이 큰 소리로 헴스터씨를 불렀다. "환상적인 날이었어요. 트레몬씨는 걸어 다니는 나가사키 지도예요. 모르는 곳이 없어요. 말만 하면 어디든 다 데려다주었어요." '어디든'을 불필요하게 강조하면서 그녀가 과장되게 말했다.

"그래, 잘됐구나. 네가 너무 피곤하지 않을까 걱정이다." 백만장자가 가라앉은 목소리로 무표정하게 말했다.

"아니에요, 아빠. 나가사키를 한 바퀴 더 돌아도 또 즐거울 거예요. 저한테 뭐 배달 온 거 없었어요?"

"있었지. 너 없을 때 일본인들이 물건을 잔뜩 들고 줄줄이 왔다 갔다. 트레몬, 저녁 준비가 다 됐는데 올라와서 함께 식사하시게."

"감사합니다만, 저는 삼판을 타고 시내로 들어가 봐야 합니다."

"그러신가? 그러면 삼판 말고 우리 보트를 타고 가시오. 저 친구들이 뭍으로 데려다줄 거요. 그럼 내일 아침 열 시에 보기로 합시다."

갑판에 올라 난간에 기대선 햄스터양이 가느다란 손가락에 입술을 묻혀 황홀한 키스를 날렸다.

"고마워요, 신하 양반."

답례와 작별의 뜻으로 내가 모자를 살짝 들어 올렸다.

04

킹 헌팅 비즈니스

기대 이상의 결과였다. 개선장군의 기세로 의기양양하게 뭍에 올랐다. 짧은 시간 동안 많은 변화가 있었다. 야무지고 쾌활한 천생 미인도 만났다. 그녀와의 화려한 교감은 요트에서 마셨던 샴페인만큼이나 나를 들뜨게 했다. 나가사키 시가지를 유쾌하게 활보하는 둘의 모습을 많은 사람이 부러운 시선으로 바라보았다. 그녀는 가식이 없고 진솔했다. 지나치게 자유분방하고 충동적이긴 했지만, 그 또한 개성이고 매력이었다. 내가 사랑에 빠진 건가. 오만 생각들이 뒤엉켜 소용돌이쳤다.

미국에 두 달 머무는 동안 나는 일주일에 5만 달러씩 **날리**며 본의 아니게 재벌 행세를 했다. 그래도 지금 같은 인연을 찾지는 못했다. 몇몇 여성을 만나기는 했지만, 모두 차가웠고 감정이 메말라 있었다. 그에 비해 오늘 만난 아가씨는 얼마나 순수하고 자유로운 영혼의 천사인가.

마을로 들어섰다. 가파른 언덕을 올라 판잣집으로 향했다. 그곳에서 겪었던 모든 기억이 되살아났다. 머리가 무거워졌다. 힘들고 긴 여행이었다. 고난과 절망의 길이었다. 이 오르막에서 인생의 끝을 경험했다. 오늘은 달랐다. 오늘 밤 일본은 매혹적인 섬이었다. 앞으로 내게 무슨 일이 일어날까? 헴스터씨와 그의 딸이 떠올랐다. 오늘 내가 한 일이 앞으로 내가 할 일이라면 어느 시인의 말대로 그것은 복낙원이었다.

배에서 필요한 물건들을 사기 위해 시간이 필요하다고 헴스터씨에게 말했지만, 사실 새로 사야 할 물건은 별로 없었다. 나가사키의 한 가게에 옷가지들이 잔뜩 든 내 가방 하나가 보관되어 있었다. 가게 주인에게서 돈을 빌리고 미국에서 산 트렁크를 저당 잡혀 놓았다. 상환 기한은 지난 지 이미 오래였다. 이제 돈이 생겼다. 옷과 물건들을 찾아와야겠다고 생각했다.

집에 도착했다. 얀산을 보는 것이 반가웠다. 상전을 만난 듯 얀산이 허리를 굽혀 인사했다. 이런 생각을 했다. 돈을 구하지 못해 빚을 갚을 수 없다고 하면 저 노인이 어떤 반응을 보일까? 그래도 지금같이 깍듯한 예의를 차릴까? 아마도 그렇겠지. 다행히도 그의 착한 심성이 시험대에 오르는 일은 생기지 않았다. 내가 나지막이 말했다.

"얀산씨, 배가 왔어요. 제가 말했다시피 오늘 아침에 제 배가 왔어요. 밀린 계산서를 모두 가져오세요. 틀린 부분을 고칠 필요도 없어요. 전체 금액의 세 배를 당장 지불해 드릴게요."

얀산이 자기 나라 예법대로 무릎을 꿇고 앉아 머리를 바닥에 대고 말했다.

"선생님은 제 은인이십니다."

밖에서 저녁식사를 같이하자고 심성 고운 노인에게 말했다. 노인은 연거푸 절만 하다 돌아갔다. 노인이 차려 준 마지막 식사를 마치고 시내로 내려갔다. 담보로 잡혔던 트렁크와 물건들을 찾고 몇 가지 필요한 것들을 샀다. 구입한 물건들은 내일 아침 9시까지 요트로 가져다 달라고 했다. 마음이 홀가분해졌다. 근처 찻집에 들러 따뜻한 차 한 잔을 마시고 언덕 길을 다시 올랐다. 달콤했던 오늘 일들을 생각하면서 언덕 집에서의 마지막 밤을 보냈다.

다음 날 아침, 얀산씨와 일찌감치 작별 인사를 했다. 그렇지 않을 줄 알았는데 눈물이 핑 돌 정도로 서운했다. 얀산씨도 정든 하숙생을 떠나보내는 게 퍽 섭섭한 표정이었다. 석별의 아쉬움은 부두에서도 마찬가지였다. 나를 요트로 데려다 주려고 삼판 소년이 일찍부터 준비를 마치고 기다렸다. 소년이 묵묵히 배웅했다. 우리는 뜨겁게 포옹했다.

요트는 떠날 채비를 마쳤다. 어제 나가사키에서 짧은 휴가를 보냈던 선원들도 모두 돌아와 자리를 지켰다. 선장은 선교 위를 왕복해 걸었다. 연통에서는 느릿한 연기가 피어올랐다. 헴스터씨는 어제와 똑같은 자세로 등나무의자에 비스듬히 앉았다. 여전히 나가사키를 등진 채였다. 요트가 항구에 머무는 동안 절대로 나가사키에 눈길을 주지 않겠다는 심산으로 보였다. 불붙지 않은 시가가 공중에서 돌아갔다. 어제저녁에 딸이 요트로 돌아올 때 그는 초조한 모습으로 난간에 서서 기다렸다. 그 모습을 보지 않았다면, 그가 밤새 꼼짝하지 않고 그 자리에 있었다고 착각할 뻔했다. 나를 본 그가 표정 없이 고개를 까딱였다. 절제된 인사법이었다.

일본인 소년이 시중을 들기 위해 공손한 자세로 내 옆에 섰다. 내 물건들이 요트로 배달되었는지 물었다. 잘 받아 두었다고 그가 답했다. 아침 인사를 하며 헴스터씨에게 다가갔다. 인사를 받는 둥 마는 둥 고갯짓으로 소년을 가리키며 그가 말했다.

"저 아이가 자네 방을 알려 줄 걸세." 어제와는 다른 말투였다.

소년을 따라 갑판 승강구를 내려갔다. 요트는 엄청나게 컸다. 양옆으로 훤히 트인 거실과 식당은 해양 횡단 여객선의 그것에 못지않았다. 앞치마와 모자를 단정하게 착용한 두 명의 직원이 식당 청소를 하고 있었다. 영국 귀족 저택의 식모 차림새였다.

숙소도 기대 이상이었다. 첨단 시설과 장식에 최고급 용품들이 비치되어 있었다. 짐들은 나보다 먼저 그곳에 와 있었다. 입고 있던 옷을 벗어 던지고 항해에 어울릴 만한 옷으로 갈아입었다. 선원용 모자를 머리에 얹고 갑판으로 향했다.

아침에 승선할 때 요트는 이미 출항 준비를 마친 상태였다. 내가 자리를 잡기 전에 닻을 올리는 소리가 들릴 것 같았다. 나 때문에 출항이 늦어지는 건 아닌지 걱정되었다. 갑판에 올라 시계를 보았다. 10시 전이었다. 10시까지 요트에 오기로 어제 약속을 했었다. 그러면 내게도 아직 시간이 남아 있는 셈이었다.

이리저리 눈을 돌려 헴스터양을 찾았다. 갑판에는 보이지 않았다. 뭍에 오른 그녀를 요트가 기다리고 있는 게 아닌가 생각했다. 어제 우리를 태우고 해안을 왕복했던 보트들을 점검해 보았다. 빠짐없이 모두 요트에 달려 있었다. 쇼핑의 유혹을 못 이겨 보트 대신 삼판을 타고 나가사키에 나가지는 않았을 것이었다. 헴스터씨에게로 갔다. 그가 내 복장을 유심히 보았다. 마땅치 않다는 표정이었다.

"큰맘 먹고 크루즈 복장으로 쫙 빼입었군. 시가도 한 대 물지 그래."

그가 시가 통을 내밀었다. 한 개비를 뽑으며 내가 말했다.

"그렇습니다. 항해 준비를 마치셨군요. 어디로 가시는지 여쭤봐도 될까요?"

"나도 몰라." 그가 무뚝뚝하게 대답했다. "어디로 갈지 결정하지 못했네. 자네가 결정할 거라고 믿었는데."

"제가 결정한다고요?" 내가 놀라 되물었다.

"그래, 자네가." 그가 자세를 고쳐 앉았다. 시가를 바다로 던졌다. "자네 도대체 어제 내 딸아이한테 무슨 쓸데없는 소리를 한 건가?"

이게 웬 날벼락인가. 예기치 못한 청천벽력에 깜짝 놀라 나도 모르게 뒤로 한 발짝 물러났다. 눈을 껌벅이며 내가 멍하니 섰다. 헴스터씨가 언짢은 표정으로 쏘아보았다. 어찌해야 할지 몰라 당황스러우면서도 저 노인 눈에 내가 얼마나 바보처럼 보일까 걱정이 되었다.

내가 아가씨와 단둘이 나가사키에 나간 건 내 잘못이 아니었다. 보트가 요트를 떠날 때 헴스터씨도 그 자리에 있지 않앉는가. 둘만의 외유가 아버지로서 언짢을 수는 있었겠다고 생각했다. 하지만 인제 와서 내게 이렇게 퉁명스럽게 나오는 건 아니다 싶었다. 딸을 내게 맡기기 싫었다면 그때 반대를 했어야 옳지 않은가.

"그런데 회장님," 뜸을 들이다가 내가 입을 열었다. "무슨 말씀이신지 이해하지 못하겠습니다."

"쉽게 얘기한 것 같은데." 여전히 부은 채로 그가 답했다. "말을 좀 조심해서 하라는 얘기야. 여기는 불편하니까 내 사무실로 가세. 또 이런 일이 생기지 않게 더 쉽게 얘기해 주지."

놀랍기도 하고 화가 나기도 해서 입을 닫아 버렸다. 헴스터씨가 나를 이런 식으로 대한다면 앞으로 내 입지가 상당히 곤란할 터였다. 하지만 어쩔 것인가, 목구멍이 포도청인 것을. 그는 시카고 출신이다. 내가 참기 어려운 말을 입에 담을지도 모른다. 그래도 나로서는 그것을 뿌리칠 힘이나 수단이 없다. 생각이 여기에 이르자 침울한 내 처지가 새롭게 상기되었다. 나는 노인의 일개 직원일 뿐이었다. 매혹적인 그의 딸과 쇼핑을 즐기는 순간에는 그 사실을 망각했었다.

그가 자리에서 일어났다. 다른 시가 하나를 꺼내 입으로 뜯어 물고 갑판을 성큼성큼 걸어 승강구로 갔다. 죄가 드러난 피의자처럼 내가 쭈뼛쭈뼛 그 뒤를 따랐다. 그가 말한 사무실이라는 곳으로 들어갔다. 내 숙소보다 많이 커 보이지 않았다. 내 방 침대가 있는 자리에 문이 달려 있었다. 침실로 통하는 문이라는 걸 나중에 알았다. 거실과 방이 따로 있는 원베드룸 공간에서 거실을 사무실로 사용하는 셈이었다. 뚜껑을 접어 넣을 수 있게 설계된 미국식 책상이 바닥에 박혀 있었다. 복사기와 타자기, 서류함, 사무장비와 비품들이 방 안에 가득했다. 회사 사무실로 손색이 없었다. 책상 앞에 팔걸이 회전의자가 있었다. 햄스터씨가 의자에 앉아 몸을 뒤로 젖혔다. 스프링에서 끼리릭 소리가 났다. 그가 내는 소리 같았다. 작은 걸상이 보였다. 거기에 앉으라고 햄스터씨가 손짓했다.

"이봐," 그가 퉁명스럽게 나를 불렀다. "자네가 일본 황제와 친분이 있다고 내 딸아이한테 말했나?"

"예? 세상에나, 당치 않은 말씀입니다." 내가 놀라 대답했다. "그 비슷한 말도 하지 않았습니다."

"그러면 그 아이에게 그런 인상을 주었나 보군."

"도대체 왜 그런 오해가 생겼는지 이해할 수 없습니다. 직업상 황제를 몇 번 알현했고 외교적 업무로 만났다고 말했습니다. 황제와 대화를 한 적도 있지만 질문에 답을 했을 뿐이었고, 일본어를 하는 사람이 없을 때 통역을 한 것이었습니다."

"알았네." 노신사가 뭔가를 생각하는 표정으로 내 말을 받

왔다. "그런데 말이야, 그 아이는 자네가 우리를 일본 황제에
게 소개할 수 있을 거라고 믿고 있네. 그래서 내가 얘기했지.
나가사키 거리에서 거지 처지로 살던 친구를 내가 건져 주
었는데 그 친구가 그리 대단한 로비를 해낼 것 같지는 않다고
말이야."

　헴스터씨의 말을 들으면서 귓불이 빨갛게 달아올랐다. 사
실이긴 하지만 아가씨한테 그렇게까지 말할 필요는 없지 않
은가. 어쨌든 없는 소리를 한 것은 아니어서 딱히 반박은 할
수 없었다. 그때 내 주머니에 들어 있던 약간의 돈은 노인이

준 것이었다. 더 이상 무슨 말을 할 수 있겠는가.

"따님께 제 소개를 잘못했나 봅니다. 도쿄에서 외교관으로 일한 지가 너무 오래돼서 현재는 아무 인맥도 권력도 없다고 했습니다. 그런데 그것이 잘못 전달된 것 같습니다. 제가 과거의 자리에 그대로 있었다면 황제 알현을 주선할 수도 있었겠지만, 지금은 아닙니다."

"그렇지. 나도 그렇게 얘기했네. 그러니까 우리 아이가 일본 황제를 만날 방법은 없단 말이지?"

"제가 말씀드릴 수 있는 건 딱 한 가지입니다. 그것이 가장 좋은 방법일 겁니다. 일본 주재 미국 대사를 아시지요? 그에게 줄 소개서도 본국에서 가져오셨을 겁니다. 그 사람에게 부탁하십시오. 미국 대사라면 일본 황제를 만나게 해 줄 수 있습니다."

"미국 대사라고? 그 친구는 쓰레기 정치꾼이야." 그가 경멸적으로 소리쳤다.

"자리가 사람을 만듭니다. 미국 대사의 특권으로 회장님께서 원하시는 것을 해결할 수 있을 것입니다."

"그 친구는 안 돼. 그렇다고 그 사람이 뭐 크게 잘못됐다는 건 아니야. 우리를 도우려고 애쓰기도 했지. 요코하마에 계속 있었으면 황제를 만나게 해 주었을지도 몰라. 그런데 우리를 너무 오래 기다리게 했어. 지쳤지. 그래서 거길 떠났고. 그건 그렇고, 자네에게 해 줄 말이 있네. 지금 내가 어떤 상태에 있는지 자네가 알아야 해. 그래야 나를 도울 수 있지. 그래서 말인데, 내 딸 거티한테 황제나 왕에 대해 이야기할 때는 각별히 조심해야 하네. 그 아이는 왕이나 황제에 특별한 관심을 가지고 있어. 그리고 마음만 먹으면 어떤 왕이건 쉽게 만날 수 있다고 생각하지. 실제로는 그렇지 않은데 말이야."

"저 때문에 헴스터양이 황제 알현에 대해 오해를 했다면 죄송합니다. 그런 의미로 말한 것이 아니었습니다."

"알아, 나는 알지. 자네를 책망하는 게 아니야. 상황을 이해하라는 거지. 어제 오후에 자네가 거티를 보살펴 준 건 고맙게 생각하네. 거티는 자네를 좋아해. 그 아이가 나한테 그랬네. 거티는 상류층 사람들과의 교류를 갈망하고 있어. 그래서 처음부터 자네를 좋아했지. 나로서는 반가운 일이야. 짐을 덜 수 있으니까. 지금까지는 내가 일일이 다 상대해 줘야 했거든. 처음부터 나는 자네가 내 대신 거티를 챙겨 줄 수 있을 거라고 믿었네. 그래서 바로 모험을 걸었지. 고위층 사회 따위에 나는 관심이 없어. 내가 만나는 사람들은 전부 사업가들이야. 거티는 나랑 달라. 학교도 일류로 나왔고 세계 곳곳을 다니면서 최상위 계층의 사람들만 만났지. 미국에서도 마찬가지고 말이야. 그 아이는 자네가 상상하는 것보다 훨씬 더 많은 귀족과 영주, 백작, 남작, 왕족들을 만났네. 거티는 그런 사람들을 만나도 전혀 주눅 들지 않아. 그들 사이에서도 자신을 돋보이게 하는 특별한 능력을 갖추고 있지."

"무슨 말씀이신지 알겠습니다."

"의심이 가면 억지로 믿을 필요는 없네. 그 아이가 어떤 거물들을 만났는지 묻고 싶겠지. 영국 공작이건, 프랑스 백작이건, 독일 남작이건, 이태리 왕자건 그런 건 중요하지 않아. 모두가 똑같으니까. 그 사람들도 당연히 나름대로 훌륭한 면이있지. 그런데 중요한 건, 거티가 그들에게 만족하지 못한다는거야. 그 아이는 야망이 크고 대담해. 거티의 눈은 더 높은 곳을 향해 있네. 그래서 요트를 사 세계 여행을 떠나게 된 걸세.세계를 다니면서 거티가 만나길 원했던 건 귀족이 아니라 왕이었네. 그때부터 왕 사냥을 시작했지. 왕 헌팅은 돈이 엄청나게 들어가는 모험이라 나는 영 내키지 않았어. 그나마 괜찮은 사냥감이라도 걸렸으면 돈 쓴 보람이라도 있었을 텐데 그렇지도 못했네. 언제나 허탕이었다는 얘기지. 그도 그럴 것이, 거티는 궁전이나 왕실에서 여러 사람과 함께 왕을 만나기를 바라지 않았어. 그건 누구나 쉽게 할 수 있다고 생각했지.그 아이가 원한 건 왕이나 황제를 우리 요트로 불러와서 식사나 차, 아니면 자신이 원하는 뭔가를 함께하면서 둘만의 대화를 나누는 것이었네. 자신이 그들을 마음대로 다룰 수 있다는 걸 세상에 보여 주고 싶었던 거야. 그 사실을 기사로 써서 파리판 뉴욕 헤럴드에 대서특필하게 하고 미국 전역에 전송하려고 생각했었네. 그 아이는 내 유일한 피붙이야. 15년 전에 제 엄마가 세상을 떠나고 하나밖에 없는 내 식구가 됐지. 내가 원치 않더라도 그 아이가 원하는 건 다 들어주었네. 나는 성공할 가능성이 없는 일에 도박을 거는 건 딱 질색이야. 성공이 최우선이지. 실패자나 낙오자는 아무짝에도 쓸모가 없어. 그런 내가 왕 사업에 실패를 했네. 수치스러운 일이지. 왕이나 황제에 대해 나는 아는 게 별로 없어. 한 가지 아는 건, 왕 사업도 세상 다른 일들과 다를 게 없다는 거야. '천 리 길도 한 걸음부터'라는 말이 있지. 계단을 오를 때도 바닥부터 시작해 꼭대기에 오르는 거야. 세상 이치가 다 그래. 한 번에 정상에 오르려고 발을 크게 치켜들었다가는 뒤통수가 바닥에 꼴아 박히기 십상이지. 거티에게도 그런 얘기를 해 주었네. 처음부터 독일 황제를 만나려 하지 말고 좀 쉬운 왕들을 상대했다가 점차 고급으로 옮겨 가자고 말이야. 목표는 항상 높게 잡아야 한다고 거티는 주장하지. 틀린 말은 아니지만, 세상이 그렇게 호락호락하지가 않아. 그 아이가 하고 싶은 대로 다 해 주고 싶지만, 지금까지 번번이 쓴잔을 마셔 왔네. 황제를 요트로 데려오려고 독일 남작에게 엄청난 돈을 줬었지. 그런데 남작은 물건을 배달하지 않았어. 내가 거티를 달래면서 말했네. '애야, 왕의 값이 싼 인도 같은 데로 가는 게 좋겠다. 연습 삼아 그런 데서부터 시작해 보자.' 거티도 알고 보면 상당히 합리적인 아이야. 독일을 포기하고 이집트로 들어갔네. 어렵잖게 이집트 총독을 요트로 불러올 수 있었지만, 거티에게는 만족스럽지 않았어. 이집트 총독은 진짜 왕이 아니라는 거야. 내가 보기에도 그자는 많이 허접해 보였네. 그는 우리가 하자는 대로 했지만, 거티는 즐겁지 않았어. 어쩌겠나, 또 떠났지. 수에즈 운하를 통과해 오랜 항해 끝에 다다른 곳이 이곳 일본일세. 입에 맞는 떡은 흔치가 않아. 일본에 와서도 또 문제가 생겼네. 내가 보기에 여기 황제는 어깨에 바람이 너무 많이 들어가 있어. 미국이나 영국 같은 서방 지도자들을 만나면서 자신도 동급인 줄 알고 콧대가 높아졌다는 얘기야. 접근이 쉽지 않더군. 딸아이에게 이렇게 말했네. '애야, 코레아라는 나라에 진짜 황제가 있단다. 섭외하기에 딱 좋은 나라다. 코레아로 가자.' 요코하마에서 일본 남해를 빙빙 돌아 여기까지 온 게 그 때문일세. 이곳에서 코레아로 가는 데 필요한 물건들을 준비했지. 그러던 중에 자네를 만났고 자네가 동양 사정에 밝다는 사실을 알게 됐네. 왕 사업에 중요한 역할을 할 수 있을 거라고 생각했지. 어떤가, 도움을 줄 수 있겠나?"

"글쎄요, 잘 모르겠습니다만, 코레아에서는 약간의 도움이 될 수 있을 것 같습니다. 두어 번 코레아에 간 적이 있고 그때마다 왕을 알현했습니다."

"왕이라고? 황제 아닌가?"

"황제라고도 하고 왕이라고도 합니다."

"미국 신문들은 황제라고 하던데 그게 잘못된 건가?"

"중요한 사안은 아니라고 봅니다. 회장님은 코레아 황제를 만만하게 보시지 않나요?"

"일본 황제보다 낫지도, 못하지도 않다고 생각하네."

"코레아는 세계에서 가장 오래된 왕권 국가 중 하나입니다. 문명은 일본이 더 발달했지만, 문화적으로는 코레아가 한 수 위입니다. 코레아 황제 알현을 쉽게 생각하셔서는 안 됩니다."

"그 나라의 수도 이름이 뭐지?"

"S-E-O-U-L이라고 쓰고 서울이라고 읽습니다."

"거리가 여기서 얼마나 되나?"

"약 400마일, 아니면 그보다 조금 더 먼 정도입니다."

"바다에 접해 있나?"

"아닙니다. 바다에서 육로로 25마일 정도 떨어져 있습니다.

한강이라는 강이 서울까지 닿아 있습니다. 그 길이는 육로의 두 배 정도 됩니다."

"이 요트로 수도까지 갈 수 있나?"

"어렵습니다. 제물포에 요트를 정박하고 육로로 가는 것이 더 좋은 선택입니다. 육로도 상태가 아주 좋지는 않습니다."

"우리한테 그리 크지 않은 나프타 보트가 있네. 그걸 타고 가면 수도까지 뱃길로 갈 수 있지 않을까?"

"가능합니다. 그런데 강이 상당히 굽이져 있습니다. 시간도 오래 걸리고 편안한 뱃길이 되지 못할 겁니다."

"알겠네. 그러면 자네가 말한 그 항구에 배를 대기로 하지. 선장한테 일러서 갑판에 안락의자를 하나 가져다 놓을 테니까 쉬거나 담배를 피울 땐 그걸 쓰도록 하게."

05

코레아!

그의 작은 사무실에서 오랜 시간을 보냈다. 그곳을 나와 갑판으로 가려고 식당을 가로질렀다. 점심 준비를 위해 주방 직원들이 테이블을 정리했다. 아침 일찍 일어나 간단히 요기만 했기 때문에 그들이 반갑게 보였다. 점심에는 쌀밥 대신 오랜만에 서구식 식사를 할 수 있겠다고 기대했다. 갑판에 올랐다. 선장이 파이프를 물고 양손을 주머니에 꽂은 채 선교를 왕복했다. 반백의 베테랑 선장은 미국 매사추세츠주 케이프 코드 출신이라고 햄스터씨가 자랑삼아 소개했었다. 외모로도 그는 범상치 않은 뱃사람의 풍채를 보였다.

내가 선미로 가 의자에 앉았다. 선장이 나를 유심히 보았다. 햄스터씨가 곧바로 갑판에 올라 선장에게 출항 명령을 내릴 것이라고 짐작했다. 줄곧 그 타이밍을 기다렸지만, 시간이 흘러도 헴스터씨는 모습을 보이지 않았다. 선원들은 출항 준비를 마치고 긴장 상태를 유지했다.

출항 나팔 대신 점심을 알리는 공이 울렸다. 선장이 산책을 멈췄다. 파이프 담뱃재를 손바닥에 툴툴 털고 아래로 내려갈 준비를 했다. 내가 일어나 선장에게 가볍게 고개 인사를 하고 먼저 계단을 내려갔다. 식당에는 5인용 식탁이 준비되어 있었다. 헴스터씨가 상석에 자리를 잡았다. 그의 오른쪽에 헴스터양이 고개를 푹 숙인 채 식탁보에 코를 박고 있었다. 그녀의 맞은편에는 어제 오후 잠깐 마주쳤던 젊은 아가씨가 다소곳이 자리했다. 뒤따라 내려온 선장이 나를 추월하며 걸걸한 목소리로 모두에게 인사를 건넸다.

"안녕들 하시지요?"

메아리가 없었다. 그가 테이블 끝에 자리를 잡았다. 조금 전 갑판에서 느꼈던 출항 전의 팽팽한 긴장보다 훨씬 더 무거운 긴장감이 이곳 밥상머리에 감돌았다. 어색한 침묵이 계속되었다. 첫 식사 자리인 나는 무엇을 어찌해야 할지 몰라 당황스러웠다. 어색을 깨 보려고 헴스터양에게 다가가 먼저 인사를 건넸다.

"안녕하세요? 어제 쇼핑 여정 때문에 피곤하시지는 않았나요?"

대답은커녕 고개도 들지 않았다. 헴스터씨가 조심스럽게 딸에게 말했다.

"얘야, 트레몬씨가 인사하잖니."

그녀가 고개를 들었다. 눈이 마주쳤다. 날카로운 스파크가 튀었다.

"트레몬씨 자리는 저쪽 스트레톤 옆이에요." 작고 빠르게 그녀가 말했다.

음색과 말투에서 모멸감이 느껴졌다. 그들 사이에서 내 위치가 어디인지를 알려 주려는 의도가 분명했다. 연인 같았던 어제와는 완전히 달랐다. 알겠다는 뜻으로 내가 고개 숙여 인사했다. 선장의 뒤를 돌아 그녀의 명령대로 스트레톤 옆자리에 앉았다. 나이 어린 숙녀의 오만과 불손에 마음이 몹시 불쾌했다. 선장이 아무 일 없었다는 듯 큰 소리로 말했다.

"맞아, 젊은 친구. 가정교육을 제대로 받았구만. 여자들 말은 무조건 따라야 해. 그게 우리 남자들의 미덕이야. 요즘 세상엔 여자들이 우선이지. 여자들의 말이 곧 법이야. 투표는 남자들이 하지만 말이야.

"이곳 동양에서는 좀 다릅니다." 내가 어쩔 수 없이 대답했다.

"그런가?" 선장이 되받았다. "나도 지금 동양 얘기를 하는 중이야. 동방의 모든 국가가 그렇고, 서방 국가들도 마찬가지지."

"그러시군요. 그런데 이곳 극동 아시아 지역 나라들에서는 여자들이 지배권을 갖지 못합니다."

"그러니까 그 나라들이 크질 못하는 거야. 이 동네에서는 힘센 국가를 본 적이 없어."

"꼭 그렇지만은 않습니다. 중국에는 측천무후라는 여제가 있었습니다. 그 나라가 얼마나 크고 강한 나라였는지 잘 아시지 않습니까?"

선장이 호탕하게 웃었다.

"젊은 친구, 자네는 자가당착에 빠졌어. 흥분했나? 자네는 좀 전에 극동 국가들에서는 여성이 지배할 수 없다고 하더니 지금은 동양 최대 국가의 통치자가 여성이었다고? 앞뒤가 안 맞잖아."

그의 말에 수긍하며 내가 멋쩍게 웃었다. 식사가 차려졌다. 그때까지 선장과 나 외에는 아무도 입을 열지 않았다. 선장도 이제는 먹는 데에만 열중했다. 이야깃거리를 찾아야만 할 것 같았다. 오른쪽 금발 아가씨를 힐끗 보았다. 그 아가씨는 지금껏 한 번도 고개를 들지 않았다. 헴스터양만큼은 아니었지만, 그녀 또한 수준급 미모에 귀엽고 순한 이미지를 가지고 있었다. 얼굴은 왠지 장밋빛으로 물들어 있었다.

"스트레톤양이지요? 나가사키에 가 보셨나요?"

이 얼마나 어리석은 질문인가. 어제 헴스터양이 나와 함께 처음으로 나가사키에 나갈 때 그녀는 가지 않았다. 나가사키에 가 보지 못한 건 너무나 뻔한 사실이었다.

"아니…." 목이 잠겨 소리가 나오지 않았다. 목을 가다듬고 그녀가 다시 답했다. "아니요."

곁눈으로 나를 힐끔 보며 그녀가 난처한 표정을 지었다. 그녀의 눈이 무슨 말을 하는지 금방 알아차릴 수 있었다. '제발 나한테 말 좀 걸지 마세요.'

식사는 훌륭했지만, 분위기는 훌륭하지 않았다. 그렇게도 불편했던 삼십 분의 기억을 나는 지금도 지울 수 없다. 헴스터양은 음식을 입에 대지 않았다. 모든 접시를 뿌리쳤다. 내가 스트레톤에게 말을 걸었을 때 헴스터양은 신경질적으로 식탁을 톡톡 두드리기 시작했다. 분노조절장애가 있는 것 같다는 생각이 들었다. 아버지는 잠자코 식사를 계속했다. 불편하고 희한한 상황에 대해 무신경하게 대응했다. 식사를 마친 선장이 자리에서 일어났다. 좌중에 목례하고 갑판으로 가다가 걸음을 멈췄다. 헴스터씨 쪽으로 돌아서며 그가 말했다.

"뭐 시키실 일은 없으십니까?"

　헴스터씨가 대답하려는 순간 헴스터양이 자리에서 벌떡 일어났다. 그녀가 오른손을 휘저어 앞에 있던 컵과 그릇들을 모조리 쓸어버렸다. 그릇들이 깨지고 팽개쳐져 바닥에 뒹굴었다. 헴스터씨가 본능적으로 식탁보를 움켜쥐는 모습이 내 눈에 들어왔다. 덕분에 다행히 나머지 그릇들은 다치지 않았다. 멋지게 한탕 해치운 젊은 아가씨가 영국 근위대 병사처럼 몸을 꼿꼿이 세우고 뒷모습을 보이며 식탁에서 멀어졌다. 각 잡힌 어깨의 움직임이 의장대 퍼레이드를 떠올리게 했다. 그녀가 뱃머리 숙소 쪽으로 사라졌다. 스트레톤이 좌중의 우두

머리를 바라보았다. 우두머리가 고갯짓했다. 스트레톤이 즉시 자리에서 일어나 들릴 듯 말 듯 내게 양해를 구하고 급하게 햄스터양을 따라갔다. 동시에 크고 날카로운 소리가 안쪽에서 들려왔다. 발정 난 수컷 공작의 소리 같았다. 잠시 후 쾅 하고 방문이 닫혔다. 모든 것이 멈췄다. 햄스터씨가 천천히 선장에게 말했다.

"조금 이따 갑판으로 올라가서 어디로 갈지 알려 주겠네. 여기서 너무 많은 시간을 보냈어."

"알겠습니다."

선장이 물러갔다. 아무 할 말이 없었기 때문에 나는 아무 말도 하지 않았다. 햄스터씨와 나만이 덩그러니 식탁에 남았다. 그도 아무 말이 없었다. 놀라거나 당황한 것 같지는 않았다. 내가 일본 황제에 대해 한 말 때문에 일이 여기까지 왔는지도 모르겠다는 생각이 들었다. 그렇다고 하더라도 그것이 근본적으로 내 탓은 아니었기 때문에 내가 굳이 자괴감을 느낄 필요는 없었다. 뒤집어진 속을 드러내 보이지는 않았지만, 노신사도 나처럼 이 전쟁터의 식사가 빨리 끝나기를 바랄 것이었다. 그가 마침내 입을 열었다.

"커피는 갑판으로 가져오라고 해서 마셔도 되네."

"감사합니다."

커피보다는 탈출의 기회를 준 것에 진심으로 감사했다. 갑판으로 향했다. 그의 거친 목소리가 뒤에서 들렸다.

"그 아이 여기로 나오라고 해."

"알겠습니다." 사환 소년이 공손하게 대답했다.

등나무의자와 테이블을 되도록 멀리 선미 쪽으로 끌어다 놓고 앉았다. 식당에서 나오는 소리가 내 귀에 닿지 않도록 하기 위해서였다. 선장은 점심 전과 똑같은 포즈로 양손을 주머니에 꽂고 파이프를 문 채 다리를 오르내렸다. 그가 코믹한 표정으로 왼쪽 눈을 질끈 감아 내게 윙크를 보냈다.

기다렸지만 커피는 오지 않았다. 자리에서 일어나 선장 쪽으로 걸어갔다. 작고 낮은 남자 목소리가 식당에서 들려 왔다. 크고 높은 여자 목소리도 이어서 들렸다. 순간, 귀를 찢는 끔찍한 비명이 갑판 계단을 타고 올라왔다. 갑판에 있던 선원들이 깜짝 놀라 제자리에 얼어붙었다. 식탁이 통째로 뒤집혀 박살이 나는 굉음이 들렸다. 식탁은 바닥에 고정되어 있어서 그것이 뒤집힐 리는 없었다. 그래도 어쨌든 무언가가 뒤집힌 것은 확실했다. 거기가 끝인가 싶었는데 아니었다. 참을 수 없는 고통에 몸부림치는 암늑대의 처절한 신음이 들렸다. 뭔가 잘못된 것이 분명했다. 본능적으로 내가 계단을 향해 뛰었다. 스트레톤이 양팔을 벌려 난간을 붙잡고 힘겹게 서 있었다. 식탁

에서와 같은 호소의 눈빛으로 나를 보았다. 그녀가 작은 소리
로 말했다.

"제발 내려가지 마세요. 도울 일이 아무것도 없어요."

"다친 사람 없나요?"

"아니요, 없어요. 아무도 안 다쳤어요. 그러니까 내려가지
마세요."

내려가지 않았다. 몸을 돌려 원래의 자리로 돌아왔다. 여인
의 절규도 사라졌다. 헴스터씨가 비장한 얼굴로 갑판에 나타
났다. 그의 표정이 내게 이렇게 말했다. "여자가 세상을 지배
해서는 안 돼."

갑판 중앙에 선 그가 선장을 향해 큰 소리로 명령했다.

"코레아!"

06

또 다른 여인

코레아라는 세 음절이 아라비안나이트의 마법 주문과 같은 힘을 발휘했다. 언월도 한칼로 마귀의 거미줄을 끊어 버리듯 코레아는 얼음의 마법으로부터 선원들을 깨어나게 했다. 정적이 사라졌다. 엔진이 경쾌한 소리를 내며 돌아갔다. 드르륵드르륵 닻이 올라가고 땡그랑땡그랑 종소리가 기관사들에게 스탠바이를 알렸다.

뾰족한 뱃머리가 해안을 따라 서서히 회전하는가 싶더니 나가사키 언덕을 이내 꽁무니로 밀어 버렸다. 이제 나는 나가사키를 떠난다. 가난에 허덕이고 절망을 경험했던 나가사키를 떠난다. 그래도 가슴 한쪽에는 이 오래된 항구도시에 대한 따뜻한 정이 남아 있다. 작고 납작하게 생긴 사람들, 찢어진

눈으로 돈을 밝히기도 했지만 부드러운 감성으로 나를 달래
주기도 했다.

우렁차게 "코레아"를 외치며 얼음의 마법을 풀었던 주인공
은 맥 풀린 모습으로 팔걸이의자에 몸을 가라앉혔다. 얼굴에
는 '당분간 나를 건드리지 말라.'고 씌어 있었다. 그의 의지대
로 나는 반대편 난간에 기대서서 멀어져 가는 항구를 물끄러
미 바라보았다. 요트는 천천히 그러나 쉼 없이 움직였다. 날씨
는 화창하고 깨끗했다. 현란한 햇살이 쏟아져 부서지는 나가
사키만은 황홀하리만치 눈부셨다. 바람도 잔잔해 요트는 흔
들림 없이 고요했다. 나가사키만을 벗어나 선장이 정서향으
로 방향을 잡았다. 누가 먼저 서쪽 수평선에 닿을지, 기울어
가는 태양과 레이스를 벌이는 모양새였다. 그러나 선장은 태
양을 따돌리고 굳이 먼저 수평선에 다다를 생각이 없어 보였
다. 서두르기보다는 안전을 챙겼다. 그는 코레아 남쪽 다도해
섬들의 미로를 피해 황해를 관통하는 쪽으로 방향을 잡았다.

저녁식사를 알리는 공이 울렸다. 육지는 시야에서 완전히
사라지고 없었다. 계단을 내려갔다. 모두를 감전시켰던 점심
때의 스파크가 저녁 식탁에서는 튀지 않기를 간절히 바랐다.
내 바람은 이루어졌다. 헴스터씨와 선장, 내가 식탁에 앉았다.
식사가 끝날 때까지 두 여성은 나타나지 않았다. 식사 내내

헴스터씨는 아무 말도 하지 않았다. 언제나 즐거운 선장은 이번에도 어김없이 많은 이야기들을 쏟아 놓았다. 입담 좋은 그의 모험담은 나를 즐겁게도 하고 놀라게도 했다. 이야기가 길어지면 영국인들은 갈피를 잡지 못한다고 너스레를 떨며 나를 웃게 만들기도 했다. 헴스터씨는 한 번도 웃지 않았다. 여러 번 들은 이야기인 것 같았다. 식사가 다 끝나기 전, 열심히 떠들던 선장이 먼저 자리를 떴다. 무례해 보였지만 늘 그래온 듯싶었다. 점심때와 마찬가지로 그가 몇 발을 떼다가 멈추고는 뒤돌아서 헴스터씨에게 물었다.

"코레아까지 꼭 서둘러서 가야 할 이유는 없으시지요?"

"왜 그러나?"

"아시다시피 코레아 다도해는 섬들의 지뢰밭입니다. 그곳으로 진입하면 암초에 부딪힐 위험이 큽니다. 침몰하지는 않는다고 하더라도 배에 상처가 나서 제가 소송에 휘말릴 일은 없어야지요. 썩 급하시지 않다면 서쪽으로 200마일 정도 나갔다가 125번 자오선을 따라 북쪽으로 갈 생각입니다."

"워싱턴 자오선인가, 그리니치 자오선인가?"

"사실 저는," 선장이 웃으며 대답했다. "뱃길만 좋으면 자오선 같은 건 개의치 않습니다. 전에 네덜란드인과 항해를 한 적이 있었는데 그 친구는 카나리아제도 최서단에 있는 페로 자오선을 항상 고집했습니다. 미국 바다에서는 저도 물론 워싱턴 자오선을 썼습니다만, 이 지역에서는 그리니치를 기준으로 합니다. 그래서 125번이라고 말씀드린 겁니다."

"그렇군. 나는 자네가 너무나 애국자라서 미국 자오선이 아니면 절대 안 쓰는 줄 알았지. 여기 있는 트레몬에게 감사를 표하지도 않고 영국 그리니치 자오선을 쓸 거라고는 생각하지 않았네. 아무튼 섬도 없고 파도도 없는 자오선을 잘 뽑아낸 것 같군. 125가 좋아 보여."

이런 농담을 그는 웃지도 않고 심각한 얼굴로 했다. 처음 내 생각과 달리 그는 꽤 훌륭한 유머 감각을 지니고 있었다. 선장이 부드러운 미소를 보이며 물러갔다. 헴스터씨와 내가 말없이 나머지 식사를 모두 마치고 갑판으로 올라가 시가를 물었다. 헴스터씨가 내게 와인과 브랜디를 권했지만, 자신은 전혀 술을 마시지 않았다.

지금까지 바다에서 맞은 저녁 중 가장 아름다운 저녁이었다. 요트가 달리며 만드는 미풍 말고는 바람 한 점 없었다. 바다는 유리처럼 잔잔했다. 날이 더 어두워지자 황금 보름달이 바다와 하늘에서 동시에 떠올랐다. 달이 오르기 전 헴스터씨는 일찌감치 방으로 들어갔다. 이른 저녁이 되면 그는 더 이상 갑판에 머무르지 않는다는 사실을 나중에 알았다. 저녁 시간에 사무실에서 일하는지 곧바로 침대에 드는지는 알 수 없었다. 마른 시가를 입에 물고 끊임없이 빙글빙글 돌리는 것 말고는 특별한 취미도 없는 것 같았다. 요트에는 꽤 훌륭한 선상 도서실이 있었지만, 그가 책을 읽는 모습은 항해 내내 본 적이 없다. 의심할 바 없는 그의 엄청난 재산에도 불구하고, 나는 이상하게 그에게 연민과 동정을 느꼈다. 그 또한 내게 같은 감정을 느꼈으리라.

헴스터씨가 방으로 간 후 내가 자리에서 일어나 선장에게로 갔다. 선장 외에 다른 사람이 선교에 올라가도 되는지 물었다. 그가 승낙했다. 선교 위 나무의자에 선장이 앉아 있었다. 의자는 앞다리가 들린 채 뒤로 기울어져 선교 뒤 레일에 기대졌고, 선장의 꼬인 두 다리는 앞쪽 레일에 얹혀 있었다. 그렇게 편하고 자유로운 자세로 선장은 말 그대로 운항을 즐기는 중이었다. 그날의 항해는 긴장을 풀어도 좋을 만큼 여유로웠다. 사방 수평선에 펼쳐진 물의 대평원은 바다가 아닌 듯 고요했다. 무엇 하나 눈에 걸리는 것이 없었다. 요트는 일정한 속도로 느긋하고 편안하게 나아갔다. 요트가 가진 엄청난 힘을 감추고 미세 여분의 힘만으로 움직이는 중이었다.

내가 맞은편 레일에 기대앉았다. 그가 곧바로 자신의 이야기를 시작했다. 그의 이야기는 신기하고 특별하고 재밌었다.

젊었을 때 그는 뉴펀들랜드에서 어부 생활을 했다고 했다. 지나온 이야기를 하면서 선장이 그동안 만났던 사람들의 특징을 그대로 흉내 냈다. 이야기에 감칠맛이 있었다. 나는 첫날부터 선장에게 반해 버렸고, 시간이 흐르면서 더욱 매료되었다. 요즘도 가끔 그를 떠올리지만, 아직도 그의 이름을 알지 못한다. 그가 지금도 바닷사람으로 살고 있는지 무척이나 궁금하다. 나로서는 바닷사람이 아닌 그를 상상할 수 없다. 재치 있고 유능하고 현명한 사람이었다. 그를 만난 것은 내게 큰 행운이었다.

선장의 흥미로운 이야기에 중독되는 즐거움을 거기서 멈춰야 했다. 아가씨가 갑판 계단을 올라왔다. 조용히 주변을 살피더니 그녀가 선미 쪽 갑판을 천천히 거닐기 시작했다. 선장에게 작별을 고하고 선교에서 내려왔다. 누군가가 다가가는 낌새를 챘는지 그녀가 동작을 멈췄다. 돌아가려는 줄 알았는데 그렇지는 않았다. 아무 일 없었던 것처럼 편안하게 말을 걸어야겠다고 마음먹고 내가 가까이 갔다. 그런데 가서 보니 거트루드 헴스터가 아니라 힐다 스트레톤이었다.

"아름다운 밤입니다, 스트레톤양." 어색하게 말을 걸었다. "여기서 밤을 즐기는 모습을 뵈니까 반갑네요."

"그냥 바람 좀 쐬러 나왔어요." 그녀가 건조하게 대답했다.

내가 어렵게 꺼낸 '아름다운 밤' 따위에는 관심이 없었다. 내가 다가가자 그녀가 걸음을 멈추고 꼼짝도 하지 않았다. 같이 걷는 것을 허용하지 않겠다는 뜻이었다. 혼자 있고 싶어 한다는 사실을 본능적으로 알아차렸다. 이제 내가 할 일은 선원 모자를 치켜들고 아름다운 밤과 작별을 고하는 것뿐이었다. 그런데 그럴 수 없었다. 그녀는 예뻤다. 휘황한 달빛 덕분인지 처음 그녀를 보았을 때보다 훨씬 더 아름다웠다. 물러날 수가 없었다.

"저녁 산책을 할 수 있는 영광을 주시면 감사하겠습니다."

"갑판은 누구한테나 열려 있어요. 아무나 와서 산책할 수 있지요." 예상대로 냉랭한 답이 돌아왔다. "저는 이 요트 주인에게서 돈을 받고 일하는 하인일 뿐이에요. 산책을 하고 말고는 제 권한이 아니지요."

내가 웃었다. 특별히 웃을 일이 있어서가 아니라 당황하는 그녀의 모습이 재밌어서 웃음이 나왔다. 웃음은 인간이 가진 최상의 언어다. 말이 해결 못하는 것을 웃음은 해결한다. 많은 경우 웃음은 마음을 열어 준다.

"한배를 탄 동료를 만났네요." 최대한 밝은 톤으로 내가 말했다. "저 또한 이 요트 주인에게서 돈을 받고 일하는 하인입니다."

"트레몬 영주의 사촌이 그런 말을 할 줄은 몰랐네요."

"영주가 여기에 있었어도 제 입장이라면 똑같이 말했을 겁니다. 가식을 싫어하거든요."

"영국인들은 스스로 대단히 정직하다고들 생각하나 봐요." 그녀가 영국인인 내게 다소 무례하게 말했다. 방어든 공격이든 대답은 해야 했다. 속마음을 드러내지 않는 상대와의 대화는 참 고달픈 일이다.

"어떤 영국인은 정직하고 어떤 영국인은 그렇지 못합니다. 다른 나라 국민도 마찬가지겠지요. 정직하지 않은 영국인들은 자신이 정직하지 않다는 걸 압니다. 가식을 추궁하면 오류를 인정합니다. 스트레톤양이 특정 국가에 대한 선입견을 갖지 않았으면 합니다. 혹시 선입견이 있더라도 저 때문에 영국인에 대한 인상이 나빠지지 않기를 바랍니다. 저는 영국인을 대표하는 인물이 아닙니다."

어느새 갑판을 함께 걷고 있었다. 내가 얘기를 계속했다.

"이 말을 들으면 저를 일관성 없는 사람이라고 생각할지도 모르겠습니다. 저는 스트레톤양이나 저에게 하인이라는 말을 붙이는 것에 동의하지 않습니다. 우리는 하인이 아닙니다."

"트레몬씨, 조금 전에는 그 말에 수긍하셨어요. 트레몬 영주도 트레몬씨 입장이라면 똑같이 말했을 거라면서요."

"그건 스트레톤양과 제가 같은 처지에 있다는 뜻으로 한 말입니다."

"그러면 영국인이 자랑하는 정직성은 어떻게 된 건가요?"

"이건 정직, 비정직의 문제가 아닙니다."

그녀가 피식 웃었다.

"다시 말하지만, 저는 헴스터씨의 하인이 아닙니다. 헴스터씨는 저의 외교관 경력과 언어능력이 필요했습니다. 그래서 정당한 지급을 하고 저를 고용했지요. 에드워드 클락 경은 그의 지식을 사려는 고객들의 노예일지 모르지만 저는 아닙니다. 저도 엄연한 인격체이고 실라스 K. 헴스터씨나 그 외에 다른 사람들과 동등한 입장에 있습니다."

"동등이 아니라 더 우월하다는 얘기 아닌가요?"

"그럴 리가요, 그런 뜻이 아닙니다."

"트레몬씨 말에 그런 게 묻어 있어요. 아까 그분을 실라스 K. 헴스터라고 부르셨지요?"

"그게 그분의 이름 아닌가요?"

"네, 그분의 정확한 이름이에요. 그런데 트레몬씨는 불필요하게 최고 상관의 전체 이름을 대면서 오만을 보였어요."

"그게 아니에요. 제 말을 들어 보세요."

"아니요. 지금은 제가 말할 차례예요."

"잠깐만요. 스트레톤양은 처음부터 저를 부정직한 사람으로 몰아가더니 이젠 건방지고 오만한 구제 불능의 인간으로 치부하고 있어요. 스트레톤양과 마찬가지로 저도 헴스터씨를 존경합니다."

"아, 그러신가요? 반갑네요. 그분이 어째서 존경받을 만한 분인지 말씀드리지요. 트레몬씨가 본 것과 많이 달라서 놀라실 겁니다. 그리고 더 존경하게 되실 겁니다. 저는 그분을 잘 압니다. 헴스터씨는 학교 공부가 뛰어나지는 않았습니다. 그러나 뛰어난 인성 교육을 받으셨죠. 그분은 친절하고 사려 깊고 정의로운 최고의 신사이십니다. 그분은 제 아버님의 평생 친구였습니다. 안타깝게도 아버님은 지금 이 세상에 계시지 않습니다. 두 분은 학창 시절을 함께 보냈습니다. 헴스터씨는 부잣집 도련님이었고, 제 아버님은 몹시 가난한 학생이었지요. 아버님은 학교 최우수 장학생이셨습니다. 후에 성직자가 되셨고요. 영국 국교회파 교회의 목사님으로 계셨으니까 제 아버님 또한 훌륭한 분이셨다는 걸 트레몬씨도 인정하실 수 있겠지요. 아버님이 돈 버는 재주를 타고나지는 못했습니다. 그랬다면 헴스터씨와 같은 길을 가셨을 거예요. 헴스터씨는 큰 부자가 되었지만, 아버님과의 우정이 깨지지 않았습니다. 아버님이 돌아가신 후 그분은 친구의 자식까지 관대하게 챙겨 주셨습니다. 그게 바로 저지요. 제가 그분의 호의를 모두 받아들였다면, 저도 준재벌은 됐을 겁니다. 그분은 제게 너무나 잘해 주셨어요. 지금도 제 능력보다 훨씬 많은 봉급을 주고 계시지요. 순수하시고 정직한 분입니다. 마음이 넓고 친절하시고요. 마음이 넓고 친절하세요." 그녀가 끝 소절을 반복했다. 목소리가 떨렸지만, 끝까지 마무리를 했다. "진정한 신사분이세요, 세상에 둘도 없는."

"무슨 말인지 이해가 됩니다. 스트레톤양은 제가 그분을 과소평가한다고 생각하는 것 같아 마음이 좋지 않습니다. 저도 그분을 그렇게 느꼈습니다. 나가사키 빈민굴에서 저를 구해 주신 분입니다. 누구의 추천이나 소개도 없이 저를 선택해 주신 분이지요."

"바로 그거예요. 그분은 사람을 볼 줄 아세요. 문학이나 예술에는 약할지 몰라도 사람에는 강한 분입니다. 그분이 아무 보증도 없이 트레몬씨를 고용했다는 건 그만큼 트레몬씨가 믿을 만했다는 얘기지요. 그건 제 생각도 마찬가지고요. 그렇지 않았다면 이 늦은 시간에 이렇게 오랫동안 함께 있지 않겠지요. 그런데 혹시 그분이 쉽게 트레몬씨를 선택했다고 해서 만만하게 보시는 건 아닌가요?"

"또 그 얘긴가요? 제가 헴스터씨에게 존경심을 가지지 않는 것처럼 보이나요? 제 어떤 행동이 그렇게 보이도록 만들었을까요?"

"꼭 집어서 말하기는 힘드네요. 뭐가 딱 잘못되었다기보다는 그냥 분위기가 그래요. 점심때의 트레몬씨 행동을 이야기하는 건 아니에요. 아무튼 좀 거리감이 느껴지고 거만해 보이기도 하고 그러네요. 주위 사람을 한 수 아래로 보는 것 같은 그런 느낌이요."

내가 큰 소리로 웃었다. 그녀의 황당한 대답이 나를 웃게 했다.

"그런 식으로 말하자면, 스트레톤양은 식사 시간 내내 눈길 한 번 주지 않고 나를 완전히 무시했어요. 자신만의 잣대로 남을 판단하네요."

"그때는 트레몬씨를 봐야 할 이유가 없었어요. 그건 그렇고요, 이렇게 직접 대화를 하다 보니까 트레몬씨는 진실을 자꾸 회피하려는 것 같아요. 가식이라고 해야 하나, 정직한 화법에 익숙하지 않아 보여요."

"회피나 가식보다는 허세라는 말을 찾고 있었던 것 같네요. 그 허세 때문에 제가 시인해야 할 것을 시인하지 않은 경우도 있었지요. 물론 지금은 후회하지만요. 아시다시피 저는 혼자 미국에 머문 적이 있었어요. 그때 상황이 허세라는 말과 딱 어울렸지요. 하지만 스트레톤, 지금은 아니에요. 실제로 저는 헴스터씨를 존경합니다. 그렇게 보이지 않나요?"

"에구머니나!" 스트레톤이 장난기 섞인 반응을 보였다. 마음이 편해져 자신도 모르게 나온 반응이었다. 나로서는 반가운 일이었다.

"어머나! 어쩌면 완전히 다른 사람처럼 그렇게 말을 할 수가 있나요. 내면을 진지하게 들여다보세요. 자신을 쉽게 받아준 분에 대한 멸시나 무시가 없었는지 진솔하게 생각해 보세요. 그런 마음이 정말 없었다고 자신할 수 있으면, 말도 안 되지만, 그때 제게 다시 얘기해 주세요."

"그렇게 하지요. 지금부터 아무 말 하지 말고 조용히 갑판을 걷기로 해요. 스트레톤양 말대로 제가 정말 말도 안 되는 얘기를 했는지 내면 깊은 곳을 뒤져 보도록 하겠습니다."

말없이 둘이 걸었다. 뱃머리까지 갔다가 선교로 돌아왔다. 다시 방향을 바꾸는 순간 스트레톤이 얼어붙었다.

"아!" 흐느끼듯 그녀가 짧은 한숨을 토했다. "헴스터양이에요!" 내 눈에도 그녀가 들어왔다. 갑판 계단을 오르고 있었다.

"제기랄!" 옆에 여성이 있다는 사실을 잊고 거친 말이 튀어나왔다. 스트레톤이 놀란 눈으로 나를 보았다.

"정말, 정말로 죄송합니다." 내가 더듬거리며 말했다.

"그러시겠지요. 정말, 정말로요."

그녀가 희미한 미소를 지으며 작은 소리로 대꾸했다. 나는 다소 놀랐는데, 지금보다 더 정중하게 말했던 것에 그녀가 크게 화를 냈었기 때문이다.

07

거트루드 헴스터와
힐다 스트레톤, 그리고 나

요트는 계속 서쪽으로 나아갔다. 한쪽 얼굴을 가린 보름달이 우리를 마주보며 다가왔다. 그날 밤 나는 초현실적인 아름다움을 달빛 아래에서 목격했다. 햄스터양이었다. 형언할 수 없는 우아함으로 그녀가 내 앞에 섰다. 화사한 얼굴이 달빛에 드러났다. 순백의 투명한 피부가 달빛보다 더 눈이 부셨다. 여린 듯 도도한 자태는 여신의 향기를 풍겼다. 부드러운 눈썹에 드리웠던 눈살도 사라졌다. 앙증맞은 입술은 윤기와 생기를 머금었다.

"매혹적인 밤이에요!" 반짝이는 입술이 미소를 뿌리며 밤보다 더 매혹적으로 움직였다. 매혹이 다가와 내 앞에 섰다. "조금 춥지 않아요?" 그녀가 파르르 떠는 시늉을 했다. "두 분은 워낙 활발하게 걸어서 기온이 떨어지는 걸 못 느꼈나 봐요. 아, 힐다, 아래 내 방에 가서 양털 숄 좀 가져다줄래요? 어깨를 덮어야겠어요."

"금방 가져다 드릴게요." 스트레톤이 잰걸음으로 계단을 향해 갔다. 그때 방울종 같은 웃음소리가 잔물결처럼 밤하늘에 퍼졌다.

"어머나 나 좀 봐," 헴스터양이 웃음을 멈추고 말했다. "숄을 팔에 걸치고 있으면서 가져다 달라고 했네. 신경 쓰지 말아요."

스트레톤이 멈칫 뜸을 두고 대답했다. "안녕히 주무세요." 그녀가 사라졌다.

남자라는 동물은 때때로 한없이 우둔하다. 헴스터양이 나와 둘이 있기 위해 부드러운 방법으로 스트레톤을 들여보냈다는 사실을 나는 눈치채지 못했다. 헴스터양이 숄을 둘렀다. 제대로 덮이지 않아 주름이 잡혔다. 잠시 망설이다 내가 다가가 여린 어깨 위에 숄을 덮어 주었다. 갑판을 함께 걸었다. 어제 오후 나가사키에서 그랬듯 그녀가 내게 팔짱을 끼고 발을 맞추며 따라왔다. 그러나 거리에서와는 달리 갑판 위를 팔짝팔짝 뛰지는 않았다. 갑판 바닥에는 희고 부드러운 보드가 깔려 있었다. 발랄한 그녀가 팔팔 뛰고 싶은 유혹을 받을 만도

했지만 그러지 않았다. 팔팔 뛰기는커녕 허리를 꼿꼿이 세우고 머리를 하늘로 치켜든 채 여왕의 위엄을 보였다. 기대 반 우려 반 꺼림칙한 분위기에서 무슨 말을 어떻게 시작해야 할지 고민이 몰려왔다.

박자를 맞추는 발걸음 때문인지, 바닥의 탄력 때문인지, 양자 모두 때문인지 그녀와 내가 커플 댄서처럼 느껴졌다. 그 말을 입 밖으로 꺼내려는 순간 헴스터양이 멈춰 섰다. 팔짱을 꼈던 손을 빠르게 빼냈다. 갑판을 두 바퀴 넘게 돈 후였다.

"아무리 기회를 주려고 해도 받아들이질 않는군요."

"기회요? 무슨…?" 내가 놀라 물었다.

"제게 사과할 기회요."

"사과요? 무슨…?" 무슨 말을 하고 있는지 이해할 수 없었다. "제가 무슨 사과를 해야 하나요?"

작심한 듯 그녀가 거칠게 말했다. "당신네 영국 사람들은 진짜 멍청한 족속들이네요."

"맞아요. 영국인은 약삭빠르지 못하고 둔하다고들 하지요. 그렇다고 해서 영국인을 동정하거나 계몽하거나 훈계할 필요는 없어요. 제가 뭘 사과해야 하지요?"

"트레몬씨가 일본 황제의 친구가 아니라고 아버지께 말했다면서요."

"그랬지요. 저는 일본 황제의 친구가 아니니까요. 그게 뭐 잘못됐나요?"

"세상에," 어이없다는 표정으로 그녀가 계속했다. "조지 워싱턴을 흉내 내는 건가요?"

"조지 워싱턴이요?"

"그래요. 무슨 말인지 모르나요? 조지 워싱턴은 거짓말을 할 줄 몰라요. 뭔 뜻인지 알겠어요?"

"그렇군요. 저는 워싱턴과 거리가 멀어요. 마크 트웨인 쪽이지요. 거짓말을 할 줄은 알지만, 하지 않으려고 합니다."

"저를 위해서도 안 되나요?" 돌연 애교 섞인 목소리로 그녀가 말했다.

"어, 그런 식으로 말씀하시면 워싱턴도 트웨인도 모두 포기해야겠네요."

"바로 그거예요." 그녀가 다시 팔짱을 꼈다. 관계가 정상으로 돌아가는 것 같아 마음이 놓였다.

"어제는 분명 황제와 친구라고 말하지 않았나요? 제가 듣기에는 그랬어요."

"그랬다면 비난받아 마땅하지요. 저는 그렇게 말할 수 있는 위치에 있지 않습니다."

"황제와 여러 번 만나고 대화도 나누었다고 하셨잖아요."

"그건 황제의 의사와 상관없이 이루어진 배알이었습니다."

"우리도 두어 번밖에 안 만났지만, 저는 트레몬씨가 저를 친구로 생각한다고 믿고 있어요."

"그 말을 들으니 기쁩니다. 일본 황제가 그렇게 말했다면 저도 황제가 제 친구라고 사방 천지에 떠들고 다녔을 겁니다."

"한 가지가 더 있어요. 기억나실 거예요. 트레몬씨는 제 편이라고 했어요. 그리고 저의 지지자, 아니 뭐였더라, 그 비슷한 말이었는데… 정확한 걸 좋아하시지요? 아 맞아요, 후원자이자 신하라고 했어요. 옛날 소설에 나오는 것처럼 말이죠. 순진한 소녀는 그 말을 모두 그대로 믿었어요."

"그대로 믿으셔도 됩니다. 기회가 되면 제가 헴스터양 편이라는 걸 입증해 드리지요."

"그렇게 말씀하시니 힘이 나네요. 그런데 이미 한 번의 기회를 놓치셨어요. 오늘 아침에 요트에 와서 아버지를 만나셨지요. 그때 트레몬씨와 황제의 친분에 대해 제가 아버지께 말씀드린 사실을 아셨을 거예요. 그러면 트레몬씨도 일본 황제와 친분이 있다고 말씀하셨어야지요. 그런데 아니라고 했어요. 그래서 아버지는 모든 걸 제가 꾸며냈다고 생각하셨어요. 저만 나쁜 딸이 됐지요. 제 편이 돼 준다더니 기회가 왔는데 배반했어요."

"헴스터양, 그런 말을 제게 미리 해 주지 그러셨어요. 일본 황제와 형제라고 말해 달라고 했어도 헴스터양을 위해 위증을 불사했을 겁니다."

"트레몬씨가 요트로 돌아왔을 때 저는 갑판에 없었어요. 아무 말도 할 수 없었지요. 트레몬씨가 제게 관심을 가졌다면, 아버지가 황제에 관해 물었을 때 제가 무슨 답을 원했을지 아실 거라고 생각했어요."

"늦었지만 이제 이해가 되네요. 헴스터양이 말했듯이, 그리고 저도 인정했듯이 저는 정말로 우둔합니다. 명백하지 않으면 알아채지 못합니다. 아까 햄스터양과 갑판을 걸을 때도 연통을 알아보지 못하고 들이받을 뻔했습니다."

그녀가 웃었다.

"위트 있게 말씀하시네요. 좋아요. 사과를 거부하더라도 용서하지요."

"사과를 거부하지 않습니다. 제 우둔함을 사과합니다."

"미리 귀띔해 주지 않은 건 제 잘못이었어요. 다음에 또 이런 일이 있을 땐 제 생각을 굵게 타이핑해서 24시간 전에 문서로 넘겨 드릴게요."

"그래 주시면 감사하지요. 그렇게 되면 햄스터양은 영국인의 우둔함에 대한 물적 증거를 확보하게 될 겁니다."

"그런 물적 증거는 필요 없어요." 그녀가 밝게 말했다. "트레몬씨가 아버지께 뭐라고 말했는지 알았을 때 저는 엄청나게 화가 났어요. 요트를 통째로 삼켜 버릴 만한 분노가 속에서 일었지요."

"그랬나요?"

"모르셨나요? 알았잖아요."

"몰랐습니다."

"생각보다 훨씬 심각하게 둔하시네요. 사실은 점심때 트레몬씨께 자신의 자리로 가서 앉으라고 쌀쌀하게 말해 놓고 마음 상하셨을까 봐 오후 내내 걱정했어요."

"마음 상하다니요, 그렇지 않았어요. 자리를 직접 알려 주셔서 감사했죠. 그런 일은 웨이터가 하는 건데 말이죠."

홀리듯 그녀가 곁눈으로 나를 흘겼다. 매혹적인 입술 끄트머리에 야릇한 미소가 번졌다.

"비꼬시는 거지요?"

"그럴 리가요, 진심을 말한 겁니다."

"가끔은 트레몬씨가 생긴 것보다는 덜 멍청하다는 생각이 들기도 해요."

웃음이 쿡 터져 나왔다. 표정을 다듬고 최대한 공손한 어조로 내가 말했다. "그런 말씀을 들으니 황공무지하네요. 그건 제가 점점 발전하고 있다는 뜻이겠지요. 남자들은 그런 느낌을 아주 좋아합니다."

싱겁다는 듯 그녀가 어깨를 으쓱했다.

"우리 다른 얘기 해요. 저는 코레아로 가고 싶지 않았어요. 요코하마로 돌아가고 싶었어요. 그런데 코레아로 가고 있네요. 제가 뒤끝이 없다는 건 아시나요?"

"그런 것 같습니다."

"그러면 스트레톤이 무슨 말을 했는지 말해 주세요."

갑자기 날아온 돌멩이에 멈칫 뒤로 물러서려다가 이내 정신을 차렸다.

"오래 같이 있지 않았어요. 별로 중요한 얘기를 한 것이 없습니다."

"나에 대해서 뭐라고 하던가요?"

"헴스터양 얘기는 꺼내지도 않았어요."

"그래요? 그러면 도대체 무슨 말들을 했단 얘기예요?"

"헴스터양을 처음 본 순간부터 제 머릿속에는 헴스터양 생각만 들어차 있었습니다. 그래도 한 여성에 관한 얘기를 본인이 없는 자리에서 다른 여성과 하지는 않습니다."

팔짱 낀 손을 다시 빼내고 그녀가 내 쪽으로 돌아서서 섬광이 이는 눈으로 날 쏘아보았다. 나를 당황하게 하기에 충분했다.

"여보세요, 트레몬씨." 목소리가 앙칼졌다. "나에 대해서 할말이 있으면 속 좁은 여자처럼 다른 사람한테 속닥이지 말고 남자답게 직접 얘기하세요."

"제가 무슨 얘기를 했다는 건가요?"

"트레몬씨가 더 잘 아실 텐데요. 자신이 멍청하다고 인정한 것처럼 나도 그렇다고 생각하면 오산이에요."

"그런데 말이죠, 멍청한 사람들의 장점은 실수를 좀 해도 악의가 없으면 대충 봐주고 넘어간다는 거예요."

"또 그런 식으로 말을 하네요. 한 여성에 관한 얘기를 다른 여성과 하지 않는다고 했지요? 한 여성은 저고, 다른 여성은 스트레톤인가요? 저와 스트레톤이 똑같은 여성으로 보이나요?"

"그런 뜻이 아닙니다." 성난 한 여성에게 내가 자세를 낮췄다.

"한 여성과 다른 여성?" 그녀가 반복했다. "스트레톤이 저랑 같은 여성이라고요?"

"그녀가 여성이라는 것 말고는 스트레톤에 대해 아는 게 없습니다. 여성 외에 달리 표현할 방법이 없네요."

"그럼 저는 뭔가요?"

"여성이지요."

"그게 바로 스트레톤과 나를 똑같이 보고 있는 게 아니고 뭔가요?"

"헴스터양, 미국 독립선언문 아시지요? 미국인들은 종종 그것을 들춰내 여기저기에 써먹지요. 제 기억이 맞는다면 선언문 도입부에 이런 내용이 있습니다. '모든 사람은 평등하게 태어났다.' 거기에 사람들이 이렇게 덧붙이지요. '그래도 남자는 여자를 보살펴야 한다.' 저도 그 말에 동감이구요."

"평등이요? 스트레톤은 돈을 받고 일하는 내 하녀예요. 오페라 피너포어 아세요? 한 사람이 다른 사람의 명령에 복종해야 하는 상황에서는 평등이라는 개념이 적용될 수 없어요."

"미국은 다른 줄 알았는데 마찬가지네요."

"여긴 미국이 아니에요."

"여기도 미국입니다. 우리는 공해상에 있지만 미국 뉴욕시에 등록된 배에 타고 있습니다. 이 갑판은 뉴욕과 똑같이 미국 땅의 일부로 간주됩니다. 제가 옳지 않은 행위를 해서 선장이 영국인인 제게 수갑을 채워도 그건 미국 법에 따라 정당화됩니다."

"똑똑도 하셔라. 스트레톤과 무슨 얘기를 했는지 말하지 않겠다는 거지요?"

"만일 스트레톤양이 아가씨와 저의 대화 내용을 알려 달라고 하면 얘기해 줘야 하나요? 저는 절대 말하지 않을 겁니다. 제가 잘못된 건가요? 우리가 나눈 얘기를 스트레톤에게 다 말해도 아가씨는 괜찮겠어요?"

"잘 모르겠네요." 한풀 꺾인 소리로 그녀가 대답했다. 그녀 속의 폭풍은 쉽게 일어났던 만큼 쉽게 가라앉았다. "보나 마나 스트레톤은 자기 아빠가 성직자였다고 말했을 거예요. 제 아빠가 사업을 시작할 때 스트레톤 아빠가 500달러를 빌려줬다는 얘기도 했겠지요. 우리가 이렇게 부자가 된 건 다 자기 아빠 덕분이라고 했을 거예요."

"그렇지 않습니다. 500달러 얘기는 들은 적이 없어요. 그녀는 아가씨 아버님이 아주 좋은 분이고 존경한다고 했어요."

"당연히 그래야지요. 오갈 데 없는 스트레톤을 아빠가 극진히 보살펴 주시고 공부도 시켜 주셨으니까요."

내가 아무 말도 하지 않자 그녀가 톤을 바꾸어 다시 말했다. "제가 이렇게 말하는 걸 안 좋아하시겠지만, 스트레톤은 내숭이 있어요. 아까도 트레몬씨가 갑판에 있는 걸 계속 지켜보다가 일부러 때맞춰 나왔을 거예요. 트레몬씨는 몰랐겠지만."

"제 생각에는 뭔가 오해가 있는 것 같습니다. 스트레톤양은 혼자 갑판을 걸으려고 나왔던 것 같아요. 오히려 제가 끼어들어 방해했지요."

"그게 다 힐다 스트레톤이 일부러 만든 상황이라는 걸 아셔야 해요. 스트레톤은 남자에게 항상 그렇게 대해요. 저는 달라요. 솔직하지요. 전 트레몬씨와 이야기를 나누고 싶어서 여기에 왔어요."

"저야 감사하지요."

"트레몬씨는 다른 남자들과는 다르게 저를 대했어요. 제 말을 반박하고 부정하는 남자는 지금까지 없었어요."

"제가 그랬던가요? 저도 의외네요. 반박이나 부정할 생각은 추호도 없었는데."

"지금까지 계속 그랬어요. 신사도 정신에는 어긋나지요. 전 지나간 건 바로 잊어버려요. 이제 트레몬씨 얘기를 해 주세요."

"다른 재미있는 얘기를 하지요."

"그러면 영주 트레몬경에 대해 얘기해 주세요."

"또 그놈의 트레몬 영주요?"

"아, 스트레톤과도 트레몬경에 대해 얘기했나요?"

"그건 아니지만, 전 그 사람 얘기에 지쳐 있어요. 물론 그는 아주 좋은 사람이에요. 제가 영국 땅이 아닌 공해상에 있다고 해도 그 사람한테 그놈의 트레몬 영주라고 해서는 안 된다는 걸 알아요. 말은 그렇게 해도 트레몬 영주가 잘되기를 저는 바라고 있어요."

"그가 죽으면 트레몬씨가 영주가 되나요?"

"아이고, 천만에요."

"왜 천만이죠? 뭐가 문제예요?"

"아들이 셋이나 있어요. 인류 건강의 표본이라고 할 만큼 다들 건강하지요. 저도 그래서 기쁩니다."

"트레몬씨가 영주가 될 가능성은 전혀 없는 건가요?"

"전혀 없는 건 아니지만, 그런 일은 일어나지 않을 겁니다.

바라지도 않고요."

"작위를 원하지 않나요?"

"동전 한 닢의 가치도 없습니다."

"정말요? 영국 남자들은 작위에 욕심이 많은 줄 알았는데."

"잘못 알고 있는 겁니다. 영국에도 평범하게 자신의 이름으로 살아가기를 원하는 사람이 많습니다. 그들은 아무리 높은 작위를 준다고 해도 가족의 성과 바꾸지 않습니다."

"왜요?"

"졸부가 되거나 개천의 용 같은 귀족이 되기보다는 오래된 가문을 더 중시하기 때문입니다."

"오래된 가문이라는 말이 재밌네요. 모든 가정의 뿌리는 같은 거 아닌가요? 우리 모두의 조상은 아담이니까요."

"영국 문장원은 그런 주장에 동의하지 않을 겁니다."

"가문을 내세우는 건 어리석은 생각 아니에요?"

"글쎄요, 깊이 생각해 보지 않아서 모르겠지만, 말의 혈통은 중시하면서 사람의 혈통은 왜 내세우면 안 되는지도 이해가 안 갑니다."

"제가 듣기로 영국 귀족들은 대부분 해적 같은 범법자 출신이지만, 준마의 혈통은 순수하잖아요."

"그다지 틀린 말은 아닙니다. 그들 중 일부는 지금도 유령

회사를 만들어 해적질을 하고 있지요. 어쨌든 유럽에서 가장 오래된 가문이라고 하더라도 동방국의 왕가에 비하면 아무것도 아닙니다. 우리가 만나게 될 코레아 황제도 수백 년이 넘는 역사와 전통을 가진 왕가 출신입니다."

"코레아 황제를 대하는 게 쉽지 않겠네요." 근심 어린 목소리로 그녀가 물었다.

"코레아 황실의 규율은 무척 엄격합니다. 궁궐 앞을 지날 때는 누구라도 말에서 내려야 하고 왕을 알현하는 사람들은 모두 무릎을 꿇고 엎드려야 합니다."

"나는 절대로 그렇게 하지 않을 거예요." 햄스터양이 의기양양하게 말했다.

"혹시 황제가 아가씨의 손이라도 잡아 주면 그때부터 아가씨는 특별한 사람으로 대우받습니다. 그 징표로 배지도 수여받아 달고 다녀야 합니다."

"코레아가 내 백이 되는 거네요." 그녀가 유쾌하게 웃었다. "어떤 문제가 생기든지 트레몬씨가 다 처리해 줄 거라고 믿어요. 작별 인사를 해야 할 시간이네요. 밤이 늦었어요. 덕분에 즐거운 산책을 했어요. 감사해요."

우아한 뒤태를 보이며 햄스터양이 달빛 속으로 총총히 사라졌다.

08

총잡이와 피아니스트

꿈도 안 꾸고 꿀잠을 잤다. 최상의 컨디션으로 자리에서 일어났다. 서구식 침대에서 잠을 잔 것이 도대체 얼마 만인지 모른다. 바닥에 까는 일본 다다미와 나무토막 베개에 어쩔 수 없이 익숙해지긴 했지만, 밤마다 유럽식 침대가 그리웠다.

요트에 설비된 장비와 도구는 모든 것이 최첨단이었다. 자가발전 전기 조명이 요트의 구석구석을 환하게 밝혔다. 고풍스러운 동양식 욕실에서는 밤낮없이 쾌적하고 편안한 목욕을 즐길 수 있었다. 다이얼이 달린 손잡이를 돌리면 온수든 냉수든 원하는 대로 쏟아져 나와 화려한 대리석 욕조를 가득 채웠다. 나가사키 판잣집을 생각하면 이건 목욕이 아니라 유희라고 해야 옳았다.

실내용 가운에 슬리퍼를 신고 내가 욕실로 갔다. 일본인 소년이 나를 맞았다. 중국에야 가야 맛볼 수 있을 향기로운 차를 주문도 없이 대령했다. 손가락 길이, 손가락 굵기의 버터 토스트가 한쪽 끄트머리만 냅킨에 싸인 채 먹기 좋게 가지런히 황금테 접시에 놓였다. 나가사키에서는 이런 호사를 상상이나 했던가. '이봐 루퍼트,' 혼자 중얼거렸다. '대박을 터뜨렸어.'

인생 최고의 항해를 즐겼다. 헴스터양과의 관계를 위태롭게 만들었던 먹구름도 깨끗이 사라졌다. 헴스터양은 공격이나 비난을 받으면 쉽게 날카로워지는 성향이 있었지만, 여성에게 공격이나 비난을 하는 것은 기사도 정신에 맞지 않는 행동이기 때문에 그녀의 성격이 딱히 문제 될 이유는 없었다. 나 자신도 앞으로는 지난번과 같은 실수를 다시 하지 않을 자신이 있었다.

묘한 자부심으로 의기가 충천되었다. 방으로 돌아와 목욕 가운을 벗어 던지고 몇 년간 입지 않았던 폭넓은 옥스퍼드 바지를 꺼내 입었다. 오래됐지만 바지는 여전히 완벽한 흰색을 유지했다. 상의는 내 모교의 화려한 로고 색을 세상에 알린 옥스퍼드 스포츠 셔츠를 걸쳤다. 화룡점정, 머리에도 옥스퍼드 운동모자를 눌러 썼다. 캠퍼스 시절로 돌아가 옥스퍼드 대로를 걷는 학생이 된 기분이었다.

내 복장은 아침 식탁에서 큰 화제가 되었다. 헴스터양은 내 의상에 칭찬을 아끼지 않았고, 선장은 바넘 서커스의 광대가 생각난다며 박장대소했다. 식사 후에 나는 영광스럽게도 헴스터양과 한 시간 넘게 갑판을 걸었다. 헴스터씨는 언제나처럼 등나무의자에 특유의 포즈로 앉았다. 딸이 방으로 돌아간 후 내가 그의 곁으로 갔다. 대화를 시도하려 했지만, 혼자만의 생각에 잠긴 그가 끼어들 틈을 주지 않았다.

생각을 바꾸고 도서관으로 향했다. 책 한 권을 골라 읽을 요량이었다. 승강구 계단을 한 걸음 내려섰다. 잔잔하고 은은한 피아노 음조가 향기처럼 퍼져 올라왔다. 쇼팽의 매력적인 야상곡이었다. 계단 머리에 멈춰 섰다가 발소리를 죽이고 다시 아래로 살며시 걸음을 옮겼다. '헴스터양은 음악에도 조예가 깊구나.'라고 생각했다.

계단을 다 내려가서 내 생각이 틀렸다는 사실을 알았다. 음악에 조예가 깊은 피아니스트는 헴스터양이 아니라 스트레톤이었다. 그녀가 내 쪽에 등을 돌리고 앉아 쇼팽을 연주했다. 건반 터치가 프로 피아니스트와 비교해도 손색이 없었다. 좀처럼 듣기 힘든 연주곡들이 그녀의 손끝에서 퍼져 나왔다. 누구 못지않게 나도 음악을 좋아했다. 살금살금 미끄러져 거실

의자에 조용히 앉아 신성하게 연주되는 천상의 하모니를 즐겼다. 그녀의 연주가 야상곡에서 다른 야상곡으로 연속해 이어졌다. 이런 연주를 몰래 듣고 있다는 게 황송했다. 연주를 끝낼 기미가 보이면 얼른 일어나 그녀가 모르게 조용히 올라가야겠다고 생각하면서 숨을 죽인 채 마술 같은 연주를 감상했다.

내가 앉은 곳에서 정면으로 보이는 홀 끝 쪽에는 여성들의 숙소가 있었다. 그곳에서 햄스터양이 불쑥 나타났다. 내가 그녀를 본 순간 그녀도 나를 보았다. 햄스터양이 몇 발짝 앞으로 걸어오다 멈춰 섰다. '피아노 소리를 들었겠지.' 하고 생각했다. 그런데 그녀가 갑자기 휙 돌아섰다. 강하고 둔탁한 문소리와 함께 햄스터양이 사라졌다.

내가 조금이라도 눈치가 있었다면 그때 즉시 갑판으로 나갔어야 했다. 무디다는 사실을 스스로 인정할 수밖에 없다. 스트레톤은 연주에 몰두했다. 문이 닫히는 소리도 듣지 못한 것 같았다. 잠시 후 햄스터양이 다시 나타났다. 이번에는 홀을 똑바로 가로질러 내 쪽으로 빠르게 걸어왔다. 걸음을 옮길 때마다 실크 스커트에서 쉭쉭 소리가 났다. 옷이 내는 분노의 소리였다. 이전에도 이후에도 실크가 그런 소리를 내는 걸 한 번도 들어본 적이 없다. 햄스터양은 여러 면에서 참 신기한 여성이었다.

눈에 광채를 품고 거친 걸음으로 그녀가 나를 지나쳤다. 얼마 전에도 그런 눈을 본 적이 있었지만, 이번에는 광도가 달랐다. 그때 번갯불을 보았다면 이번에는 불 화산을 보았다. 그녀가 지나칠 때 나도 모르게 벌떡 일어나 경의를 표했다. 곁눈 한 번 주지 않고 그녀가 계단 앞에 멈춰 섰다. 화려한 가운의 옷깃을 손가락 네 개로 바짝 들어 올리더니 빠른 걸음으로 다시 계단을 밟았다. 그녀에게 신경 쓰지 않으려고 피아노 쪽으로 몸을 돌렸다. 어느새 음악이 멈췄다. 스트레톤이 당황한 눈빛으로 나를 보았다.

"언제부터 거기에 계셨어요?"

"글쎄요, 몇 분 안 됐어요. 연주를 계속하세요. 저도 음악을 좋아해요. 오랜만에 훌륭한 연주를 듣게 돼서 영광입니다."

"그렇게 말씀해 주시니 감사하네요. 오늘 아침에는 충분히 한 것 같아요."

"좀 전의 곡이라도 끝내 주세요." 내가 간곡히 부탁했다.

"다음에 할게요, 제발요." 그녀가 작은 소리로 말했다. 겁을 먹은 것 같았다.

"할 수 없지요. 다음에 들려주기로 약속하신 거예요."

피아노로부터 멀어져 그녀가 내 쪽으로 왔다. 고개를 숙이고 나를 지나쳐 갑판으로 사라졌다. 거실에 혼자 남았다. 이 야릇한 상황이 뭔지 감을 잡을 수 없었다. 나도 갑판으로 올라갈까 생각했지만, 헴스터양의 행동이 꺼림칙해 마음을 고쳐먹었다. 자리를 옮겨 피아노의자에 앉았다. 머리에서 떠오르는 몇 가지 쉬운 멜로디로 건반을 두드렸다. 영국 코미디 영화음악 "올드 켄트로드에서 생긴 일"을 연주했다. 그 음악의 작곡가이자 가수인 앨버트 체벌리어를 떠올렸다. 런던 중심지의 스트랜드 거리와 피커딜리 광장, 티볼리, 레스터 스퀘어, 알람브라가 그리워졌다. 순간, 흐느끼며 호소하는 여성의 작은 목소리가 들려왔다.

"제발 거티, 그러지 말아요."

고개를 돌려 소리 나는 쪽을 바라보았다. 거트루드 헴스터가 급하게 계단을 내려왔다. 힐다 스트레톤이 뒤를 따랐다. 뒤 여성은 울음보가 터지기 직전이었고, 앞 여성은 알아볼 수 없을 만큼 얼굴이 일그러져 있었다. 그토록 아름다운 얼굴에 어떻게 그런 독기가 서릴 수 있는지 믿어지지 않았다.

"이봐요, 당신. 내 피아노에서 그 추한 손가락 좀 치울 수 없어요?" 나를 가리키는 인칭대명사를 특별히 강조하며 그녀가 소리쳤다.

"이미 치웠습니다." 부드럽게 대답했지만 부드럽게 듣는 것 같지 않았다.

"요트를 자기 걸로 착각하고 아무거나 맘대로 써도 되는 줄 아나 본데, 똑바로 들어요. 나는 종업원들이 술집이나 클럽에서처럼 행동하는 걸 절대로 용납하지 않아요." 주위를 성큼성큼 걸으며 그녀가 앙칼지게 말했다.

"미안합니다." 내가 사과했다. "다시는 피아노를 건드리지 않겠습니다. 시설이 개방된 일반 여객선에 익숙해서 제가 착각했습니다."

그녀가 방으로 향했다. 스트레톤이 그녀를 안내하려다가 팔꿈치를 툭 쳤다. 눌려 있던 불 화산이 폭발했다. 헴스터양이 스트레톤 쪽으로 몸을 홱 돌렸다. 그녀의 오른손이 스트레톤의 빰을 향해 빠르게 날아갔다. 스트레톤이 본능적으로 팔을 들어 날아오는 포탄을 막았다. 다행인지 불행인지 포탄은 과녁을 맞히지 못했다. 헴스터양이 돌변했다. 마귀로 변신한 그녀가 두려움에 오그라든 스트레톤의 양쪽 어깨를 움켜잡고 마구 흔들어 대기 시작했다. 사냥개가 쥐새끼를 농락하듯 한참을 괴롭히다가 마침내 식탁의자에 내동댕이쳤다. 스트레톤은 겁에 질려 하얘졌고, 헴스터양은 분노로 벌게졌다. 갑판으로 올라가고 싶었지만, 두 가지 이유가 나를 막았다. 첫째, 스트레톤이 다치지 않았나 걱정되었다. 둘째, 내가 가야 할 유일한 길의 정중앙을 막고 싸움이 벌어졌다. 한쪽이 일방적으로 당하는 걸 싸움이라고 해도 될지 모르겠지만, 아무튼 그랬다.

"네가 감히 나를 건드려? 멍청이 같은 게." 헴스터양이 소리쳤다. "모든 문제가 항상 너 때문에 일어나. 한심한 몇 곡들 가지고 광대같이 맨날 띵똥 띵똥. 또 한 번 그런 짓거리를 하면 손모가지를 잘라 버릴 거야."

"헴스터양," 내가 끼어들었다. "피아노 음악을 이해하지 못하시나 보네요. 쇼팽의 섬세한 하모니를 모르시나요?"

내 의도는 적중했다. 공포에 떠는 스트레톤을 거칠게 다루던 마귀가 사냥감을 나로 바꿨다.

"이해를 못 한다고? 내가 무식하다고? 이런 똥개 같은! 당신 그렇게 강심장이야? 감히 내게 그런 말을 지껄여? 작대기에 꽂힌 원숭이처럼 생겨 가지고. 당신은 아무 데나 굴러다니는 싸구려 인형 나부랭이 같은 존재야."

내 옥스퍼드 재킷에 있는 그림에 빗대어 한 말이었다. 그 말이 나를 실소하게 했다. 그러지 말았어야 했는데 그 심각한 상황에서 내가 그만 웃고 말았다. 내 웃음은 불기둥 속의 기름이 되었다. 비명인지 고함인지 하늘을 찌르는 날카로운 소리가 그녀의 입에서 터져 나왔다. 갑판 팔걸이의자에 앉아 있던 그녀의 아버지가 허둥지둥 내려왔다. 얼굴에 수심이 가득했다. 아버지의 출현은 사태를 더욱 악화시켰다.

"얘야, 얘야!" 아버지가 사정하듯 딸을 불렀다. 그때 그녀가 아버지에게 욕을 한 것 같지는 않다. 하지만 그 비슷한 거친 말들을 쏟아냈다. 건달들에게서나 들을 수 있는 험한 말들이었다. 헴스터양이 번개처럼 움직여 테이블 중앙의 일본 도자기 화병을 집어 들었다. 화병이 나를 향해 똑바로 날아왔다. 풋볼 선수 못지않은 실력이었다. 다행히도 나 또한 풋볼에는 일가견이 있었다. 날아오는 화병을 능숙한 솜씨로 가뿐하게 받아냈다. 운동장이었다면 기립박수가 터져 나올 만했다. 안전하게 받아 올린 화병을 피아노 위에 사뿐히 올려놓았다. 나의 터치다운으로 풋볼은 일단 끝이 났다. 아버지가 앞으로 걸어왔다. "얘야, 얘야, 아가야, 거티야." 그답지 않게 목소리가 떨렸다.

헴스터씨에게 미안했지만, 현장에서 벗어나려고 걸음을 옮겼다. 헴스터씨를 지나쳐 계단을 오르려는 순간 놀라운 일이 벌어졌다. 헴스터양이 근처의 서랍 하나를 거칠게 잡아 뺐다. 서랍이 바닥에 나동그라졌다. 그와 동시에 여자의 비명이 들렸다. 내가 재빠르게 몸을 돌렸다. 번쩍, 피스톨의 섬광이 보이는가 싶더니 내 뒤의 거울이 총탄에 박살 났다. 좁은 공간에서의 총소리는 대포 소리 같았다. 뿌연 연기 속에서 사수

가 두 번째 방아쇠를 당기려는 모습이 보였다. 혼이 나간 여성 총잡이 앞에 세 명의 비무장 민간인이 무방비로 섰다. 내 안전을 생각할 겨를이 없었다. 누군가가 죽거나 다칠 일촉즉발의 상황이었다. 몸을 날렸다. 총잡이의 양 손목을 있는 힘껏 움켜잡았다. 그리고 거칠게 말했다.

"총 내려놔!" 누구로부터도 이런 식의 말투는 들어 보지 못했을 것이었다.

"이 손 못 놔? 이 짐승 같은!" 내 얼굴에 대고 총잡이가 식식거렸다. 대답 대신 양팔을 강제로 들어 올렸다가 세차게 끌어 내렸다. 총을 놓지 않으면 무게 때문에 손가락이 부러질 수도 있었다.

"짐승 같은 놈. 짐승, 짐승!" 울부짖었지만 목이 메어 소리가 잘 나지 않았다. 총잡이를 90°로 돌려세우고 뒤로 밀어붙여 강제로 의자에 앉혔다.

"여기 가만히 있어. 조용히 있지 않으면 손모가지를 잘라 버릴 거야." 어깨를 세차게 흔들며 좀 전에 그녀가 스트레톤에게 했던 것과 똑같이 말했다.

지금도 나는 당시의 내 행동을 후회하지 않는다. 그때 나는 그녀만큼, 아니 그 이상으로 화가 치밀어 올라 있었다.

"야만인 같은 놈, 이 손 놓지 못해? 죽여 버릴 거야. 힐다, 선장 불러! 이놈을 철창에 처넣으라고 해. 아빠, 왜 겁쟁이같이 보고만 있는 거예요? 이 불한당이 날 죽이려는 게 안 보여요?"

"얘야, 거티야!" 아빠가 엉거주춤 서서 딸의 이름만 연거푸 불렀다.

폭풍우 같은 눈물을 쏟으며 그녀가 울기 시작했다. 손목을 놓아주었다. 권총 쪽으로 조금이라도 움직이면 즉시 제압할 수 있는 만반의 준비를 했다. 묘사가 장황했지만, 이 모든 액션은 눈 깜짝할 새 일어났다. 스트레톤은 마귀가 몰아붙인 의자에 그대로 앉아 달걀만 해진 눈으로 공포의 현장을 지켜보았다. 아버지는 탁자에 손을 짚고 힘겨워 보이는 자세로 섰다.

헴스터양은 분노의 폭탄이 터져 눈물을 폭풍처럼 쏟았다. 폭발음은 가장 낮은 음부터 가장 높은 음까지 전 음역을 넘나들었다. 숨이 넘어갈 듯 헉헉거리다가 틈틈이 신경질적인 비명을 질러대기도 했다. 흑흑, 꺽꺽거리며 감정의 기복도 상상을 초월했다. 그러나 가식이었다. 딸의 가식이 아빠의 가슴을 파고들었다. 아빠가 비탄에 빠졌다. 가슴을 후벼 파 동정을 끌어내려는 딸이 가증스럽게 보였다. 딸은 의도적으로 아빠의 비탄을 부추겼다. 연기력이 갈수록 좋아졌다. 최고조로 실감나게 슬픔을 표현했다. 뛰어난 여배우였다.

이렇게 한 차례 사나운 폭풍이 지나갔다. 총잡이도 더 이상 총질을 할 것 같지는 않았다. 바닥에 떨어진 서랍을 집어 제자리에 꽂았다. 흩어져 뒹구는 서랍 속 내용물들도 제자리를 찾아 주었다. 권총을 들고 내가 말했다.

"이건 제가 보관하지요. 다룰 줄도 모르는 여자 손에 이런 위험한 물건이 있어서는 안 됩니다."

내 말이 한풀 꺾여 있던 총잡이를 자극했다. 그녀가 눈물범벅의 얼굴을 들어 올렸다. 얼룩진 얼굴이 새로운 분노로 달아올랐다.

"이런 호랑말코 같은," 악을 썼다. "너보단 내가 훨씬 나아!"

대꾸도 하지 않았다. 요트 안의 무기들을 철저히 단속해 달라고 햄스터씨에게 부탁하고 현장을 떠났다.

09
소리 없는 아우성

혼자 갑판을 걸었다. 장식용 허리띠와 엉덩이 사이에 권총을 꽂았다. 영락없는 해적이었다. 결과에 만족하지 못한 해적은 선미 쪽 갑판을 밟지 않는다. 그곳은 성공한 해적들의 영역이다. 해적들이 포로를 죽일 때 사용했던 널빤지가 바다 쪽으로 걸려 있었다면 나는 기꺼이 그곳을 걸었을 것이다. 마음이 불편했다. 햄스터양을 능멸했던 것보다 백배 천배 나 자신이 경멸스러웠다. 내가 무슨 권리로 그런 일을 했는가? 피아노에서 물러나라고 했을 때 왜 그대로 따르지 않았던가? 쓸데없는 변명을 하지 말고 즉시 갑판으로 올라왔으면 아무 일도 일어나지 않았을 것이었다. 따지고 보면 이 한심한 소동은 나 때문에 일어난 것이나 다름없었다. 그런데도 잘못을 비열하게 회피하고 정당화하려 했다. 그녀의 말마따나 피아노는 당연히 그녀의 것이었다. 그녀의 보석을 내 몸에 두르면 안 되듯이 피아노 또한 허락 없이 건드려서는 안 되는 것이었다.

배가 어딘가에 닻을 내리기만 하면 육지에 올라 다시는 그 부녀를 보지 않아야겠다고 마음먹었다. 그런데 따지고 보니 그럴 입장도 못 되었다. 헴스터씨에게 빚이 있었다. 가불해 준 돈뿐만 아니라 호의와 친절에 대해서도 은혜를 갚아야 했다. 빈곤의 아픔이 뼈저리게 밀려왔다. 나가사키에서 굶기를 밥 먹듯 할 때도 궁핍이 이토록 날 비참하게 만들지는 않았다. 그때 나는 헴스터씨가 도와준 돈을 땡전 한 푼도 갚을 수 없는 처지에 있었다. 보답할 수 있는 오직 한 가지 길은 그를 위해 성실히 일하는 것뿐이었는데 스스로 무덤을 파 이제는 그마저도 불가능하게 되었다.

생각이 여기에 미치자 절망감이 밀려왔다. 낙담으로 무거워진 머리를 떨구고 갑판 위를 계속 걸었다. 누군가가 갑판 계단을 조용히 올라왔다. 헴스터씨였다. 그가 전용 등나무 의자로 걸어가 앉았다. 난간에 다리를 얹고 시가의 한쪽 끝을 물어 깠다. 내게는 눈길을 주지 않았다. 늘 그랬기 때문에 굳이 신경 쓸 건 없었다. 곰곰이 생각하다가 내가 속을 털어놓기로 마음먹었다. 성큼성큼 걸어가 그 앞에 섰다. 헴스터씨가 나를 올려다보았다. 근심이 가득한 눈이었다. 그럴 만도 했다. 추천서 한 장 없이 생면부지의 가난뱅이를 덜커덩 뽑아 승선시켰더니 이것이 생판 싸움꾼이라! 어찌 근심이 없을 수 있겠는가.

"회장님, 죄송하다는 말로는 잘못을 용서 받을 수 없다는 걸 잘 압니다. 그런데 달리 방도가 없습니다. 제 배은망덕을 진정으로 뉘우치고 있습니다. 그 점을 헤아려 주셨으면 합니다. 면목 없습니다만, 지금은 가불해 주신 돈을 갚아드릴 처지가 못 됩니다. 처음 회장님을 뵀을 때 저는 완전 거덜이 난 빈털터리라고 솔직하게 말씀드렸습니다. 그건 지금도 마찬가지입니다. 회장님의 아량으로 이곳에서 일할 수 있었는데 이젠 그럴 수 없다는 것도 압니다. 이 시간부터 배가 육지에 닿을 때까지 선수 쪽 3등 선실에서 일반 선원들과 함께 생활하겠습니다. 회장님의 명령이 있지 않는 한 선미 쪽에는 얼씬도 하지 않겠습니다. 코레아에 도착한 후에는 회장님 처분대로 따르겠습니다. 계획하신 코레아 프로젝트를 수행하라고 하시면 제 능력을 다 해 그렇게 하겠습니다. 그렇지 않다면 어떻게 해서든지 빠른 시일 안에 빚을 갚아 드리겠습니다."

"이리 와 앉게."

햄스터씨가 작은 소리로 말했다. 내가 다가가 앉았지만, 난간 너머 멀리 수평선을 응시할 뿐 아무 말이 없었다. 내게는 꽤 긴 시간이 흘렀다. 마침내 그가 입을 열었다.

"자네 흥분했나? 일을 과장되게 생각하고 있어. 갑판에서 선원들이 총소리를 들었을 것 같은가?"

"그렇지 않은 것 같습니다. 제가 갑판으로 왔을 때 아무도 반응을 보이지 않았습니다."

"그래. 아래에서는 큰 소동이 있었지만, 위에서는 아무 일 없이 평화로웠어. 그런데 자네가 선수로 가서 선원들과 지내면 어떻게 되겠나? 무슨 일이 생겨서 내가 자네를 쫓아냈다고 생각할 게 뻔하지. 선원들이 무슨 생각을 하든 내가 신경 쓰지 않을 것처럼 보이나? 그렇지 않아. 아주 많이 신경을 쓰지. 총성이 갑판에도 들렸다면 점심때 선장이 보나 마나 호들갑을 떨 거야. 그렇지 않으면 일부러 알릴 필요가 없어. 자네가 식탁에서 함께 식사하고 싶지 않다면 꼭 그리하라고 하지 않겠네. 사환을 시켜서 방으로 가져다 식사하게. 그리고 돈 말이야, 자네가 빚졌다는 그 돈, 그거 별로 신경 쓸 만한 게 못 돼. 자네가 그런 걸 얼렁뚱땅 넘어갈 사람이 아니라는 건 내가 알지. 자네는 내가 필요해서 뽑은 사람이야. 우리 일이 모두 끝나고 나면 그때는 내가 자네에게 빚을 지게 될 걸세. 이런 거래에서는 내가 자네보다 한 수 위야. 비즈니스는 전쟁이야. 전쟁에서 흥분하면 백전백패, 죽음뿐이지. 그래서 나는 흥분을 하지 않아. 화를 참을 줄 안다는 얘기지. 그런데 말이야, 내 딸아이는 그렇지 못해. 잘못 가르친 거지. 그 아이를 책망하지 말고 나를 책망하게."

"책망이라니요, 당치 않으십니다. 두 분 중 누구도 책망하지 않습니다. 저 자신에게 화가 날 뿐입니다."

"훌륭한 자세야. 모범적인 크리스천 정신이지. 세상을 그렇게 살면 해를 입지 않아. 우리가 상륙하면 시키는 걸 뭐든지 하겠다고 했나? 상륙하기 전에 부탁 하나 들어주게."

"무엇이건 명령만 하십시오."

"명령이 아니고 부탁이야. 아래로 내려가서 거티의 방문을 두드리고 아까 일에 대해 미안하다고 얘기해 줄 수 있겠나? 어떤 식으로 말하든 그건 알아서 하고, 싫으면 안 해도 되네. 일이 어찌 됐건 그 아이는 여린 여자애고 우린 남자야. 자네가 나서서 매듭을 푸는 게 맞는 것 같네."

모든 중요한 결정은 감성이 아니라 이성으로 해야 한다는 걸 안다. 그런데 노신사의 간곡한 어조가 내 깊숙한 감성을 건드렸다. 부탁을 거절할 수 없었다. 말없이 자리에서 일어나 숙소로 내려가 헴스터양의 스위트룸 앞에 섰다. 조심스레 문을 두드렸다. 문이 열렸다. 그녀답게 당찬 모습일 줄 알았는데 그렇지 않았다. 머리를 떨구고 눈은 바닥을 향했다. 폭풍우에 시달린 한 떨기 꽃을 보는 것 같았다. 그녀가 떨리는 목소리로 숨죽이며 말했다.

"저를 보러 오셨나요?"

"그렇습니다. 오늘 아침의 무례를 처절하게 사과드리려고 왔습니다. 받아 주시기 바랍니다."

그녀의 힘없는 목소리가 돌아왔다. "트레몬씨가 피아노를 치건 말건 저는 신경 쓰지 않아요."

엉뚱한 대답이었다. 포인트에서 완전히 벗어난 바보 같은 대답이었다. 무례를 사과하겠다는데 피아노라니? 그녀를 물끄러미 바라보았다. 진담인지 농담인지 알 수가 없었다. 피아노 연주 허락을 받으러 왔다고 생각을 한 걸까? 혼이 나간 건가? 해석할 길이 없었다. 아름다운 금발을 문설주에 기대고 그녀가 호소하듯 애절히 섰다. 창을 넘은 빛줄기가 내 얼굴을 스쳤다. 그녀가 애처롭게 흐느끼기 시작했다.

어색하고 민망했다. 무엇을 어찌해야 할지 난감했다. 헴스터양이 내 민망함을 달래 주었다. 그녀의 양팔이 내 얼굴까지 천천히 올라왔다. 그녀는 흰 레이스가 달린 가운을 걸치고 있었다. 가운의 소매가 넓어 아래로 축 늘어졌다. 희고 고운 팔이 맨살로 훤히 드러났다. 가느다란 손목 끝에 달린 작고 예

쁜 손이 꺾인 가지 끝의 백합처럼 가련했다. 처음에는 그녀가 왜 내 얼굴 쪽으로 팔을 들어 올리는지 알지 못했다. 좀 이상하다고 생각했다. 햇살이 창을 넘어 가느다란 손목을 비췄다. 그제야 그녀의 의도를 확실히 알 수 있었다. 눈부시게 희고 깨끗한 손목 안쪽에 벌겋게 긁힌 상처가 보였다. 야만적인 내 손가락이 만든 작품이었다. 눈앞에 똑똑히 드러난 상처들이 소리 없는 아우성을 내게 보냈다. 자책감으로 마음이 심하게 흔들렸다.

고개를 떨구고 슬픔에 잠긴 그녀의 얼굴은 너무나 예뻤다. 몸에 붙어 휘감긴 가운 안에 드러난 몸매는 비너스인 듯 완벽했다. 심포니 같은 흐느낌이 배경음으로 깔리면서 나비처럼 하늘거리는 그녀의 두 손이 나를 홀렸다.

지금도 나는 그 모습을 잊을 수 없다. 차라리 묵직한 주먹을 한 방 맞고 바닥에 뻗는 게 낫지, 나 때문에 상처 입은 여성의 여린 팔목이 눈앞에서 너울거리는 모습은 견디기 힘들었다. 내 인생을 통틀어 가장 당황스러운 순간이었다. 무너지는 감정을 추스르지 못하고 내가 그 자리에서 도망쳐 나왔다.

너무 긴장해서 환청을 들은 것일까, 황급히 자리를 뜰 때 나는 방 안의 희미한 인기척을 들었다. 누군가가 내 수치스러운 모습을 지켜보고 있었단 말인가. 술 취한 사람처럼 휘청거리며 부리나케 갑판으로 올라갔다. 환청이라고 믿고 싶었다. 잡심을 떨쳐내려고 갑판을 빠르게 걸었다.

헴스터씨는 아무 말도 하지 않았다. 나도 그랬다. 한 시간 넘게 갑판을 미친 듯이 걸었다. 그 에너지를 요트에다 쏟았으면 배가 지금보다 두 배는 더 빠르게 달릴 수 있을 것 같았다. 점심식사를 알리는 공이 울렸다. 식당으로 가지 않고 방으로 가져오게 해 혼자 점심을 먹었다. 식사 후에도 갑판에 나가지 않았다. 소파에 쭈그려 앉아 줄담배를 피웠다. 안 되겠다 싶어 도서실에서 소설책 한 권을 가져왔다. 거기에 빠져 보려고 애썼지만, 그렇게 되지 않았다. 온종일 고된 일을 한 것처럼 몸이 축 늘어지고 머리가 텅 비었다. 소파에서 그대로 잠이 들었다. 저녁 종소리가 날 때까지 그렇게 잤다.

저녁식사도 방에서 혼자 했다. 불을 환하게 밝히고 소설을 읽으려고 다시 시도했지만, 집중이 되지 않았다. 오후에 낮잠까지 늘어지게 잔 터라 잠은 오지 않았다. 무엇을 해야 할지 고민에 빠졌다. 헴스터씨의 과묵한 성격이 부럽다는 생각이 들었다. 그는 독립심이 강한 사람이다. 딱 필요한 만큼만 교류하고 쓸데없는 말은 하지 않는다. 자신과 대화하고 자신을 신뢰한다. 우왕좌왕 생각의 갈피가 헛발질하고 있을 때 누군가가 똑똑 방문을 두드렸다. 문을 여니 사환 소년이 서 있었다.

소년이 정중하게 말했다.

　"스트레톤양께서 갑판에서 선생님을 뵙고 싶다고 하십니다."

⑩
아닌 밤중에 프러포즈

혹독하게 욕을 먹은 옥스퍼드 스포츠 셔츠를 벗어 버리고 평범한 트위드 상의로 갈아입었다. 갑판에는 스트레톤 외에 아무도 없었다. 지난밤처럼 스트레톤이 달빛 속에서 갑판을 오르내렸다. 나를 보자 그녀가 밝은 미소를 지으며 양팔을 뻗고 다가왔다. 뜻밖이었다. 무언가 내게 고마움을 느끼는 것 같았다. 조금 전까지만 해도 나는 나 자신을 부랑아로 치부하고 있었다. 코레아에 도착하면 산골로 들어가 평생 그 나라 사람들과 살아갈 생각을 심각하게 하던 차였다. 그때 스트레톤이 나를 찾았다.

"스스로 독방 감금 처분을 내리셨나요, 트레몬씨?"

"마땅히 그래야 하지 않나요?"

"저는 그렇지 않다고 생각해요. 점심때도 저녁때도 식당에 오지 않으셨지요. 소년이 갑판으로 커피를 가져다줄 때 물었더니 트레몬씨가 방에 계신다고 해서 좀 뵙자고 했어요. 혹시 독방의 묵상을 방해했다면 용서하세요. 아시다시피 죄수들도 온종일 방 안에만 있진 않아요. 매일 일정 정도의 시간은 안마당을 걷도록 허락되니까요. 밖으로 나오셨으니까 발목에 체인이랑 쇠구슬도 걸어 드려야 되는데 여긴 망망대해라 그런 문명의 사치를 기대할 수가 없네요."

그녀가 뛰어난 유머로 나를 위로했다. 꼬였던 속이 풀리는 것 같았다.

"건달 같은 사람을 관대하게 대해 주셔서 감사합니다."

"건달이요? 그런 천한 말씀은 하지 마세요. 저는 트레몬씨가 무척 지적인 분이라고 생각해요. 그렇게 얘기하시면 이미지가 깨져 버려요."

"깨진 이미지가 제 본래 이미지입니다."

"지금 절망의 늪을 헤매고 계신다는 걸 알아요. 늪에서 빠져나올 수 있도록 도움을 드리고 싶어요. 역사적으로 남자들은 제국을 통치하고, 전쟁을 치르고, 영토를 넓히고, 대양을 지배하고, 칼과 총으로 세상을 제압해 왔어요. 그런데 교활하고 이기적인 여자의 눈물 앞에서는 왜들 그렇게 하나같이 작아지고 머리가 텅 빈 바보가 되는지 이해할 수가 없어요."

"스트레톤양, 세상을 지배하듯 남자들이 총과 칼로 여성을 제압할 수는 없습니다. 그래서는 안 되지요."

"백 퍼센트 동감입니다. 그런데 오늘 있었던 일에 무슨 지배 의도 같은 게 있었나요? 오늘 트레몬씨 덕분에 경험했던 소위 '지배'라는 걸 헴스터양이 오래전부터 겪어 봤다면 지금처럼 막돼먹지 않았을 거예요. 먹고살기 위해 어쩔 수 없이 그녀의 지배하에 있는 사람들한테 그렇게 저주를 퍼붓지도 않았을 거고요."

"지배든 아니든 오늘 일에는 제가 별로 도움이 된 게 없습니다. 그녀의 아버지가 딸을 막았지요."

"그렇지 않아요. 그녀를 막은 건 아버지가 아니라 트레몬씨의 용기였어요. 보셨잖아요, 저를 때리고 밀치고 노예 취급을 했어요. 그때 그녀는 악령이… 뭐더라, 뭔가의 악령이…."

"마귀의 악령이요." 내가 말을 받았다.

"그래요. 감사해요. 총으로 우리를 겨누는 걸 보셨지요? 아무도 죽지 않은 걸 감사해야 돼요. 그녀가 아니라 하느님한테요. 트레몬씨는 옳은 일을 하신 거예요. 그 방법밖에 없었어요. 헴스터양도 트레몬씨를 존경하게 되었을 거예요. 그녀 방에 찾아와서 굴복적인 사과를 하지 않았다면 말이죠. 그 때문에 트레몬씨가 그녀의 놀림감이 되었어요."

"이런 세상에! 그때 방 안에 있었군요."

"그건 중요하지 않아요. 중요한 건 그녀가 트레몬씨를 손가락 끝으로 가지고 놀았다는 거예요. 그게 그녀가 계획한 복수의 방법이었어요."

"그렇다고 하더라도 제 자괴감을 어쩔 수가 없었어요. 그녀 손목에 난 야만적인 상처를 봤거든요. 상처를 낸 야만인이 바로 저였고요."

"풋!" 웃음인지 한숨인지 모를 소리를 내며 스트레톤이 말했다. "상처가 아파 보이던가요? 그 상처는 트레몬씨가 손목을 잡았을 때 생긴 게 아니에요. 그녀를 제압하려면 그렇게 할 수밖에 없었지만요. 아니면 수갑을 채워야 했겠지요. 트레몬씨가 막지 않았으면 헴스터양은 아버지도 죽였을 거예요. 그분은 그렇게 돼서는 안 되는 분이에요. 세상에 둘도 없는 신사분이시지요. 트레몬씨도 그렇고, 그분도 자신의 가치를 제대로 모르고 있어요. 거트루드는 오늘 밤에 팔이 좀 아플 거예요. 트레몬씨가 잡았던 손목을 말하는 게 아니에요. 저를 때릴 때 거티는 저보다 자신이 더 다쳤어요. 이걸 좀 보세요."

그녀가 소매를 걷어 올렸다. 하얀 손목과 팔이 드러났다. 헴스터양에 비해 손색이 없을 만큼 눈부셨다. 애석하게도 아름다운 팔목 한쪽이 벌겋게 부어오르고 멍이 들었다.

"거트루드가 포격한 자리예요. 대포알 같은 직격탄을 맞았지요. 엄청난 힘이었어요. 그러니까 트레몬씨, 혹시 누군가에게 베풀 동정심이 있다면 그건 제 몫이에요. 그러면 저도 제 동정심을 답례로 드리지요."

"이렇게 많이 다칠 정도로 맞았는지 몰랐습니다. 주먹이 비껴갔기를 바랐지요. 아프시겠어요."

"법정으로 치자면, 이건 단순한 증거물에 불과해요. 동정을 얻기 위한 증거물이죠. 일부러 상처를 치지 않으면 이젠 아프지도 않아요. 헴스터양 주변 사람들이 그렇게 당하는 걸 트레몬씨가 보지 않았다면 저는 헴스터양에 대해 한마디도 하지 않았을 거예요. 아시겠지만 저는 마음을 터놓고 대화할 사람이 아무도 없어요. 불쌍하고 못난 여자지요. 회장님은 좋은 분이지만, 그분에게 제 고민을 털어놓을 수는 없어요. 너무나 존경하고 아끼기 때문이에요. 만일 선장에게 속마음을 얘기하면 농담 삼아 제 얘기를 여기저기 퍼 나를 거예요. 그래서 말할 사람이 트레몬씨밖에 없어요. 불행하게도 트레몬씨는 두 여자의 희생양이 된 거지요."

"이젠 한 여자의 희생양이 되면 좋겠네요. 스트레톤양 말 중에 걸리는 부분이 있어요. 회장님을 아껴서 그분에게는 말을 못 한다고 했는데 나는 그렇지 않다는 얘긴가요?"

"무슨 뚱딴지같은 말씀이세요?" 그녀가 웃었다. "물론 아니지요. 트레몬씨도 무척 좋아합니다. 그리고 존경했지요. 트레몬씨가 아까 복도에서 처절하게 사과한다는 말을 하기 전까지 말이에요. 남자가 그런 말을 하는 건 정말 싫어요."

"아, 그러니까 그때 햄스터양 방에 있었군요."

"그건 더 이상 묻지 마세요. 금지된 질문이에요. 교도관 덕분에 산책을 하는 죄수가 명령을 거역하면 안 되지요. 제가 아니었으면 트레몬씨는 지금쯤 독방에 틀어박혀서 자학하며 궁상을 떨고 있었을 거예요. 구호 천사가 트레몬씨와 산책하고 있으니까 감사하셔야 돼요."

"절망에 빠진 남자는 거기서 건져 주는 여자의 구호 손길을 고마워하지 않습니다."

"절망에 빠뜨린 여자가 들으면 참 좋아할 말씀이네요."

"절망에 빠진 건 제 탓입니다. 절망이라는 감정은 스스로 만들어 내는 겁니다. 다른 사람의 탓이 아닙니다. 우리처럼 고독한 사람들은 혼자서 비틀비틀 앞을 보지 못하고 인생길을 갑니다. 그러다 결국 진흙탕에 꼬라박히게 되지요. 당연한 결과입니다."

"당연하다니요?"

"혼자이기 때문입니다. 그런 사람들은 둘이 있는 게 훨씬 유리합니다. 하나가 진흙탕을 향해 가더라도 다른 하나가 막아 줄 수 있으니까요."

"언제부터 그렇게 혼자 있기 힘들 만큼 나약해지셨나요?"

"좀 전에 당신을 만나고부터요."

"때로는 막지 않고 내버려 두는 게 나을 때도 있어요. 오늘 아침에 누군가가 트레몬씨를 막았으면 누군가는 총에 맞았을 거예요. 진흙탕으로 가게 놔둔 게 다행이었지요."

"스트레톤양처럼 센스 있는 여자가 곁에 있었다면 제가 재산을 그렇게 날리지 않았을 겁니다."

"많은 돈이었나요?"

"전 재산이었지요."

"안 좋은 일을 겪으셨네요. 그런데 집안 재산을 까먹었다는 여자들 얘기는 들어 봤어도 재산을 늘린 여자 얘기는 못 들어 봤어요."

"생판 모르는 남에게 빼앗기느니 차라리 집안 여자가 써버리는 게 낫겠죠."

"그런가요? 어차피 결과는 마찬가진데요. 트레몬씨께 조언해 줄 현명한 여성을 마음에 두고 계시는가 봐요."

"그렇습니다."

"그럼 바로 그녀에게 물어보지 그러세요. 이미 늦어 버린 건가요?"

"그녀가 받아 줄지 모르겠지만 바로 확인할 수는 있어요. 스트레톤양, 저와 결혼해 주시겠어요? 몸뚱이 말고는 드릴 게 아무것도 없습니다. 지금이 제 인생의 바닥입니다. 그래서 이젠 위로 올라갈 일만 남았습니다."

"세상에, 지금 제게 청혼하시는 건가요?"

"받아 주신다면 그렇습니다."

스트레톤이 걸음을 멈추고 난간에 기대섰다. 내 얼굴을 똑바로 바라보다가 갑자기 통쾌하게 웃었다. 그녀의 그런 웃음소리를 처음 들었다.

"재밌네요. 그리고 놀랍네요. 우리가 함께 대화를 나눈 건 채 두 시간도 되지 않았어요. 절망의 늪에 빠진 트레몬씨께 제가 도움의 손길을 보낸 건 무일푼 결혼이라는 절망의 성으로 함께 들어가자는 게 아니었어요. 청혼이라는 건 오랫동안 애틋한 사랑을 나누고 진한 애정을 쌓은 후에 할 수 있는 거라고 생각해 왔어요. 영국 신문에서 이런 청첩 기사를 본 적이 있어요. '결혼식이 준비되었습니다. 아무개와 아무개가 결혼합니다.' 트레몬씨가 한 말이 그것과 똑같아요. 구애가 아니라 결혼식 행사를 치르자는 것이지요. 사랑이나 애정 따위에

대해서는 한마디도 하지 않았어요. 그런 식의 청혼은 누구한테도 통하지 않아요. 그냥 한번 해 본 소리라면 저를 가볍게 본 거고요."

"그렇지 않습니다. 저는 심각합니다. 스트레톤양이 저를 가벼운 사람으로 생각하고 있는 겁니다."

"그럴 수밖에 없지요. 우리는 서로를 몰라요. 세례명이 무언지 조차도 모르잖아요."

"나는 알아요, 힐다."

"그렇네요. 제대로 아시네요. 반쪽은 해결됐지만, 나머지 반은 해결이 안 됐어요. 저는 트레몬씨의 세례명을 모르니까요."

"어릴 적 언젠가 세례식에 간 적이 있었어요. 그때 제 대부, 대모께서 저를 루퍼트라고 불렀습니다."

"참 어렵게 말씀하시네요. 예전에 루퍼트 왕자라는 인물이 있지 않나요? 논쟁의 루퍼트, 고집의 루퍼트, 불행의 루퍼트, 이런 루퍼트, 저런 루퍼트. 그 사람에 대해서 여러 이야기를 들은 것 같아요. 아주 적극적인 분이었나 봐요."

"그랬지요. 적극적으로 불행에 빠져들었지요. 제가 그랬던 것처럼 말이죠. 그 외에 저는 그와 닮은 게 아무것도 없어요."

"제가 보기에는 또 있는 것 같아요. 지금 제 앞에 있는 루퍼트도 뜬금없는 청혼의 불행에 빠져 있으니까요. 너무 겁먹지는 마세요. 뜬금없는 프러포즈를 제가 덥석 물지는 않을 테니까요. 요즘의 제 처지에서 벗어나기 위해 저는 밀턴의 악마와 결혼해야 할지도 모른다고 생각했었어요. 악마는 침착하고 냉정하고 신사적이라고 들었어요. 트레몬씨처럼요. 그런데 따지고 보면 제 말은 앞뒤가 안 맞아요. 굳이 악마를 끌어들이지 않더라도 저는 제가 원하지 않으면 이곳을 떠나도 돼요. 존경하는 헴스터씨를 위해서 여기 있는 거니까요. 어제도 말했지만, 그분은 저를 극진히 아껴 주세요. 트레몬씨 생각처럼 저는 그렇게 불쌍하거나 궁핍한 여자가 아니에요. 집으로 돌아가면 학교에서 아이들에게 음악을 가르치면서 편하고 즐겁게 살 수 있어요. 악마가 내미는 손을 잡을 필요가 없는 거지요. 그래서 제 말이 앞뒤가 안 맞는다는 거예요."

"악마가 손을 내밀었나요? 그게 전가요?"

그녀가 웃었다. 아까보다 표정이 밝아졌다.

"아니요. 저는 루퍼트씨의 프러포즈를 소중하게 기억할 거예요. 언젠가 밀턴의 악마가 프러포즈해 오면 제게 청혼을 한 영국 귀족이 그가 처음이 아니라고 얘기해 줄 거예요. 달빛이 여려지고 그 자리에 해가 차면 오늘 일을 이야기하면서 우리가 함께 웃겠지요. 트레몬씨가 한 건 사랑의 세레나데가 아니에요. 비즈니스 제의가 깨졌다고 생각하세요. 청혼이라는 것에 대한 제 작은 충고를 받아들여 주실 수 있겠지요?"

"저를 받아 주시면 저도 스트레톤양의 제의를 받아들이지요. 비즈니스는 주고받는 거잖아요. 첫 거래는 여기서 끝내고 다음으로 넘어가지요."

"거래, 훌륭한 단어네요. 제의보다 잘 어울리는 것 같아요. 첫 거래를 끝내자고 하셨나요? 거래는 모두 끝이 났어요. 트레몬씨의 오퍼는 감사와 함께 정중히 거절되었어요. 제게 진솔하게 대해 주셔서 감사해요. 저의 경솔하고 성급한 거절이 트레몬씨의 뜬금없는 청혼과 다를 게 없다는 걸 알아요. 현명한 여자였다면 생각할 시간을 달라고 했겠지요."

"그렇게 하세요. 늦지 않았어요. 시간을 가지고 생각하세요."

"아니요, 늦었어요. 끝난 건 끝난 거예요. 하나보다 둘이 낫다고 하셨지요? 지갑의 경우는 그럴 수 있어요. 하나가 텅 비어도 다른 하나가 꽉 차 있으면 문제 될 게 없으니까요. 그런데 애석하게도 트레몬씨 지갑과 제 지갑은 비슷하게 비어 있어요. 헴스터양의 지갑은 다르지요. 언제나 터질 듯 부풀어 있어요."

"그건 저랑 상관이 없습니다."

"아니요, 상관이 있어요. 어제 점심때 식당에 내려왔을 때 트레몬씨는 헴스터양에게 완전히 빠져 있었어요. 사랑에 눈이 먼 거지요."

"힐다, 이제부터 힐다라고 부를게요. 그때 힐다는 접시에서 눈 한 번 떼지 않았어요. 그런 말을 하는 걸 받아들일 수 없어요. 처음에 힐다는 제가 회장님께 무례하게 대한다고 했지요. 당연히 그건 사실이 아니었고요. 이젠 헴스터양과 사랑에 빠졌다고요? 그것도 사실이 아니에요."

"아니라고 하실 거예요. 트레몬씨가 자존심까지 내려놓길 바라진 않아요. 어쨌든 트레몬씨는 나가사키에서 헴스터양과 매혹적인 데이트를 하면서 바로 사랑에 빠졌어요. 그때 저는 제가 가지고 있던 영국 남자에 대한 생각을 바꾸게 되었어요. 이제 보니 그렇게 조급하게 서두르는 게 트레몬씨 성격인 것 같기도 하네요. 청혼도 그렇고요. 행동은 말보다 많은 것을 표현하지요. 저는 트레몬씨의 행동을 보고 모든 걸 알았어요. 헴스터양에게 프러포즈하세요. 그녀가 받아 줄 거예요. 트레몬씨는 헴스터양의 구원자가 될 수 있어요. 그녀의 아버지도 반대하지 않을 거예요. 회장님은 이미 트레몬씨를 좋아하고 있어요. 혹시 그렇지 않더라도 그분은 딸이 원하는 건 무엇이건 반대하지 않아요. 그분은 평생 딸의 비위를 맞추며 살아왔어요. 변덕과 고집을 다 받아 주었지요. 트레몬씨도 그 덕을 톡톡히 보실 거예요. 거기에 덤으로 따라오는 게 있죠. 꽉 찬 지갑이요."

"시집 안 간 처녀 악마가 있으면 차라리 그녀랑 살겠네요."

"그러지 마세요. 헴스터양은 따뜻한 여자예요. 잘못 키워졌을 뿐이죠. 트레몬씨가 바로잡아 줄 수 있어요. 페트루치오가 되기는 쉽지 않겠지만, 말괄량이 길들이기의 현대판을 기대해 보는 것도 괜찮지 않겠어요?"

"길들지 않을 겁니다."

"그렇지 않아요. 거의 다 길들었는데 트레몬씨의 사과가 모든 걸 망쳐 버렸어요. 다시는 그런 실수를 하시면 안 돼요. 헴스터양을 강제로 제압했을 때처럼 그대로 밀어붙였으면 상황은 완전히 달라졌어요. 헴스터양과 거리를 두고 냉정하게 대했으면 그녀가 먼저 와서 비위를 맞추고 아양을 떨었을 거예요. 첫날처럼 우아하고 매혹적으로 말이죠. 거티는 원래 그런 걸 잘하니까요. 트레몬씨는 굴러온 보석을 그냥 주워 담기만 하면 되는 것이었어요. 흔한 소설에 나오는 것처럼 말이죠. 오늘 밤 트레몬씨의 청혼도 그와 비슷하다고 할 수 있지요. 제게는 굴러온 보석이었으니까요. 내일 아침이면 트레몬씨는 제가 굴러온 복을 차 버린 것에 무척 감사하게 될 거예요."

"그럴 일은 없을 겁니다. 제가 헴스터양에게 청혼하는 일도 없을 거고요."

"거트루드는 인기가 좋은 아가씨예요. 그녀를 만난 남자들은 모두 그녀에게 구애했죠. 저는 트레몬씨가 최종 승자가 될 거라고 확신해요. 지금까지 거티가 만난 남자들은 하나같이 그녀에게 납작 엎드려서 아부를 떨었어요. 그런데 트레몬씨는 팔뚝에 손자국을 남기고 따귀를 날려 버리겠다고 협박했어요. 트레몬씨의 승리를 장담하는 이유가 바로 그거예요. 새끼손가락보다 작은 막대기라면, 영국에서는 그것으로 남편이 부인을 벌해도 된다는 법이 있다고 들었어요. 그녀와 결혼하세요. 그녀가 가진 엄청난 돈으로 예전의 조상 땅을 모두 사들이세요. 그 땅에 있는 숲으로 가서 영국 법이 허락하는 크기의 회초리를 하나 준비하세요. 결혼한 커플의 말괄량이 길들이기 속편이 시작되는 거지요. 예쁘고 얌전하고 돈 많은 여자와 평생 해로하는 최고의 행운아가 될 겁니다."

"법률가가 아니라서 영국의 회초리법에 관해서는 확인해 드릴 수가 없네요. 그런 법을 핑계로 제 청혼을 거절하는 건 난센스예요. 저는 다시 사들일 조상 땅이 없습니다. 숲도 없고요. 남의 나무를 꺾지 않으면 법이 허용하는 회초리를 구하지 못하기 때문에 스트레톤양의 시나리오는 실현될 수가 없어요."

"그렇지 않아요." 고개를 살래살래 흔들며 그녀가 말했다. "런던 어딘가에는 부인 구타용 회초리 가게가 있을 거예요. 부부간의 갈등을 회초리로 해결하려는 영국 남편들에게 법에 딱 맞는 크기의 구타 도구를 싼값에 판매하겠지요. 번쩍거리는 구리 지붕이 덮인 영국의 튼튼한 성곽 안에서 일어나는 일들을 생각하면 등골이 오싹해져요. 사납고 못돼먹었지만, 돈 복은 한없이 터진 미국 여자들이 그곳으로 건너갔어요. 정직하고 성실한 미국 남자들을 그녀들은 거들떠보지도 않았지요. 그들이 최고 신랑감인데 말이죠. 영국으로 간 돈 많고 버릇없는 미국 여자들은 성채 안으로 사라졌어요. 성곽 철문이 덜커덩 닫혔지요. 그곳에서 여성의 울음소리가 새어 나오는 걸 들어본 적이 있나요? 한숨 소리도 안 새지요. 그 여자들이 미국 남자와 결혼했으면 매일 밤 엄청난 소음이 들렸을 거예요. 결국 이혼 법정에서 모든 결론이 낫겠죠. 성채 안으로 사라진 여자들은 그렇질 못해요. 성주와 이혼한 미국 여자 애긴 들어본 적이 없어요. 그런 성주가 있다면 얼간이 취급당했겠지요. 철옹성 안에서 벌어진 비참한 일들을 역사는 끔찍한 그림들을 통해 알려 주었어요. 오늘날 그 안에서 벌어지는 일들은 그보다 더 끔찍해요. 성문이 닫히고 나서야 미국 여성들은 체벌에 관한 영국 법을 알게 되지요. 미국 여성을 위협하고 제압하기 위해 체벌은 법을 벗어나 무자비하게 행해졌어요. 셰익스피어가 말괄량이 캐서린에 대해 썼던 것처럼요. 결국 남자는 옹고집 왈가닥 캐서린을 보기 좋게 요리했잖아요. 셰익스피어도 영국인이지요. 그렇게 착잡해 하실 필요 없어요. 호두나무와 개와 여자는 두드릴수록 부드러워진다는 말도 있잖아요."

"대단한 상상력이네요. 소설을 써야겠어요. 국제결혼을 앞둔 온 세상 커플들한테 불티나게 팔려나갈 거예요."

"음악 선생님이 되지 못하면 그럴까 생각 중이에요. 그러려면 국제결혼의 희생양이 된 사람의 고백이 필요해요."

"어떤 희생양이요? 영국인 남편이요, 아니면 미국인 아내요?"

"물론 아내지요. 아무래도 트레몬씨와 헴스터양이 결혼할 때까지 1년에서 2년은 기다려야겠어요. 그때는 헴스터양이 저를 친절하게 대할 거예요. 자신의 경험담으로 제 책의 한 부분을 화려하게 꾸며 주겠지요."

"그것보다 좋은 방법을 알려 드릴게요. 남한테 들은 얘기는 흥미가 떨어져요. 공감이 가는 책을 쓰려면 작가가 직접 겪어 봐야 해요. 제 청혼을 받아들이는 게 제일 나은 방법이에요.

결혼 후에 영국에서 해자로 둘러쳐진 집을 하나 사는 거예요. 거기서 자신이 겪은 무서운 얘기를 그대로 책에 쓰면 제대로 실감이 나겠지요."

"해자로 둘러쳐진 집을 살 돈은 어디서 구하지요? 저도 그럴 만한 돈이 없고 트레몬씨는 더더군다나 땡전 한 푼 없는데요."

"해자가 있는 집은 대부분 값이 많이 쌉니다. 집 안팎이 축축해서 사려는 사람이 없어요. 그걸 월부로 사거나 빌릴 수도 있을 거예요."

스트레톤이 재밌다는 듯 웃었다. 그녀가 손을 내밀며 작별 인사를 했다.

"감사해요, 트레몬씨. 흥미로운 밤이었어요. 프러포즈도 고맙고요. 첫 청혼이라 더 감동적이었어요. 서로 절망의 늪에서 건져 준 좋은 밤이었어요. 잘 주무세요, 좋은 꿈 꾸시고요. 안녕."

⑪
코레아 황궁에 초대되다

닻 체인이 풀리는 소리에 잠이 깼다. 닻이 바닥에 닿으면서 요트가 살짝 흔들렸다. 창문으로 밖을 보았다. 제물포라는 걸 한눈에 알 수 있었다. 지난번에 왔을 때보다 많이 발전된 모습이었다. 코레아의 작은 산들이 파도 속으로 사라졌다 나타나고는 했다. 왜 그랬을까, 화산이 분출하는 것처럼 보였다.

햄스터씨와 단둘이 아침식사를 하고 갑판으로 올라갔다. 그가 말했다.

"섬들에 부딪히지 않고 선장이 여기까지 우릴 잘 데려다주었네. 게임 패는 자네한테로 넘어갔어. 어떻게 할 건가?"

"육지로 가서 말 몇 필과 호위대를 섭외하겠습니다. 은화를 냥으로 바꾸고 되도록 빨리 제가 수도로 갈 수 있도록 준비하겠습니다."

"냥이 뭔가?"

"청동이나 쇠, 구리로 만든 동전입니다. 동전 가운데에 네 모난 구멍이 있습니다. 거기에 줄을 꿰서 꾸러미로 만듭니다. 한 꾸러미가 오백 냥입니다. 아직은 세상에서 별로 인정받지 못하는 화폐지만, 현지 사람들과 거래하려면 냥이 있어야 합니다. 수도에 도착해서는 금이나 은이 필요합니다. 서울에서 준비가 마무리되면 제물포로 돌아와 상황을 보고 드리겠습니다."

"한강이라고 했던가? 그 강으로는 미시간호가 갈 수 없다고 했고, 우리 나프타선으로도 쉽지 않을 거라고 했는데, 그런가?"

"그렇습니다. 요트는 얼마 가지 못하고 좌초될 게 뻔합니다. 한강은 물살이 세고 굴곡이 많습니다. 나프타선으로 가기도 어렵습니다. 중간에서 보트가 멈춰 버리면 이곳보다도 서울에서 멀어집니다. 강 중간부터는 육로도 최악이고, 말이나 안내자도 구할 수 없습니다. 제가 돌아올 때까지 이곳에 계시는 게 최선입니다. 한강에 대해서는 좀 더 확실하게 알아보겠습니다."

헴스터씨가 내 말에 동의했다. 넘치고도 남을 만큼의 돈

을 그가 주었다. 든든한 군자금으로 무장하고 뭍으로 갔다. 제
물포는 꽤 분주한 상업도시였다. 별 어려움 없이 원하는 모든
것을 구할 수 있었다. 전에 알고 지내던 코레아 총리대신이
숙청당했다는 소식을 그곳에서 들었다. 가족과 인척들도 추
방되거나 노예가 되었다고 했다. 충격적이었지만 크게 놀랍
지는 않았다. 내심 이번에도 그의 도움을 계산에 넣기는 했었
다. 그러나 그가 그대로 있었다고 해도 어차피 돈으로 도움을
샀을 것이었다. 누가 그 자리에 있든지 자금이 충분한 나로서
는 별문제가 되지 않았다. 워낙 일찍 출발하기도 했고, 내가
주기로 한 보수 이상으로 안내원을 다그쳐서 서울 대문이 닫
히는 대종이 울리기 전에 수도에 도착할 수 있었다.

처음에는 서울에 있는 영국 공사를 찾아갈까 생각했다. 그
러면 그날 밤을 편하게 보낼 수 있을 터였다. 그러나 마음을
고쳐먹었다. 내가 그를 마지막으로 만났을 때는 나도 그처럼
영국 공직자였지만, 이제는 그렇지 않다. 헴스터양이 꼭 집어
말했듯이 나는 미국 대부호의 일개 피고용인일 뿐이었다. 공
사에게 나를 그렇게 소개할 수는 없었다.

다음 날 일찍 뇌물을 바치고 코레아 총리대신을 만날 수
있었다. 놀랍게도 새 총리는 예전부터 나와 알고 지낸 헌오였
다. 나로서는 무척이나 반가운 일이었다. 해후의 인사를 나누

고 곧장 본론으로 들어갔다. 미국 대부호의 대리인으로 이곳에 왔고, 제물포에 있는 그의 딸이 코레아 황제와 사적으로 만날 수 있는 영광을 기대하고 있다고 말했다. 면담을 성사시켜 주면 톡톡한 사례를 하겠다고 넌지시 뇌물 공여 의사를 비쳤다. 어떤 어려움이 닥칠지 모르겠지만, 사례금보다는 나를 도울 수 있어서 기쁘다고 그가 말했다. 그러나 그의 눈물겨운 우정론은 곧바로 빈말로 드러났다. 제물포에 있는 신사가 황제 면담 테이블에 얼마를 가지고 올 수 있느냐고 그가 물었다. 원래 주려고 했던 금액의 사분의 일을 제시했다. 눈이 커지면서 그의 입가에 미소가 번졌다. 지난번 나를 만났을 때보다 자신의 신분이 상당히 많이 상승했다고 어깨를 으쓱이며 그가 말했다. 무슨 뜻인지 금세 알 수 있었다. 혼자 하는 일이라면 한 푼도 챙기지 않고 무료 봉사를 했겠지만, 서울의 조정은 워낙 크고 눈과 입이 많아 목적을 달성하려면 사전 작업을 충분히 해야 한다고 그가 덧붙였다. 과거에는 충분했던 사례금이 지금은 모욕이 될 수 있다고도 했다.

내가 한숨을 쉬며 고개를 저었다. 옛 친구의 욕심을 채워 주는 것이 내가 할 일은 아니라는 생각이 들었다. 자리에서 일어나 떠날 채비를 했다. 헌오가 나를 잡으며 만류했다. 나도 판을 깰 생각은 없었기 때문에 마지못한 척 다시 앉아 대화를 재개했다. 몇 차례 실랑이가 오갔다. 드디어 그가 모든 경비를 처리할 수 있는 총액을 제시했다. 기꺼이 주려고 생각했던 금액의 절반 정도였다. 나로서는 좋은 거래였다. 거절할 이유가 없었다. 생각보다 쉽게 결론에 도달했다.

이러한 사전 흥정은 꼭 필요했다. 어렵게 번 헴스터씨의 재산을 지켜 주기 위해서도 그랬지만, 돈에 예민한 상대방을 만족시키기 위해서도 그랬다. 합의한 대로 그가 요구한 금액을 즉시 현금으로 주었다. 일이 잘 진행되고 내 고용주가 만족하면 추가 답례를 하겠다고 말했다. 답례의 크기는 면담 주선의 신속성과 만족도에 따라 달라질 것이라고 덧붙였다. 믿음직스러운 총리가 기쁜 표정을 지었다. 실제로 그는 기대 이상의 속도와 추진력으로 일을 진행해 나를 만족시켰다.

동서를 막론하고 돈은 종종 협상의 훌륭한 윤활유가 된다. 이미 말했듯이 나는 충분하고도 남을 만큼의 자금을 가지고 있었다. 그 덕분인지, 기대보다 빨리 당일 오후에 헌오가 나를 황제께 알현시켰다. 생애 세 번째로 내가 코레아 지도자 앞에 섰다. 황제가 나를 기억했는지 아닌지는 모르겠다. 나에 대해 아무것도 묻지 않았다. 내 소개를 대신해, 또 적지 않은 조공을 준비해 왔다는 사실을 알리기 위해 매혹적인 금속이 가득 든 묵직한 가방을 내가 황제 앞 테이블에 올려놓았다. 앞으로

더 바칠 예정이지만, 첫 하례의 표시로 받아 주십사 간했다. 황제의 외모는 지난번 만났을 때와 별로 달라지지 않았지만, 당시 코레아의 복잡한 정세 때문인지 굵은 주름살이 얼굴에 여러 줄 패어 있었다.

  내가 제안한 황제와 햄스터양의 면담 방식은 실현 불가능한 것으로 단박에 거절되었다. 황제는 절대로 수도를 벗어나지 않을 것이며, 자기 각료들을 이방인의 배로 보내는 모험도 하지 않을 것이라고 했다. 협상이 어려운 국면으로 가는가 싶었다. 그때 황제가 솔깃한 제안을 했다. 신료들이 이국인을 잘

대접할지 모르겠지만, 방 몇 개가 달린 거처를 궐내에 마련해 내 상관이 황실 손님으로 그곳에 머물 수 있도록 관용을 베풀 겠다고 했다. 코레아 황제가 요트에 오른 것만큼이나 뉴욕 헤 럴드의 대서특필감이었다. 시카고 일요신문에 다음과 같은 특종 기사가 실리는 것을 상상했다.

"시카고 출신의 실라스 K. 헴스터씨와 그의 딸 헴스터양이 코레아 황제의 주빈으로 초대되어 황궁 별채에 머물렀다."

서울에서의 임무를 빠르고 효과적으로 마친 것에 스스로 만족했다. 황실에서 나온 후 총리가 중재를 잘해 준 데 대해 감사를 표하고 추가 사례를 약속했다. 그래야 뜸 들이지 않고 일을 계속 추진해 나갈 터였다. 헌오에게는 나만큼 짭짤한 외 인 고객을 만나는 것이 결코 흔한 일이 아니었다. 총리 수하 관료들에게도 차별 없이 약간의 사례금을 나누어 주었다.

총리가 마련해 준 숙소에서 하룻밤을 묵고 다음 날 아침 일찍 궐을 나와 제물포로 향했다. 헴스터씨는 변함없는 자세 로 갑판 자리를 지켰다. 어제 일의 결과에는 아무 관심이 없 다는 표정이었다. 황제 알현의 자초지종을 설명했다. 그가 말 없이 들었다. 뇌물 공여 내역을 건네줄 때도 침묵으로 일관했 다. 코레아 황실의 손님으로 공식 초청받았다고 보고했다. 기 대와 달리 무덤덤하게 반응이 없었다. 잠자코 있던 그가 갑자기 생뚱맞은 얘기를 했다.

"코레아 궐 근처의 호텔을 하나 사고 싶네."

"서울에는 우리 같은 외국인이 사서 묵을 만한 호텔이 없습니다." 내가 잘라 말했다.

희망을 버리고 그가 황제의 제안을 받아들였다. 내가 없는 동안 헴스터씨는 제물포에 다녀왔다고 했다. 그곳 정황을 보고 서울 체류의 안전에 의문을 품었다. 관이 권력으로 자극하지 않는 한 코레아 사람들은 순하고 평화롭다고 내가 그를 안심시켰다. 권력을 잘 구슬리면 돈을 지키기 위해서라도 그들이 우리를 지켜 줄 것이라고 덧붙였다. 어렵사리 그가 긴장을 풀었다. 내일 아침 제물포로 나가 우리에게 필요한 이동 수단을 알아보라고 내게 일렀다.

헴스터양과 스트레톤이 갑판으로 올라와 헴스터씨 옆에 앉았다. 어제 서울로 떠날 때 헴스터양을 보지 못했었다. '처절한 사과' 이후 그녀와의 첫 대면이었다. 아무 일 없었다는 듯 특유의 천진난만함으로 그녀가 나를 반겼다. 그녀는 코레아 황제를 만나게 될 일에 들떠 있었다. 아버지의 떨떠름했던 반응과 달리 황제 초청 소식을 크게 반겼다. 온갖 기대를 품고 그녀가 서울 궁전에 대해 끝없이 물었다. 그곳에 묵었다는 소식이 시카고에 전해지면 도시가 발칵 뒤집힐 것이라고 했다. 그녀가 뜬구름을 잡는 동안 스트레톤은 눈을 내리깐 채 미동도 없이 앉아 있었다. 백만장자 노신사도 마찬가지였다. 그날 저녁 나는 스트레톤과 한마디도 나누지 못했다. 어스름이 내려앉은 후 내일의 거사 준비를 위해 나 혼자 제물포로 나갔다. 그날 밤을 제물포에서 보냈다.

서울로 가는 길은 즐거운 여행길이었다. 날씨도 깨끗하고 화창했다. 헴스터양 말마따나 피크닉을 나온 기분이었다. 헴스터양의 요청으로 나는 줄곧 그녀 곁에 앉아 서울행 길을 갔다. 스트레톤은 헴스터씨와 함께 앞자리에 앉았다. 명상에 잠겼는지 고민에 빠졌는지 노신사는 누구와도 대화하지 않았다. 내내 입꼬리를 내리고 눈을 감고 있었다. 반면에 헴스터양은 끊임없이 재잘거렸다. 달뜬 기분이 하늘을 날았다.

황혼이 내릴 즈음 서울 입구에 다다랐다. 헴스터양의 말수가 급격히 줄어들었다. 긴장한 모습이 역력했다. 서울 대문을 통과해 얼마를 더 나아갔다. 도시의 빈곤한 모습에 그녀가 실망의 빛을 보이더니 아니나 다를까 내게로 화살이 돌아왔다. 혐오와 환멸을 신경질적으로 내게 뱉어냈다. 내가 만들어 놓은 일이 만족스럽지 못하다는 질타였다. 궁에 도착했다. 두 여성은 완전히 녹초가 되었다. 앞으로 어떤 일이 닥칠지 미리 알았더라면 엄습하는 불안에 잠을 이루지 못했을 것이다.

12
첫 번째 위기

궁궐 숙소는 기대보다 꽤 괜찮았다. 헴스터씨는 전담 요리사를 대동하고 시중들 사환 소년도 데리고 갔다. 일주일은 거뜬히 버틸 수 있는 식량도 준비했다. 어색한 부엌 시설에도 불구하고 우리는 평소 그대로의 식사를 할 수 있었다. 숙소 관료들도 황제의 호의에 반하는 이방인들의 자급자족을 탓하지 않았다. 오히려 우리의 그러한 처신을 반겼다. 그도 그럴 것이, 궐에서 받은 손님 식사비용이 그대로 굳어 그들로서는 공돈이 생기는 셈이었다. 하늘에서 떨어진 비자금을 어떤 관료가 마다할까. 우리는 코레아 궁궐에 묵은 가장 인기 있는 외국인이 아니었나 싶다.

첫 번째 문제가 발생했다. 궐 때문이 아니라 헴스터양 때문이었다. 코레아 총리대신이 황실에서의 예법을 내게 알려 주었다. 황제에게 다가갈 때 어떻게 해야 하는지 상세히 설명했다. 황제와 황후가 왕좌에 앉아 우리를 맞을 것인데 황제 부부 앞에서는 절대로 고개를 들어서는 안 된다고 했다. 눈이 부셔서 바라볼 수 없는 광경이 앞에 펼쳐진 것처럼 고개를 한쪽으로 돌려 숙이고 왼쪽으로 네댓 걸음, 오른쪽으로 네댓 걸음을 가라고 했다. 한 번에 두 걸음 이상을 앞으로 나아가서는 안 되었다. 게걸음으로 조금씩 다가가 황송한 마음으로 허리를 숙이고 고개를 돌린 채 황제 앞에 서라고 그가 알려 주었다. 총리의 말을 통역해 일행에게 전달했다. 헴스터양이 배를 움켜잡고 깔깔거리며 웃기 시작했다. 성품 좋은 총리의 표정이 굳어졌다. 황제 알현을 가볍게 생각하지 말라고 그가 단호하게 말했다. 그래도 헴스터양의 태도는 달라지지 않았다.

"그렇게 멍청한 짓은 절대 못 해요." 그녀가 소리쳤다. "서커스를 하란 말인가요? 난 광대가 아니에요. 황제에게 똑바로 걸어가서 악수할 거예요. 못마땅해도 황제더러 참으라고 하세요. 내 말을 총리에게 그대로 전하세요."

궁중의 에티켓은 그대로 존중되어야 한다고 말해 주었다. 이 나라의 예법을 알고 나면 그것을 지키기가 훨씬 수월해질 것이라고도 했다. 미국인이 악수를 하거나 태평양 섬나라 주

민들이 코를 비비는 것처럼 이곳에도 이곳의 인사법이 있다고 설득했지만, 어떤 충고도 통하지 않았다. 오히려 그녀는 점점 더 큰 아집으로 빠져들었다. 황실 대전에 의자가 없다고 하자 사환 소년을 시켜 가져가겠다고 했다. 황제 부부가 앉아 있으면 자신도 앉아야 한다는 것이었다. 우리의 대화 내용을 모르는 '높은 양반'이 미소 짓고 있었다. 헴스터양이 총리대신을 그렇게 불렀다.

"헴스터양," 내가 다시 설득을 시도했다. "헴스터양 뜻대로 될지 모르겠지만, 그러려면 일의 진행이 상당히 더뎌집니다.

아버님도 훨씬 더 많은 돈을 지불하게 되실 거고요."

조용히 있는 편이 한결 나았을 걸 그랬다. 그녀가 위엄을 보이며 내 앞에 섰다. 압도적인 눈초리로 나를 쏘아보았다.

"해야 할 일을 하지 않고 나를 꺾어 보겠다는 건가요?" 그 녀가 거칠게 말했다. "명령에 복종하는 게 당신 의무예요. 사족 달지 마세요."

사족을 달 수 없었다. 고개 숙여 예를 표하고 헌오에게 돌아섰다. 헴스터양의 목소리 톤으로 봐서 뭔가 껄끄러운 일이 생겼다는 사실을 눈치챘을 것이었다. 그녀의 말을 내 능력껏 통역했다. 부드러운 용어로 듣기 좋게 말하려고 노력했다. 코레아 황후처럼 헴스터양은 아메리카 독립국의 여왕과 같은 존재라고 그녀를 소개했다. 헴스터양이 자국에서 얼마나 높은 지위에 있는지를 특별히 강조했다. 그녀의 '자국'인 미국에 대해 아는 바 없는 총리의 표정이 급작스레 어두워졌다. 그의 얼굴에서 미소가 사라졌다.

"중국 황후가 서울을 방문하면 황제 부부와 동일한 격으로 예우 되겠지요. 아까 총리께서 설명하신 대전에서의 복잡한 접견 절차도 필요 없을 겁니다. 여기 있는 공주도 그녀의 나라에서는 중국 황후 못지않게 높은 위치에 있습니다. 그 나라 국민은 공주의 지위가 오히려 더 높다고 생각합니다."

알겠다는 듯 총리가 고개를 끄덕였지만, 표정은 여전히 불안했다.

"공주의 아버지는," 진지하게 내가 덧붙였다. "중국이 가진 것보다 훨씬 큰 선박을 가지고 있습니다. 제물포에 있는 그의 전함은 지금까지 코레아에 왔던 어떤 것보다 큽니다. 통치하는 영토도 어마어마하게 넓고 수백만의 백성이 그에게 조공을 바칩니다. 권위에 도전하는 무리와 수많은 전쟁을 치르고 그는 언제나 승리를 거두었습니다. 그의 수입은 코레아 왕조가 거둬들이는 세전의 두 배가 넘습니다. 단도직입적으로 얘기하지요. 그런 권력자가 왼쪽으로 게걸음 댓 발, 오른쪽으로 게걸음 댓 발을 받아들이겠습니까? 공주는 외동딸입니다. 그의 유일한 계승자이자 상속인입니다. 모든 부와 권력을 그녀가 물려받을 것입니다. 그래서 말씀드립니다. 황제께서 사안을 재고하시도록 간언해 주셨으면 합니다. 일이 잘되면 총리께 돌아가는 사례도 많이 늘어날 것입니다."

회유 겸 공갈이 총리에게 먹혀들었다. 내 말이 끝나자 햄스터씨 부녀를 대하는 그의 태도가 달라졌다. 햄스터양의 분노는 빠르게 차올랐던 만큼이나 빠르게 가라앉았다. 그녀가 총리와 나를 번갈아 뚫어지게 바라보았다. 내가 자신의 명령을 떨떠름하게 받았기 때문에 통역을 제대로 하는지 의구심을 품었다. 헴스터씨도 울창한 눈썹을 치켜올리며 신경을 곤두세웠다. 그는 이 게임에 많이 지쳐 있었다. 가치 없는 흥정에 시간을 버리는 걸 못마땅해했다. 쓸데없는 짓들을 얼른 끝내고 요트로 돌아가고 싶은 마음이 굴뚝같았다. 나는 그의 심정을 십분 이해할 수 있었다.

총리가 우리의 제안을 황제께 전하겠다고 약속했다. 회유가 총리에게 먹혔듯 황제에게도 먹힌다면 장애는 쉽게 제거될 것이었다. 총리는 이 불의의 난관을 극복하기 위해 자신이 얼마나 큰 노력을 해야 하는지 내가 꼭 알아야 한다고 강조했다. 무슨 뜻인지 바로 알아들었다. 내 이야기가 황제에게 전달되는 과정에서 축소되거나 생략되지는 않겠다는 생각이 들었다.

애초에 황제 알현은 서울 도착 다음 날 오후 두 시에 예정되어 있었지만, 헴스터양이 제기한 게걸음 문제로 일정이 미루어졌다. 동이나 서나 늙은이나 젊은이나 돈이 걸린 일들을 대부분 질질 끄는 습성이 있다. 그래서 나는 안달이 났다. 일정 지연을 빌미로 헴스터양이 또다시 나를 곤경에 빠뜨리지 않을까 염려되었다.

헴스터씨와 둘이 있을 때 일정 지연과 몇 가지 까다로운 문제에 대한 내 우려를 얘기했다. 내게 쏟아질 헴스터양의 힐난을 아버지가 막아 주기를 기대했다. 그러나 모든 면에 빈틈없는 그였지만, 딸에게만큼은 무기력한 노인이었다. 딸의 처신은 자신도 어찌할 도리가 없다고 수그러드는 모습이 측은해 보였다.

"우리가 할 수 있는 건 말이야, 트레몬. 돈으로 해결하는 거야. 굳이 아끼려고 하지 않아도 돼. 자네가 상황 처리를 잘하는 걸 내가 봐서 알아. 총리에게 했던 것처럼 황제에게 했다면 이미 모든 문제가 해결됐을 거야. 우리는 벼랑 끝에서 싸우고 있어. 돈은 얼마를 쓰건 상관없으니까 소신껏 밀어붙여 봐."

처음부터 돈을 쉽게 뿌리면 나중에 위험해질 수 있다고 말했지만, 사실 그때 우리가 황제 알현의 대가로 치를 수 있는 건 그의 말대로 결국 돈뿐이었다.

총리에게서 연락이 왔다. 내가 즉시 달려갔다. 어떤 중재안을 내놓을지 궁금했다. 그런데 실망스럽게도 해결된 사안은 아무것도 없었다. 대신 그가 왕과 나의 독대를 주선했다. 희한하게도 헴스터씨가 했던 것과 똑같은 취지의 얘기를 총리가 꺼냈다. 독대 자리에서 아낌없이 풀어놓으라고 내게 충고했다. 헴스터씨의 충고가 바로 그랬었다. 헌오는 독대 알현을 주선한 사실에 고무되어 있었다. 자신도 참석하지 않고 황제가 단독으로 나를 만날 것이라고 했다. 내가 하기에 따라 기대 이상의 결과도 끌어낼 수 있을 것이라며 나를 부추겼다. 황실에 대한 헴스터양의 요구도 이례적인 것이었지만, 배석자 없는 황제와의 독대 또한 코레아 관습에 반하는 것이었다.

궁궐 내 별실에서 황제와 둘이 마주했다. 황제는 붉은 비단에 금장식을 한 화려한 용포를 입고 있었다. 황제가 팔을 크게 벌려 테이블 양 끝을 잡고 나를 똑바로 보았다. 내가 포복 자세로 황제를 힐끔힐끔 올려다보았다. 총리에게 누누이 강조했던 헴스터씨의 지위와 명성 따위에 대해 황제는 관심이 없어 보였다. 내 보스를 최고 군주로 대해 달라는 요구에 대해서도 일언반구 언급이 없었다. 백문이 불여일견이라는 말이 동양에서 나왔다는 사실을 불현듯 깨달았다. 내가 즉시 행동에 돌입했다. 가지고 온 금 꾸러미를 꺼냈다. 전에 황제께 바쳤던 꾸러미와 비슷한 무게의 것이었다. 꾸러미 끈을 풀고 번쩍이는 금속 덩어리들을 바닥에 펼쳐 놓았다. 성은에 대한 감사의 표시로 거둬 달라고 읍소했다. 안팎으로 힘든 코레아 정세로 미루어 보아 황제가 내 상납을 거절하지 않을 것 같았다. 지그시 눈을 감고 생각에 잠겼던 황제가 가만히 고개를 끄덕였다. 독대 자리에서 있었던 일은 절대 발설하지 않겠다고 황제께 다짐했다.

내 임무가 성공리에 끝났다. 알현은 다음 날 오후 두 시로 결정되었다. 여기까지 오는 데 적지 않은 돈이 들었지만, 다행히 결과는 만족스러웠다. 우리에게 중요한 건 돈이 아니라 만족스러운 결과였다. 그 만족스러운 결과를 헴스터씨 부녀에게 즉시 알렸다. 총리대신이 찾아와 축하 인사를 건넸다. 황제로부터 회담 결과를 들었다고 했다. 마음 착한 총리가 일이 쉽게 풀린 것을 진심으로 기뻐했다. 독대 결과는 헌오의 수입과도 직접적인 연관이 있었다. 증권거래소에 맡겨 놓았던 주식이 현금화되어 그의 주머니로 들어갈 수 있게 되었다.

내일 행사와 관련해 황제로부터 받은 지시를 총리가 알려주었다. 알현은 오늘 내가 황제를 만난 장소에서 있을 것이며, 총리를 제외한 어떤 관료도 참석하지 않을 것이라고 했다. 내일 행사에서는 코레아 황실의 전통 예법을 따르지 않기로 했다. 황제는 그 사실이 외부에 알려지는 걸 원치 않았다. 소문이 퍼지면 두고두고 불편한 잡음에 시달릴 것이 뻔했기 때문이었다.

청혼을 한 날 밤 이후 스트레톤과 이야기를 나눌 기회가 없었다. 골치 아픈 흥정을 계속하면서도 그날 일이 자꾸 떠올랐다. 스트레톤이 일부러 피해 다니지는 않았지만, 혼자 있는 적이 없었다. 지나치다가 드물게 눈이 마주치기는 했어도 대화를 나누지는 못했다. 평소와 달리 최근에는 그녀가 남들 앞에 잘 나타나지 않았다. 말수도 현저하게 줄었다. 수심에 찬 얼굴이 자주 눈에 띄었다.

오후 6시경 이른 저녁을 먹었다. 숙소에는 등이 들어오지 않았다. 어둠이 내린 후 저녁을 먹었으면 헴스터씨 말대로 더듬이 식사를 했을 판이었다. 원하는 대로 협상이 이루어졌는데도 헴스터양은 식사 내내 얼음처럼 앉아 있었다. 평범한 대화에도 반응하지 않았다. 냉랭한 태도에 스트레톤이 불편하지 않을까 염려되었다. 헴스터씨도 침묵했다. 딸의 무례하고 성마른 행동을 극도의 인내심으로 참아 내고 있었다.

식사가 끝날 무렵 무언가가 헴스터양의 심기를 건드렸다. 그녀가 벌떡 일어나 자리를 박차고 나갔다. 축전지에 전기가 축적되듯 차곡차곡 분노가 쌓여 가고 있었다. 축전지는 아직 완전히 충전되지 않았다. 이번에는 누가 전율의 희생양이 될지 아무도 알 수 없었다. 분노의 축적은 오늘 아침에 내 항명으로부터 시작되었다. 그래도 어쨌든 협상은 그녀의 뜻대로 마무리되었다. 이제 충전을 끝내도 될 듯했지만, 무엇 때문인지 충전지에는 연신 빨간불이 들어와 있었다. 스트레톤이 자리를 뜨려고 일어섰다. 잠깐 남아 달라고 내가 부탁했다.

"남산의 불을 보여 드릴게요."

"남산 불이요? 그게 뭔데요?" 선 채로 의자 등받이에 손을 올려놓고 그녀가 말했다.

"밤에는 코레아 연안을 따라 산봉우리마다 횃불이 켜져요. 산에서 산으로 신호를 보내는 거지요. 마지막 신호가 남산의 횃불인데 저녁 8시에 올라와요. 불이 켜져 있으면 코레아 왕조가 안전하고 평화롭다는 것을 뜻하지요."

"멋지겠는데요." 스트레톤이 굳은 자세를 풀며 말했다. "8시 10분 전에 여기로 올게요."

약속대로 그녀가 돌아왔다. 대궐 안의 화려한 안뜰을 걸었다. 대궐은 도시 안의 작은 도시였다. 궐문들은 모두 굳게 닫혔고 경비가 삼엄했다. 서울 구경을 가고 싶어도 나갈 수 없었다. 신기한 모양의 지붕을 인 건물들이 넓고 반듯한 뜰 안 여기저기에 보였다. 멀리서 점멸하는 횃불을 스트레톤과 함께 보았다. 그날 밤 무슨 말을 했는지는 기억나지 않지만, 오랜만에 편안하고 부드러운 감정으로 교감했다.

황제 알현에 큰 기대는 하지 말라고 내가 스트레톤에게 말해 주었다. 궁전에 가지 않을 거라고 그녀가 대답했다. 숙소에 머물라는 누군가의 지시를 받은 것이 분명했다. 그녀는 지쳐 있었다. 헴스터씨처럼 하루빨리 자신의 나라로 돌아가길 간절히 바랐다.

13
황제 알현

다음 날 오후 2시가 가까워지자 총리가 숙소로 와 곧바로 우리를 알현실로 안내했다. 테이블 하나와 의자 몇 개가 있는 대기실로 먼저 가는 것이 마땅한 순서였다. 그곳에서 알현실로 들어와도 좋다는 황제의 명이 떨어지길 기다려야 했다. 그 것이 내가 아는 코레아 황궁의 법도였는데 그 절차를 뛰어넘었다.

알현 행렬은 조촐했다. 헴스터씨 부녀와 나, 총리, 이렇게 네 명이 전부였다. 헌오는 평소와 달리 무척 불안해 보였다. 그는 황제 알현 장소에 함께 들어가기를 꺼렸다. 동방 국가에서 술탄의 치욕을 목격한 관료는 대부분 살아남지 못했다. 총리의 설득으로 궁중 예절을 면제해 주기는 했지만, 모욕의 역사를 후세에 알리지 않기 위해 황제는 현장을 보았거나 기억하는 자는 누구라도 제거해 버릴 수 있었다. 총리도 그걸 모를 리 없었다.

알현실은 어제보다 밝았다. 직사각형 방 안쪽 끝에 낮고 긴 병풍이 벽에 붙어 자리했다. 병풍과 출입문 사이 방 중앙에는 우리 일행을 위한 나무의자 네 개가 놓여 있었다. 황제와 황후는 푹신하고 커다란 방석 위에 동양식 자세로 앉아 우리 일행을 맞았다. 황후를 본 것은 그날이 처음이었다. 알현 내내 황후는 아무 반응을 보이지 않았고, 심지어는 전혀 움직이지도 않았다. 여성 부처를 보는 것 같았다.

황제는 눈을 크게 뜨고 다가오는 사람들을 번갈아 바라보았다. 황제의 눈이 세 명의 백인과 총리 사이를 바쁘게 오갔다. 백인 셋이 허리를 숙여 코레아 방식으로 인사를 하고 황제 앞으로 걸어갔다. 총리는 몸을 반으로 접고 바닥을 보며 게걸음으로 살금살금 용상을 향해 갔다. 기회가 오면 황제를 덮치려는 맹수의 웅크림 같다는 엉뚱한 생각이 들었다.

유심히 넷을 번갈아 응시하던 황제가 셋을 버렸다. 시선이 햄스터양에게 꽂혀 움직이지 않았다. 계급장과 관계없이 어떤 남자인들 이 아름다운 여인에게 반하지 않을 수 있을까. 우아하고 여유로운 자태로 햄스터양이 황제를 향해 똑바로 걸어갔다. 존경이나 복종, 두려움 따위는 찾아볼 수 없었다. 황제 앞에 꼿꼿이 서서 그녀가 사전에 천명한 바를 그대로 이행했다. 헴스터양이 황제에게 불쑥 손을 내밀었다. 황제가 움찔했다. 여전히 눈은 헴스터양의 아름다운 얼굴에서 떨어지지 않았지만, 입가에 미소가 사라지고 미간이 좁아졌다. 모두가 두려움에 휩싸였다. 반으로 접힌 총리가 기어들어 가는 소리로 말했다.

"여성이 전하께 악수를 청하고 있습니다."

그제야 황제가 헴스터양의 손을 잡았다. 황제의 큰 손 안으로 헴스터양의 작은 손이 사라졌다. 목적을 이룬 그녀가 한 발 물러서며 손을 빼내려 했지만, 황제가 꼭 잡은 손을 놓아주지 않았다. 헴스터양의 얼굴이 굳어졌다.

"이 손 놓으세요!" 그녀가 숨을 몰아쉬며 소리쳤다. 아버지가 딸 쪽으로 움직였다. 그가 딸에게 채 다다르기 전에 황제가 헴스터양의 손을 끌어당겼다. 용상의 황제 옆자리에 그녀가 철퍼덕 주저앉았다. 황제가 미소 지었다. 놀란 헴스터양이 비명을 지르며 용상에서 벌떡 일어나 황제의 손등을 세차게 내리쳤다. 홈런볼이 방망이에 맞는 소리가 났다. 총리가 공포로 전율했다. 신음하며 그가 바닥에 코를 박고 납작 엎드렸다. 아무것도 보지 못했다고 애처롭게 주장하는 것 같았다. 젊은

서양 여자에게서 손등을 얻어맞는 황제의 치욕을 목격한 신하는 죽어 마땅했다. 헌오가 손을 펴 마룻바닥을 두드렸다. 죽음의 공포를 달래는 중이었다. 분이 가시지 않은 헴스터양이 두어 발짝 뒤로 물러서 황제를 무섭게 쏘아보았다. 눈초리로 사람을 죽일 수도 있겠다 싶었다.

황제가 상체를 앞으로 숙인 채 찡그린 얼굴로 움직이지 않았다. 홈런볼의 충격이 가시지 않은 듯 보였다. 이러한 소란에도 황후는 눈 하나 깜짝하지 않고 무신경으로 일관했다. 총리는 온몸이 구겨진 채 옷더미에 파묻혀 엉덩이를 쭉 빼고 꼼짝

없이 엎드려 있었다. 황제가 그 모습을 보면서 까닭 모를 미소를 머금었다. 헴스터양이 자리로 돌아와 꼿꼿하게 앉았다. 분이 가시지 않아 식식거리며 그녀가 말했다.

"무례한 동양 남자에게 올바른 예절 하나를 가르쳐서 속이 후련하네요. 두어 시간은 손등이 얼얼할 거예요."

"아가씨," 내가 정색하며 말했다. "자중하셔야 합니다. 예절을 가르치려다 사약 사발을 받을 수도 있습니다."

"닥치세요." 분노로 벌게진 얼굴을 돌리며 그녀가 날카롭게 쏘아붙였다. "내가 모욕당하는 걸 아무도 막아 주지 못하면 내 스스로 나를 지킬 수밖에 없어요. 내가 어떻게 나를 지키는지 똑똑히 보세요. 왕이든 황제든 나는 겁먹지 않아요."

황제가 그녀를 유심히 바라보았다. 무슨 말을 하는지 안다는 듯한 표정이었다.

"아가씨가 겁을 먹고 안 먹고 그게 문제가 아닙니다. 잘 생각해 보세요. 우리 목숨은 황제 손안에 있습니다."

"황제는 우리를 털끝 하나 건드리지 못해. 그걸 저 사람도 알고 당신도 알잖아."

"죄송하지만, 헴스터양. 동방 사람들을 다루는 방법은 제가 더 잘 압니다. 서양인은 동양 궁궐 안에서 어떤 일이 일어날지 예측하지 못합니다."

"뉴욕 사람이나 런던 사람이나 서양인이긴 마찬가지인데 당신이 나보다 나을 것도 없지." 하늘로 고개를 치켜세우고 그녀가 따지듯이 말했다.

"오해하셨나 봅니다. 미국인, 유럽인을 모두 합쳐서 서양인이라고 한 겁니다. 극단적으로 말하자면, 우리가 이 방에서 나가기 전에 황제가 우리의 목을 딸 수도 있습니다."

"정말로 못 말리는 겁쟁이야." 절레절레 고개를 흔들며 그녀가 한심하다는 듯 말했다. "아버지를 겁주겠다는 건가요? 우리에게 손을 댔다가는 미국이 열흘 안에 이 궁궐을 흔적도 없이 날려 버릴 거라는 걸 황제도 알고 있어요."

"그렇지 않습니다. 황제는 그렇게 생각하지 않을 겁니다. 그가 당장 우리를 처형하겠다고 마음먹으면 미국도, 영국도, 연합군도 구해줄 수 없습니다. 황제가 명령을 내리면 그것으로 모든 것은 끝입니다. 황제에게 꼭 가르치고 싶은 예절이 있으면, 일단 여기서 나간 다음에 그림엽서로 얘기하세요. 목숨이 떨어져 나간 후에 미국이 대궐을 때려 부순들 그게 우리에게 무슨 소용이 있습니까."

햄스터양과 설전하는 동안 총리는 바닥에 코를 박고 팔다리를 접은 채 개구리 자세를 하고 있었다. 황제는 줄곧 햄스터양의 도도한 자태를 주시했다. 내가 당황해서 쩔쩔매는 모습을 즐기는 것 같았다. 우리말을 알아듣지는 못했지만, 내가 곤혹스러운 상황에 있다는 사실은 눈치챘을 것이었다. 총리가 살금살금 몸을 일으켰다. 포복 자세의 총리에게 황제가 몇마디 지시를 내렸다. 황제는 내가 코레아 말을 알아듣는다는 사실을 순간 잊었다. 내 촉각이 곤두섰다. 우리의 안전을 지켜야 했기 때문이었다. 총리가 오랜만에 두 발로 섰다. 허리를 굽히고 뒤돌지 않은 채 뒷걸음으로 황제에게서 멀어졌다. 내가 황제에게 고개를 숙이며 조금 전의 분부를 거두어 달라고 간청했다. 다행히도 황제가 웃었다.

"지금 무슨 말을 했어요? 모든 대화를 통역하세요. 그리고 아까 그 모욕적인 행동을 당장 사과하라고 하세요."

"적당한 때에 그렇게 하지요."

"적당한 때라니요?" 그녀가 의자에서 벌떡 일어서며 소리쳤다. "당장 하지 않으면 내가 직접 사과를 받아낼 거예요."

"저를 믿으세요, 아가씨. 그만하면 충분합니다. 우리는 지금 심각한 상황에 처해 있습니다. 아가씨는 우리를 점점 더 큰 위험에 빠뜨리고 있어요."

햄스터양이 무언가 대꾸하려고 할 때 황제의 커다란 웃음소리가 그녀를 막았다. 황제가 고개를 젖히고 호쾌하게 웃었다. 황제는 우리 둘의 설전을 즐기는 중이었다. 우리가 당하고 있다는 느낌이 들었다. 총리는 내가 햄스터양과 다투는 사이에 조용히, 그러나 빠르게 사라져 버렸다. 햄스터양은 분노 속에서도 모든 것을 궁금해했다. 그녀 앞에서 상황 설명을 하고 싶지 않았지만, 어쩔 수 없이 그녀와 아버지에게 황제의 하명을 통역했다.

"대궐 출입문의 경계를 두 배로 강화하고, 우리가 외부와 접촉할 수 없도록 철저히 감시하라고 황제가 지시했습니다. 우리를 볼모 취급하겠다는 뜻입니다."

그 자리에서 햄스터씨에게 바랄 수 있는 것은 아무것도 없었다. 그는 완전히 기가 꺾인 채 딱딱한 나무의자에 힘없이 앉아 있었다. 서 있는 나를 그가 올려다보았다. 당황한 빛이 역력했다. 그가 걱정하는 건 자신이 아니라 딸이라는 사실을 나는 잘 알고 있었다.

"황제에게," 그가 입을 열었다. "우리가 막강한 무기를 가지고 있다고 하고, 올 때처럼 자유롭게 이곳에서 나가겠다고 말하면 어떻겠나?"

"무기 얘기는 일단 하지 않는 게 좋겠습니다. 총리가 돌아온 후에 추이를 봐서 그걸 마지막 카드로 쓸 수 있을 것입니다."

"아빠가 시키는 대로 하세요." 햄스터양이 끼어들었다.

"조용히 있어! 거트루드!" 딸을 제지하고 그가 나를 보았다. "자네 생각대로 하게."

내가 황제에게로 몸을 돌려 자세를 낮추고 목숨을 건 읍소를 시작했다.

"코레아는 역사상 많은 위기를 겪어 왔던 것으로 압니다. 그래도 오늘 같은 상황은 처음이실 것입니다. 저기 있는 헴스터 씨는 미국 시카고를 장악하고 있는 왕일 뿐만 아니라 미국에서 최고 대우를 받는 가장 소중한 미국인 중 한 사람입니다. 만일 헴스터 씨나 공주가 조금이라도 해를 입는다면 막강한 미합중국은 모든 무기와 군사를 동원해 무시무시한 보복을 할 것입니다. 미국은 세계 최강국입니다. 러시아나 중국, 일본보다 강하고 그 모든 국가를 합친 것보다도 셉니다. 세계 어느 나라와의 전쟁에서도 미국은 진 적이 없습니다. 문제는 그것만이 아닙니다. 제가 이 자리에 있는 것 또한 코레아에게는 큰 위협이 될 수 있습니다. 아마도 폐하께서는 지난번 제가 황공하게도 폐하를 배알했던 것을 기억하실 것입니다. 당시 저는 대영제국의 외교관이었습니다. 영국 역시 세계 어느 나라도 넘볼 수 없는 막강한 군사력으로 역사상 수많은 전쟁을 승리로 이끌어 왔습니다. 영국도 자국민이 해를 입는 것을 절대로 간과하지 않습니다. 미국과 마찬가지로 철저하게 복수합니다. 역사적으로도 늘 그래 왔습니다. 폐하께서 막강한 두 나라의 비위를 건드리시는 불행을 자초하지 않으시기를 간언 드립니다. 그 두 나라의 군사력이 합쳐지면 세계 모든 나라를 지배할 수도 있습니다. 폐하께서 판단을 잘못하시면 폐하뿐만 아니라 폐하의 왕국 전체가 송두리째 불행에 빠질 수 있습니다."

나의 회유 겸 협박은 황제에게 전혀 먹혀들지 않았다. 국제 정세나 외교, 군사력 등에 관한 내 장황설에 황제는 조금도 귀를 기울이지 않았다. 그의 눈은 줄곧 헴스터양에게만 꽂혀 있었다. 얼굴을 잔뜩 찌푸리고 뾰로통한 표정으로 앉아 있던 헴스터양이 자신을 바라보는 황제에게 어린애같이 혀를 쑥 내밀었다. 그 행동이 황제의 웃음보를 강타했다. 황제가 파안대소했다. 눈은 여전히 헴스터양에게서 떨어지지 않은 채 황제가 내게 몇 마디를 던졌다. 내가 답을 하려는 순간 헴스터양이 그새를 못 참고 끼어들었다.

"뭐라고 했나요? 한마디 한마디 다 통역하세요. 트레몬씨는 그러려고 여기 있는 거예요. 난 이런 식으로 답답한 건 참을 수 없어요."

"거티, 거티!" 아버지가 딸을 만류했다. "제발 가만히 좀 있어라. 시간이 되면 트레몬이 어련히 알아서 알려 주겠니."

그때 황제가 우리말을 알아들었다는 듯 자기 말을 헴스터 씨 부녀에게 통역하라고 내게 일렀다.

　"제가 무슨 자격으로 이곳에 있는지 명심하겠습니다, 헴스터양. 다행히 황제도 헴스터양 말대로 지금까지 나눈 얘기를 두 분께 알려 주라고 합니다. 지난 줄거리를 말씀드리지요."

　국가의 위기와 국제 정세, 미국과 영국의 군사력 등 내가 황제에게 늘어놓은 장황설을 모두 이야기해 주었다. 헴스터 씨가 여러 차례 고개를 끄덕였다. 국가 위기에 관한 나의 즉석 논문에 그런대로 괜찮은 점수를 주는 것 같았다.

　"그런데 황제는 제 말에 전혀 신경 쓰지 않고 대꾸도 하지 않았습니다. 대신 우리더러 자유롭게 대궐에서 나가도 좋다고 했습니다. 여기서 '우리'는 헴스터양의 아버지와 저, 이렇게 두 사람입니다. 헴스터양을 이곳에 남겨 두면 우리는 안전하게 이곳에서 나갈 수 있다는 이야기입니다. 단도직입적으로 말하지요. 황제가 헴스터양을 사겠다고 합니다. 헴스터양을 '궁전의 화이트 스타'로 만들겠답니다."

　"이런 호랑말코 같은…!" 헴스터양이 악을 썼다. 그녀가 양손을 번쩍 들어 올렸다가 무릎을 탁 치며 의자 아래로 떨어뜨렸다. 자신의 심경을 드러내는 행동이었다. 그녀가 내게 명령했다. "저 마호가니 목각인형 같은 사람에게 똑바로 전하세요. 타이타닉은 화이트 스타 소속이었지만, 나는 아니에요. 그가 나를 사는 게 아니라 아버지가 이 황궁을 통째로 살 수 있다고 말하세요. 미국 남부에 가면 여기 사람들보다 훨씬 좋은 물건들을 내가 얼마든지 골라 살 수 있다고 하세요."

그 말을 그대로 통역할 수는 없었다. 어떻게 완화해 전해야 할지 고민했다. 미국 문화는 코레아의 그것과 아주 다르다고 황제에게 말했다. 헴스터양은 미국에서 엄청난 재산을 소유한 왕가의 공주이기 때문에 황후 자리가 아니면 절대로 받아들일 수 없다고 했다. 코레아에는 이미 황후가 있어서 황제의 제안은 실현 불가능하니 더 이상 번거로운 일 없이 우리 선박이 있는 제물포로 돌아갈 수 있게 해 달라고 청했다. 그런데 오해가 생겼다. 황제는 우리가 헴스터양의 몸값을 올리려는 것으로 받아들였다. 황궁 재산의 절반을 헴스터양에게 주겠다고 그가 제안했다. 황제는 성은 망극한 아량을 자신이 베풀었다고 생각했다. 더 이상 아무것도 끌어낼 수 없다는 절망감이 밀려왔다.

왕좌에 오른 이후 황제는 원하지 않는 것은 아무것도 하지 않았고 원하는 것은 무엇이건 관철했다. 열강의 막강한 국력을 일방적으로 무시하는 그의 근거 없는 자만심이 국가의 미래를 절망으로 몰아가고 있었다.

총리가 웅크린 자세로 돌아왔다. 몸을 접고 천천히 황제에게 다가가 작은 소리로 그가 아뢨다. 촉각을 곤두세우고 내가 그의 말에 귀를 기울였다. 대궐의 경계를 두 배로 강화하고, 살아있는 생물이라고는 개미 한 마리도 드나들지 못하도록 경내를 철통같이 묶어 놓았다고 했다.

황제에게 내가 했던 공염불을 지푸라기라도 잡는 심정으로 헌오에게도 다시 했다. 황제교 맹신도에게 재탕의 약효가 있을 리 없었다. 황제 앞에서 그는 철저히 무능력자였다. 황제에 반하는 생각과 말과 행위는 곧바로 죄악이었다. 보고를 마친 총리가 우리에게 황제 알현이 모두 끝났다고 알렸다. 자신이 친히 숙소로 안내하겠다고 했다.

숙소로 돌아왔을 때 스트레톤은 요트에서 가져온 책을 평온하게 읽고 있었다. 소년이 준비해 준 따뜻한 차 한 잔이 작은 테이블에 놓여 있었다. 우리가 들어서자 책을 접고 반가운 표정으로 그녀가 우리를 맞았다. 읽던 페이지를 표시하기 위해 손가락 하나를 책 사이에 찔러 넣었다.

"시간이 오래 걸렸네요. 황제 알현이 잘되었나 봐요."

햄스터양이 거실을 정신없이 오갔다. 주체할 수 없는 정신 분열을 잠재우기 위해 에너지를 발산하는 중이었다. 그녀가 작은 주먹을 허공에 날리며 날카롭게 소리쳤다.

"반드시 황제를 내 앞에 무릎 꿇릴 거야."

우리는 아직 호랑이 굴 안에 있었다. 그건 굴에서 나간 후에나 할 소리였다. 언제라도 호랑이가 우리를 먹어 버릴 수 있다고 말해 주고 싶었다. 아버지가 잠자코 있었기 때문에 나도 아무 말 하지 않았다. 햄스터양은 하염없이 말의 유희를 즐겼다.

14

제물포 가는 길

헴스터씨, 헴스터양과 함께 영국식 애프터눈 티를 즐겼다. 상쾌한 차 한 잔을 비우고 양해를 구한 후 밖으로 나왔다. 주변의 경계가 얼마나 삼엄한지 알아보기 위해서였다. 숙소 밖에 나오자마자 나는 총리가 자기 일을 제대로 해냈다는 사실을 알았다. 출입문은 모두 철통 봉쇄되어 있었다. 군사력을 동원하지 않고서는 뚫고 나갈 방법이 전혀 없어 보였다. 뇌물로 사람을 사서 영국 공사관에 편지를 보내야겠다고 마음먹었다. 궁여지책이었지만, 다행히 뇌물이 제대로 먹혀들었다. 궐내 경비원 하나가 기꺼이 내 편지와 뇌물을 받았다.

넓은 궁전 안뜰을 여기저기 걸었다. 도망칠 구멍이라도 찾을 수 있을까 싶어서였다. 그런데 구멍 대신 항구에서 대궐까지 우리를 안내해 준 호위대와 마주쳤다. 그들은 우리를 다시 항구로 데려다주려고 밖에서 기다리다가 관군에게 연행돼 궁 안에 들어왔다. 호위대를 다시 만난 것이 우리에게 득이 될지 실이 될지 언뜻 분간하기 어려웠다.

호위대는 오합지졸이었다. 이 사태가 전투로 발전된다면 아무짝에도 쓸모없는 무리였다. 궁전 헛간 한구석에 그들이 쭈그려 앉아 있었다. 희망도 의지도 용기도 없는 패잔병들 같 았다. 우리가 어려운 상황에 빠져 있다는 사실을 그들도 직관 적으로 알아차렸다. 강자에 약하고 약자에 강한 것이 속물의 근성이다. 그들이 우리의 약점을 보았다. 상황이 반전되지 않 는 한 우리를 배신할 것은 불 보듯 뻔했다. 칼자루를 쥐여 주 면 우리의 목을 칠 수도 있었다. 돈을 더 들이더라도 제대로 된 무사들을 모아 호위대를 구성할 때까지 제물포에서 느긋 하게 기다리지 못한 것이 새삼 후회가 되었다. 호위대에는 두 명의 일본인이 섞여 있었다. 자국이 아니어서인지 그들은 무 리와 떨어져 포커페이스를 한 채 멀찌감치 서 있었다. 그들을 이용해야겠다는 생각이 들었다. 말을 쓰다듬으면서 일본인들 에게 몇 마디 언질을 주고 내가 햄스터씨에게로 돌아왔다. 서 울에 있는 영국 대표부에 쪽지를 전하려고 경비원을 매수했 다고 보고했다. 놀랍게도 그가 탐탁지 않아 했다.

"트레몬, 우리는 지금 바보천치 같은 짓을 하는 거야. 이 일이 세상에 알려지면 천하의 조롱거리가 될 거야. 나는 미국이나 영국 공사관이 우리의 처지를 알게 되길 바라지 않네. 신은 스스로 돕는 자를 돕는다고 했지. 우리 일은 우리가 해결하는 게 좋겠어. 자랑은 아니지만 나는 권총 명사수라네. 여기에 올 때 제일 좋은 놈으로 한 자루 가지고 왔어. 탄창이랑 총알도 충분하고. 젊었을 적에 초원에서 카우보이 생활을 하면서 총 솜씨를 갈고닦았네. 이곳에 있는 누구라도 나를 해치려고 하면 그들이 먼저 당하게 될 거야. 자네도 권총을 하나 가지고 있지? 총을 웬만큼 다룰 수 있으면 여기서 저 양 떼들을 헤치고 나가는 데 별문제가 없을 걸세. 자네가 말한 두 일본인은 총을 다룰 줄 아나? 내게 여벌의 권총이 있네. 그렇게 넷이면 아무리 경비가 삼엄해도 충분히 뚫고 나갈 수 있을 걸세. 우리 일행에 여자들이 없었다면 당장이라도 쳐부수고 나갔을 텐데, 여자들 때문에 신중히 처리해야 하니까 날이 밝기를 기다렸다가 내일 아침 궐문이 열리면 그때 거사를 시작하기로 하지."

"잘 판단하신 것 같습니다."

저녁 늦게 으리으리한 수행원들을 거느리고 총리대신이 우리에게 왔다. 코레아 황제를 대신해 햄스터양을 황제의 여자로 받아들인다는 공식 입장을 전달했다. 상황을 잘못 판단한 총리는 모든 문제가 해결된 것으로 생각했다. 그에게 남은 것은 황제로부터 간택 받은 여자의 아버지가 지참금으로 얼마를 내놓는가의 문제일 뿐이었다. 황제가 햄스터양에게 내려 줄 높은 지위에 걸맞게 지참금의 액수도 상당해야 할 것이라고 그가 말했다. 내가 그에게 대답했다.

"햄스터씨는 코레아 황제 못지않게 미국에서 최고 지위에 있고, 어마어마한 재산과 권력을 가진 분입니다. 그런데 황제는 그분을 궐에 가두고 포로 취급하고 있습니다. 협상이 계속되려면 우선 그분이 자유롭게 자신의 전함으로 돌아갈 수 있어야 합니다. 그러면 제가 그곳에서 쌍방이 만족할 만한 결과를 이끌어 내도록 하겠습니다."

그것은 불가능하다고 총리가 잘라 말했다. 황제가 하해와 같은 성은으로 햄스터양을 후궁으로 받아들인 것이라고 했다. 망극한 성은은 자신의 간곡한 청원으로 베풀어졌기 때문에 나중에 일이 잘되면 자신의 공도 잊지 말라고 덧붙였다.

"내가 황제를 설득했듯이 여자의 아버지를 설득하세요. 저토록 단호한 황제의 모습을 본 적이 없습니다. 황제의 명을 거역하면 돌이킬 수 없는 재앙이 닥칩니다. 황제의 뜻대로 일이 되지 않으면 여성의 아버지와 트레몬씨를 포함해 모든 사람이 참수당하고, 여성은 강제로 황제의 여자가 될 겁니다. 트레몬씨와의 우정을 생각해서 일행의 안전을 위해 충고하는 것입니다. 일을 평화롭게 해결하려는 내 호의를 가볍게 여기지 말고 신중하게 판단하길 바랍니다."

"황제가 큰 실수를 하는 겁니다. 황제의 그런 야만스러운 행동은 문명 세계를 경악시키고 분노하게 할 것입니다."

총리가 어깨를 으쓱하며 대답했다. "이곳에서 일어나는 일을 세계는 알지 못합니다."

"그렇지 않습니다. 제가 이미 영국 공관에 연락을 취했습니다."

"이것 말인가요?"

주머니 같은 소매에서 그가 쪽지를 꺼냈다. 내가 대궐 경비원에게 뇌물을 주고 전달한 쪽지였다.

"문지기가 쪽지를 받자마자 내게 가져왔습니다. 아무리 발버둥 쳐도 소용없습니다."

큰 곤경에 빠졌다는 사실을 직감했다. 그래도 우선은 황제의 계획이 얼마나 위험한 것인지 헌오에게 알려 주어야 했다.

"황제가 자기 생각대로 참혹한 일을 벌인다면, 코레아는 미국과 영국의 무자비한 보복으로 참변을 당하게 될 겁니다. 세상에 비밀은 없습니다. 우리를 다 죽여도 반드시 세상에 알려

집니다. 헴스터씨의 초대형 함선이 제물포에서 우리를 기다리고 있습니다. 조만간 우리가 돌아가지 않으면 선장이 미국과 영국 대표부에 즉시 연락을 취할 것입니다."

총리는 지식이 풍부하고 현명하므로 내 말뜻을 충분히 이해할 것이라고 치켜세웠다. 착한 총리가 한숨을 쉬었다. 그러나 수행원들이 보는 앞에서 코레아가 봉변당할 것이라고 총리가 인정할 수는 없었다. 더구나 그는 세계 연합군이 쳐들어오더라도 그들의 황제가 모두 막아낼 것이라고 확신했다.

내가 전략을 바꾸었다. 나는 아무런 결정권이 없으므로 황제의 제안을 헴스터씨에게 전달하겠다고 했다. 황제의 제안을 헴스터씨가 충분히 검토한 후에 황제를 다시 알현하자고 청했다. 총리가 내 제의에 동의하면서 뜻밖의 말을 했다. 오늘 내가 황비에 대해 언급한 것을 황제가 각별히 신경 쓰고 있으며, 황비에 못지않은 대우를 헴스터양에게 해 줄 것이라고 했다. 헴스터씨와 공주에게도 그 사실을 반드시 알리라고 당부했다. 그렇게 하면 황제와 헴스터양 결합의 마지막 장애물이 걷힐 것이라고 그는 믿었다.

이 기쁜 소식을 헴스터씨 부녀에게 신속히 전달하겠노라고 대답했다. 격렬하게 시작됐던 대화는 그렇게 부드럽게 마무리되었다. 일이 잘 풀리기를 진심으로 바랐던 총리는 협상 결과에 매우 만족했다. 과장된 말과 몸짓으로 우리 일행에게 깊은 사의를 표하고 총리와 으리으리한 수행원들이 물러갔다.

총리와 나눈 이야기를 헴스터씨에게 전해야 했다. 혼자 헴스터씨를 만나기를 바랐지만, 바람은 이루어지지 않았다. 거트루드 헴스터를 말릴 수 있는 사람은 아무도 없었다. 그녀는 총리 사절단이 나를 만나고 돌아갔다는 사실을 알고 있었다. 모든 위험으로부터 자신을 보호하고 앞으로 계획된 일들을 모두 알려 달라고 그녀가 아버지에게 요구했다. 지금까지 많은 일들이 그녀의 간섭으로 망가졌다. 이번에도 헴스터씨의 회심의 계획이 딸 때문에 수포로 돌아갈 판국에 놓였다.

내가 표리부동하게 간사한 짓을 했다고 그녀가 막말을 했다. 황제와 총리의 말을 제대로 전달하지 않았다는 것이었다. 자신의 주장을 황제에게 똑바로 전했으면 황실 호위병의 경호를 받으며 개선장군처럼 항구로 갈 수 있었을 것이라고 했다. 대궐 문을 무력으로 뚫고 나가는 것은 자신에게 위험이 닥칠 수 있다며 반대했다. 겁쟁이가 아니라면 나 혼자 궁을 빠져나가 미국 공사관으로 가 공식 통역관과 미국 공사를 데려오라고 요구했다. 작은 동양인들에게 쫓기면서 서울을 빠져나가지는 않을 것이라고 했다. 자신이 했던 것처럼 내가 황제를 다루었으면 지금 같은 문제가 생기지도 않았을 것이라고 그녀가 주장했다.

내가 헴스터양의 요구를 즉시 받아들였다. 혼자 궁을 빠져 나가 서울 안의 작은 미국으로 달려가 공사관의 도움을 요청 하겠다고 했다. 이번에는 그녀의 아버지가 반대하고 나섰다. 때때로 그는 자신의 결정에 매우 단호했다. 이번에도 그랬다. 해외에서 저지른 자신의 큰 실수를 미국 신문의 가십으로 읽 고 싶지 않다고 잘라 말했다. 황색 얼굴의 코레아 사람들보다 황색 종이의 미국 신문을 더 두려워하는 것 같았다. 그의 딸 은 달랐다. 황색 인종도 황색 신문도 두려워하지 않았다. 자신 의 에피소드가 언론에 대서특필되기를 바랐다. 용감한 건지 무모한 건지 눈앞에 닥친 극도의 위험한 상황을 전혀 개의치 않았다. 그녀가 아버지에게 대탈주 계획을 연기해 달라고 했 다. 아버지가 단칼에 거절했다. 웬일인지 이번에는 딸이 고집 을 꺾었다.

두 자루의 권총을 더 준비하고 탄약을 챙겼다. 두 명의 무 사들을 찾아갔다. 그들은 일본 육군 출신이어서 무기를 능숙 하게 다룰 줄 알았다. 다른 동료들에게는 아무 말도 하지 말 라고 단단히 일렀다. 아침에 궐문이 열리면 말들을 몰고 숙소 앞으로 오라고 했다. 상황의 긴박성과 중요성을 충분히 이해 하는 것 같았다.

운명의 아침이 밝았다. 백인 넷과 중국인 요리사, 일본인 소년, 이렇게 우리 일행은 모두 여섯이었다. 긴장 속에서 준비를 마쳤다. 내 지시대로 숙소 앞에 말 열 마리가 대기하고 있었다. 그중 두 마리에는 무거운 돈다발이 잔뜩 얹혔다. 쓸 곳이 없어서 그대로 남은 코레아 동전 꾸러미였다. 지금까지 황제와 고관대작들을 상대하면서 은화와 금화만을 사용했다.

무사가 한 명만 보였다. 나머지 한 명은 어디 있느냐고 물었다. 함께 있던 호위병들이 관군에게 신고하는 걸 막기 위해 그들을 한곳에 몰아넣고 총을 겨누고 있다고 했다. 우리가 떠날 채비가 되었을 때 신호를 보내면 곧바로 달려올 것이라고 했다. 현명하고 신중한 조처였다. 덕분에 우리는 궐이 발칵 뒤집히기 전에 소중한 시간을 더 벌 수 있었다.

우리가 궐문 앞에 다다를 때까지 졸고 있던 경비병들은 무슨 일이 일어나는지 눈치채지 못했다. 잠시 후 감을 잡은 경비병 하나가 머스킷 소총을 경고용으로 발사했다. 조잡하고 보잘것없는 총이었다. 처음에 우리는 총으로 대응하지 않았다. 우리의 기세를 보고 그들이 순순히 물러나 주기를 바랐다. 그러나 그렇지 않았다. 그들이 조잡한 총으로 무모한 총질을 계속했다. 총이 엉망인지 사수가 엉망인지 우리 쪽에 아무런 피해를 주지 않았지만, 더 이상 평화를 바랄 수는 없었다. 헴

스터씨가 빠르게 권총을 뽑아 방아쇠를 당겼다. 궐문을 닫으려던 경비병의 손에 정확히 명중했다. 병사가 비명을 지르며 팔을 잡고 땅바닥에 굴렀다. 전쟁은 그것으로 끝났다. 모든 경비병이 무기를 내던지고 순식간에 흩어져 줄행랑을 쳤다. 궐문이 열리고 앞길이 훤히 트였다.

급하게 궁을 빠져나와 서울 대로에 들어섰다. 미국이나 영국 공사관으로 가 도움을 청하기를 간절히 바랐지만, 헴스터씨는 고집을 꺾지 않았다. 도시 전체에 비상경보가 내려지기 전에 서문을 공습해 뚫고 나가야 한다고 그가 말했다. 그의 말대로 하는 수밖에 없었다. 이미 우리는 대궐 문을 무력으로 제압하고 나왔다. 궐문을 내준 치욕을 만회하기 위해 경비대는 강력하게 재무장하고 우리의 꽁무니를 향해 집중포화를 터뜨릴 것이었다. 대궐에서 들리는 발포 소리는 시 전체를 극도의 경악으로 몰아넣을 것이 뻔했다. 수천수만의 놀란 군중이 거리로 쏟아져 나와 얽히고설켜 길을 메워 버리면 우리의 탈주는 도루묵이 될 것이 뻔했다. 사람들이 몰려나오기 전에 도시를 빠르게 빠져나가는 것 말고는 달리 방도가 없었다. 사람을 치어도 어쩔 수 없으니 채찍과 박차를 가해 최고 속도로 말을 달리라고 일행에게 일렀다.

제물포로 향하는 서울의 마지막 대문에 다다랐을 때 종이 울리기 시작했다. 석양 무렵 이 종이 울리면 서울의 모든 대문에는 빗장이 걸린다. 우리가 미처 통과하기 전에 대문이 천천히 닫히기 시작했다. 그때 무사 둘이 앞으로 나가 경비병들에게 문을 열라고 요구했다. 영문을 모르는 경비병들이 눈치를 보며 머뭇거렸다. 문에 가까이 있던 무사가 권총을 꺼내 경비병 한 명을 가차 없이 쏘아 버렸다. 나머지 경비병들이 혼비백산 도망쳤다. 대문을 빠져나간 후 무사가 문을 걸어 잠그자고 했다. 군중이 쫓아오지 못하도록 하기 위해서였다. 좋은 아이디어였지만, 그것은 불가능했다. 대문은 안쪽에서만

잠글 수 있게 되어 있었다. 언제라도 열 수 있는 상태로 닫아만 놓은 채 길을 떠났다. 이제 남은 일은 제물포로 급히 달려가는 것뿐이었다. 제물포까지는 25마일 정도의 거리였다. 그런데 불과 25미터나 갔을까, 한 무리의 군중이 대문을 열어젖히고 소리를 지르며 밀물처럼 쏟아져 나왔다. 불가항력적인 인간 쓰나미였다. 일행을 재정비해야겠다고 생각했다. 헴스터 씨에게 선두를 부탁하고 무사 둘과 내가 후미로 빠져 우리를 쫓아오는 무리와 싸우며 일행을 엄호했다. 코레아 남자들은 하나같이 용맹하고 튼튼했다. 아무리 달려도 지치지 않는 철각을 가지고 있었다. 개인은 약해도 뭉치면 강해지는 근성을 가진 민족이었다. 속도를 늦추지 말고 계속해서 최대한 빠르게 달리라고 일행에게 주문했다. 무리 중 최정예를 제외한 나머지를 지치게 해 도태시키려는 작전이었다. 그래야 수많은 군중으로부터 양 측면이 포위되는 사태를 막을 수 있었다.

처음 2마일 정도까지는 우리의 권총이 위력을 발휘했다. 총탄을 발사하면 소리에 놀란 군중이 움찔하고 쫓아오지 못했다. 그때마다 거리가 꽤 많이 벌어졌다. 그러나 3~4마일이 지나면서부터는 권총의 위력이 현저히 떨어졌다. 군중이 총소리에 익숙해진 것 같았다. 그들은 지치는 기색이 없었다. 영원히 지치지 않을 것처럼 보였다. 이러다가는 우리가 먼저

지칠 것 같았다. 탄약도 점점 떨어져 갔다. 혹시라도 사로잡힐 경우에 대비해 총알을 아끼려면 뭔가 다른 조치를 취해야 했다.

두 무사를 엄호 병력으로 남겨 두고 내가 말을 달려 선두의 헴스터씨에게로 갔다. 그에게 내 계획을 알렸다. 좀처럼 승낙하려 하지 않았다. 내게 아무런 변고가 생기지 않을 것이라는 확언을 듣고서야 그가 계획에 동의했다. 두 숙녀에게 짧은 인사를 하고 내가 다시 뒤쪽으로 이동했다. 현금을 수송하는 두 마리 말의 고삐를 두 무사가 하나씩 자기 말에 묶어 끌고 가고 있었다. 내가 두 필의 말을 넘겨받아 로프로 묶어 내 말 안장에 연결하고 그들에게 앞으로 가 선봉을 맡으라고 명령했다. 그들은 제물포 출신이었다. 제물포로 가는 길을 누구보다 잘 알았다. 한시라도 빨리 일행을 안전한 곳으로 이동시키라고 그들에게 일렀다. 일이 마무리되면 큰 포상을 할 것이라는 말도 덧붙였다.

일행이 말을 달려 길 앞쪽으로 사라졌다. 나와 세 필의 말이 대로 가운데에 덩그러니 남았다. 고함을 치며 달려오던 무리가 갑작스러운 상황에 당황했다. 함정인가 싶어 겁을 먹는 것 같았다. 그들이 주춤주춤 멈춰 섰다. 무더기로 나 하나와 마주 섰지만, 아무도 쉽게 다가오지 못했다. 한 마리에 이만 낭씩 두 필의 말에는 총 사만 냥의 코레아 동전이 매달려 있었다. 주머니칼을 꺼내 오백 냥이 엮인 줄 하나를 잘랐다. 줄 양쪽 끝을 잡고 머리 위로 치켜올려 휘휘 젓다가 한쪽 끝을 손에서 놓았다. 폭죽처럼 동전들이 사방으로 분사되었다. 무리도 동전과 함께 사방으로 흩어졌다. 탐욕이 모든 것을 지배했다. 내가 혼자 남는 모험을 자처한 것도 가난한 코레아 백성의 그러한 속성을 잘 알았기 때문이었다.

오백 개의 동전 소나기가 머리 위로 쏟아지자 난장판이 벌어졌다. 그 순간 나는 구경꾼이 되었다. 내가 두 번째 매듭을 잘라 왼쪽으로 동전을 날렸다. 내 앞길을 막고 있는 무리의 선두를 그쪽으로 보내기 위해서였다. 내 의도는 그대로 먹혀들었다. 세 번째 매듭을 잘랐다. 이번에는 오른쪽 하늘로 소나기를 뿌렸다. 무리가 첫 번째 소나기를 다 치우기도 전에 우리 일행은 서쪽으로 완전히 사라졌다. 나는 한 무리의 골리앗과 싸우는 다윗이 되었다. 코레아 군중은 무력으로 나를 밀어붙여 내가 가진 모든 것을 약탈할 수도 있었지만, 그럴 생각을 하지 않았다. 천성이 순한 건지 용기가 없는 건지 알 수 없었다.

그때 내 권총에는 총알이 없었다. 기회가 오면 말에 박차를 가해 일행을 따라 항구로 튀어야겠다고 생각했다. 그러나 그것은 불가능하다는 사실을 곧 알았다. 내가 좌우 양쪽으로 동전을 뿌린 탓에 군중의 양 진영이 포위하듯 나를 둘러쌌다. 바닥의 동전이 없어지자 무리의 선두도 제자리로 돌아와 앞길을 막았다. 현금이 절반쯤 소진되었을 때 나는 군중에 포위돼 사방이 완전히 봉쇄되었다. 그러나 그들 중 누구도 내게 달려들지는 않았다. 군중과 나 사이에 둥그런 공간이 생겼다. 대략 2~3미터쯤 되는 간격이었다. 그나마 다행인 것은 제물포로 가는 일행이 군중과 완전히 멀어졌다는 것이었다. 너무나 열심히 달리느라 이곳에 남겨진 한 명에게 무슨 일이 일어나는지 신경을 쓰지 못하는 것 같았다.

동전과 군중의 싸움은 한 시간 넘게 계속되었다. 이제는 군중도 일행의 추적을 포기했다. 군중이 많이 온순해졌다. 그러나 안심할 수는 없었다. 한 마리 말에 걸린 마지막 동전 묶음을 집으면서 이제 어떻게 해야 할지 심각하게 고민했다. 다른 한 필의 말에는 아직 이만 냥의 현금이 남아 있었다. 그것마저 없어지면 내 목숨이 위태로워질 수 있겠다는 생각이 들었다. 한 마리 말에 마지막 남은 오백 냥의 동전을 포도탄처럼 사방으로 뿌렸다. 기대대로 무리가 흩어지며 다시 난장판이 되었다. 그 틈을 이용해 말에 박차를 가했다. 그와 동시에 분노의 괴성이 들려 왔다. 서쪽 방향에 있던 무리가 가장 크게 흥분했다. 내가 그쪽으로 튈 것을 알았기 때문이었다. 내 속임수에 분노한 군중이 주먹과 몽둥이를 휘두르기 시작했다.

코레아 왕국이 태동한 이래 그때처럼 많은 돈다발이 백성들에게 뿌려진 일은 한 번도 없었을 것이다. 관료들은 공공연히 부정 축재를 했고, 그 때문에 백성들은 헐벗었다. 그렇게 굶주린 백성들 머리 위에 돈다발이 쏟아졌다. 아직도 눈앞에는 현금을 잔뜩 꿰찬 말 한 마리가 서 있다. 그런데 축제가 끝나려 한다. 그들로서는 눈에 불이 켜질 수밖에 없었다. 내가 오른팔을 들어 올리고 목소리를 높여 그들에게 소리쳤다.

"여러분, 여기 남은 동전들은 서울로 들어가는 대문 앞에서 뿌릴 겁니다. 여러분이 나와 함께 조용히 서울로 돌아간다면 가는 중간에 틈틈이 동전을 나누어 주겠습니다. 용사 여러분, 다 같이 수도로 돌아갑시다."

서울로 가는 건 그들이 원하는 바였다. 환호와 함께 한 무리의 골리앗이 서울로 출발했다. 약속한 대로 나는 서울로 가는 길에 가끔 한 번씩 오백 냥의 현금을 앞뒤 좌우 군중에게 골고루 나누어 주었다. 다행인지 불행인지 서울에 도착했을 때 대문은 굳게 닫혀 있었다. 문이 닫히기에는 이른 시간이었다. 앞서가던 군중이 나보다 먼저 대문에 빗장이 걸린 사실을 확인했다. 그들은 집과 식구가 있는 수도 밖으로 쫓겨나 고립

된 꼴이 되었다. 우왕좌왕 정신을 차리지 못하고 군중이 공포에 휩싸였다. 동전 따위는 안중에 없었다. 야속한 저녁 종소리가 공중에서 댕댕 울렸다. 장례식의 조종 소리처럼 들렸다. 군중이 흩어져 사방으로 뛰며 아직 열려 있는 서울의 문이 있는지 확인하러 다녔다. 문 안쪽에서 누군가가 북쪽 입구가 열려있다고 소리쳤다. 거짓이었다. 문지기 하나가 군중을 해산시키기 위해 꾸며낸 말이었다. 그래도 모두 우르르 북쪽으로 튀었다. 대문 앞에 내가 홀로 남았다. 환청인가, 그때 성벽 위에서 내 이름을 부르는 소리가 들렸다.

"아니 세상에, 트레몬 아닌가?"

15

황후 시해

대문 위를 올려다보았다. 서울 주재 영국 총영사 월러스 카마이클이 담 너머 높은 곳에서 나를 내려다보고 있었다. 친구 사이였지만 북경 대사관 시절 이후 5년간 그를 한 번도 만나지 못했다. 그를 본 순간 헴스터씨가 떠올랐다. 미국이든 영국이든 어느 나라 공관에도 우리의 상황이 알려지는 것을 그는 원하지 않았다. 내가 이곳에 오게 된 이유를 총영사에게 말할 수 없었다. 그러면 지금의 내 입장을 뭐라고 설명해야 할까. 답답하고 난처했다. 말머리만 돌리면 당장 나는 아무 방해 없이 일행에게로 달려갈 수 있다. 그런데 그 옛날 나폴레옹이 그랬듯이, 한 무리의 군중과 성문까지 함께 왔다가 아무 설명도 없이 말을 돌려 왔던 길을 되돌아간다면 그가 무슨 생각을 할까? 그를 만나지 않은 것이 좋았겠지만, 일은 이미 벌어졌다. 벽 위에서 그가 나를 빤히 내려다보았다. 일단 농담으로 곤경을 피해 보려고 내가 잔머리를 굴렸다.

"와, 카마이클. 이 시간에 여기 어쩐 일인가? 서울에 근무 시간 단축 바람이라도 불었나? 토요일 오후도 아닌데."

"물론 아니지. 그런데 말이야, 혹시 옛 친구의 충고를 들어줄 생각이 있다면 지금 곧장 말을 돌려서 제물포항으로 가는게 좋겠네. 여기 분위기가 아주 뒤숭숭해서 말이야."

'하느님 감사합니다. 제물포로 가라니.' 내가 하고 싶은 말을 친구가 했다.

"무슨 일이라도 터졌나?"

오늘 아침에 우리가 궐에서 탈출한 사건을 그가 알고 있는지 궁금했다. 뜻밖에도 그가 놀라운 대답을 했다.

"코레아 황비가 어젯밤 암살되었어. 대전에서는 그 사실이 밖으로 새 나가지 않기를 바라고 있네. 대궐은 완전히 봉쇄되었고, 서울로 들어오는 문도 내가 일어나기 전부터 닫혀 있었어. 궁에서는 황후 사인을 밝히지 않고 있지만, 내가 믿을 만한 소식통에게서 들은 바로는 자객에게 살해된 것이 확실하네."

"이런 세상에, 그게 사실인가?"

"사실이야. 자네는 공직을 떠났다고 들었는데 큰돈을 번 건가? 행운아야. 자네가 부럽군. 여기는 중국보다 상황이 더 안 좋아. 사업차 온 것 같은데 친구의 충고를 믿고 그냥 돌아가게. 당분간 여기서는 아무것도 할 수가 없어."

"고맙네. 자네 말대로 하지. 제물포에 전할 메시지는 없나?"

"없어. 이곳에서 벌어진 일이나 그곳에 전하게."

"자네는 위험하지 않은가?"

"난 괜찮네. 하긴 이런 난장판에서 누구라도 내일을 장담할 수 없지. 그래도 영국이 나를 보호해 주니까 별일 없을 걸세. 한 무리 폭도들이 서울로 오고 있다고 해서 무슨 일인가 알아보려고 여기 온 걸세. 제물포에 가면 어디서 묵을 건가?"

"친구의 요트가 항구에 있네. 그걸 타고 제물포까지 왔지."

"얼른 요트로 돌아가게. 코레아보다 바다가 안전해."

"그런 것 같군."

"그런데 자네는 어떻게 폭도들 속에 섞여서 여기까지 온 건가?"

공사로서 그의 호기심이 발동했다.

"그냥 같이 걸어왔지. 그들이 나를 신경 쓰지 않았어."

"가진 걸 뺏기지 않은 게 신기하군."

"내가 선수를 쳤지. 뭘 좀 뿌렸어. 현금 이만 냥 정도. 서울까지만 오면 괜찮을 거로 생각했는데 문이 닫혀서 당황했지."

"이만 냥이라고? 그걸 잔돈처럼 뿌려도 될 만큼 부자가 되었나? 정말 행운아야. 요트를 가진 재벌 친구랑 세계 여행이나 다니고 말이야. 세상 참 불공평해."

총영사가 한숨을 쉬었다.

"제물포에서 자네한테 경호원을 보내 주지 않아도 괜찮겠나?"

"괜찮네. 우리 쪽은 별문제가 없을 거야. 일본인들한테 토네이도가 몰아칠 것 같네. 코레아 사람들은 일본인이 황후를 시해했다고 믿고 있어. 일본 총리는 아니라고 펄쩍 뛰었지. 모함이라고 말이야. 내가 보기에도 일본인 소행은 아닌 것 같은데 아직은 잘 모르겠네. 아침에 대궐 쪽에서 요란한 총소리가 났어. 자네가 바로 돌아가게 돼서 유감이지만, 강제로 여기에 있어야 할 상황이 아니라면 막장에서 얼른 빠져나가는 것이 상책이네. 서울에 다시 올 일이 있으면 그때 날 찾아오게."

"고맙네." 내가 말고삐를 당겨 잡았다. "잘 있게 카마이클. 몸조심하고, 행운을 비네."

말머리를 서쪽으로 돌렸다. 쉬지 않고 달려 밤늦게 제물포에 닿았다. 최악의 여행이었다. 오른팔이 움직일 수 없을 만큼 쑤시고 아팠다. 근육이 끊어진 것 같았다. 어깨도 부어올랐다. 코트 소매를 잘라내야 하나 생각했다. 나에 비하면 다윗은 운이 좋은 편이었다. 그는 단 한 방에 모든 일을 끝낼 수 있었지만, 나의 골리앗은 그렇지 않았다. 끊임없이 팔매질해야 했다. 그것이 내 오른팔을 이렇게 못 쓰게 만들었다. 그때 군중이 작심하고 나를 공격했다면 나는 속수무책으로 당할 수밖에 없었다. 서울까지 퇴각하기는 했지만, 천성이 순한 코레아 백성이 불상사 없이 제물포행 대로를 열어 준 덕분에 세 마리 말과 함께 무사히 돌아올 수 있었다. 요트에 오르기 전에 먼저 무사들을 찾았다. 예상대로 헴스터씨가 이미 엄청난 포상을 해 주었다. 그가 말 세 필 값을 지불해 주었다고 무사들이 말했다. 나는 그들에게 내가 몰고 온 말 두 필을 주었다. 자칫 잃을 수도 있었던 말들이었다. 그중 한 마리에는 이만 냥의 현금이 매달려 있었다. 그들의 입이 귀에 걸렸다. 그렇게 많은 재물을 한꺼번에 받아 보기는 태어나 처음이라고 했다.

그날 밤에 나는 요트로 가지 않고 제물포에서 묵을 생각이었다. 그런데 내 소식이 들리면 즉시 횃불을 올리라고 헴스터씨가 이미 무사들에게 일러 놓았다. 기별이 없으면 다음 날 아침 일찍 그들과 함께 나를 구하러 떠날 작정이었다고 했다. 헴스터씨 당부대로 무사 하나가 나를 보자마자 홰에 불을 댕겼다. 요트에서 곧바로 답이 왔다. 로켓탄이 바다에서 하늘로 치솟았다. 무사들과의 대화가 채 끝나기도 전에 노 젓는 소리가 들렸다. 꽤 피곤했을 텐데 헴스터씨가 나를 맞으러 직접 육지로 왔다. 그가 악수하려고 손을 내밀었다. 내가 왼팔을 들어 그의 손을 막으며 미소 지었다. 내 오른손이 아직 악수할 준비가 되지 않았다고 말했다.

요트로 돌아가면서 혼자 겪은 일들을 얘기해 주었다. 황후가 살해되었다는 소식도 알렸다. 영국 공사와 약속한 대로 두 무사에게도 황비 시해 소식을 제물포에 알리라고 일렀었다. 황후 얘기에 헴스터씨가 무척 놀랐다. 자신의 무모한 시도가 동방국의 국모를 불운으로 몰아간 것이 아닌가 하는 자책감을 느끼는 것 같았다.

요트 앞에 도착했을 때 나는 아사 직전이었다. 새벽부터 그때까지 먹은 것이라고는 주머니에 넣고 나온 샌드위치 한 조각이 전부였다. 아침에 궁에서 나올 때 우리는 중국인 요리사가 준비한 하루치 먹거리를 싸서 나왔었다. 그런데 도중에 일행과 헤어지면서 음식을 챙길 생각은 하지 못했다. 격렬한 하루를 보내고 속이 빈 상태로 흔들리는 보트에 앉아 있자니 몸이 뻣뻣하게 굳어 왔다. 선원 하나가 나를 부축해 갑판에 오르게 도왔다. 몸이 심하게 휘청거렸다. 선원이 잡지 않았으면 영락없이 주저앉을 뻔했다.

달이 떴지만 빛은 밝지 않았다. 갑판 계단을 오르는 여성의 모습이 희미하게 보였다. 그녀가 짧은 한숨과 함께 잠시 멈췄다가 내게로 달려왔다.

"많이 다치셨네요, 트레몬씨."

"아니요, 괜찮아요, 스트레톤. 팔만 조금 다쳤는데 그냥 흠집이 난 정도예요."

"트레몬씨가 많이 다친 거지요, 회장님?" 그녀가 울먹였다.

"어허 애야, 진작 잠자리에 들어야 했는데 왜 여기에 있는 거냐. 그 사람 다치지 않았다. 단지 배가 너무 고파서 죽어 가는 중이다. 우리가 저 친구를 떼어 놓고 올 때 음식을 모두 가지고 와서 종일 굶었다는구나."

"세상에," 그녀가 탄식했다. "보따리를 못 본 거네요."

"보따리요?" 내가 물었다.

"우리가 점심을 먹을 때 트레몬씨에게 음식을 주지 않았다는 것을 회장님이 기억하셨어요. 그래서 길가에 돌을 쌓고 그 위에 음식 보따리를 올려놓았어요. 트레몬씨라면 틀림없이 그걸 찾아낼 거라고 회장님이 말씀하셔서 우리도 그렇게 믿었지요. 트레몬씨에 대한 회장님의 배려는 감동 그 이상이에요."

말만 들어도 감동적이라고 내가 웃으며 말했다.

"쓸데없는 소리들 그만하고 어서 내려가 식사하게. 최고의 만찬이 차려져 있네. 난 선장과 할 얘기가 있어. 10분 내에 나가사키로 출발할 걸세. 두 사람 다 잘 자고 내일 아침에 보세."

둘을 남겨 두고 일부러 자리를 뜨는 노신사의 세심한 배려를 느꼈다. 식당으로 걸음을 옮기면서 나는 실제보다 더 많이 아픈 것처럼 장난스레 몸을 비틀거렸다. 스트레톤이 나를 안고 부축했다. 자연스럽게 둘이 하나가 되어 계단을 내려갔다. 헴스터씨 말대로 최고의 만찬이 차려져 있었다. 그가 가장 아끼는 샴페인 한 병이 테이블 한편에 놓여 있었다. 스트레톤에게 함께 마시자고 했다. 시간이 늦었다며 그녀가 망설였다. 내 오른쪽 팔은 완전 무용지물이 되었고 왼쪽도 신통치 않다고 그녀에게 말했다. 그녀가 내 앞에 앉았다.

"내 구호 천사가 돼 줘야 해요."

"고통과 번뇌가 트레몬씨의 가슴을 쥐어짤 땐 그럴 수도 있지요. 하긴, 고통과 번뇌가 팔을 쥐어짤 수도 있겠네요. 어쩌다 그렇게 됐어요?"

사환 소년이 능숙한 솜씨로 샴페인 마개를 땄다. 펑 소리를 내며 마개가 공중으로 튀어 올랐다. 닻사슬 감아올리는 소리가 그와 동시에 들렸다. 얼마 후 엔진 소리와 함께 요트가 가볍게 진동했다. 아픈 뼈를 뚫고 전해지는 안도의 진동이었다.

"지치고 초췌해 보여요. 그래도 영웅담을 듣고 싶어요."

"영웅담 같은 건 없어요. 싸구려 동전을 획획 뿌리고 왔는데 무슨 영웅담이 있겠어요. 영웅이 탄생할 만한 난세가 아니었어요."

"코레아 궁전에 들어간 뒤부터 우리에게 계속 위험이 닥쳤어요. 아무 말도 하지 않았지만, 얼굴만 봐도 저는 트레몬씨의 고민을 알 수 있어요."

"신비한 독심술! 잘 알지요. 요트의 고동 소리가 들리지요? 저 고동이 지구상 가장 두려웠던 곳으로부터 우리를 멀리멀리 보내줄 거예요. 이제야 말하지만, 그동안 나도 많이 힘들고 불안했어요."

"저는 트레몬씨를 믿어요." 그녀가 밝은 표정으로 말했다. "오해하지 말고 들으세요. 오늘 밤 저는 심장이 쿵쿵거리는 불안감을 안고 갑판에서 트레몬씨를 기다렸어요. 그러다가 트레몬씨가 돌아온 걸 알리는 횃불을 보고는 환희가 느껴졌어요. 지금까지 살면서 그렇게 기쁘고 반가운 감정은 처음이었어요. 보트에서 회장님과 이야기하는 트레몬씨의 목소리를 들었을 때 이유도 없이 다리가 후들거렸어요. 저절로 제 입에서 감사의 기도가 흘러나왔어요."

"힐다," 테이블 너머 그녀에게로 몸을 숙이며 내가 말했다.

"그 말을 들으니 정말 기뻐요."

그때 소년이 우리에게로 왔다. 더 이상 시킬 일이 없을 테니 들어가 쉬라고 일렀는데 어쩐 일인지 그가 다시 돌아왔다. 달갑지는 않았지만, 무슨 일이냐고 물었다. 소년이 조심스럽게 말했다.

"헴스터양께서 선생님께 안부를 전하라고 하셨습니다. 그리고 다른 사람들이 잠잘 수 있게 오늘 밤에는 대화를 그만하셨으면 좋겠다고 하십니다."

스트레톤이 벌떡 일어났다. 순식간에 얼굴이 감색이 되었다.

"아가씨한테 감사하다고 전하고, 지금부터는 갑판에 나가서 얘기하겠다고 말씀드리게."

"아뇨, 아뇨." 힐다가 단호하게 거부했다. "시간이 늦었어요. 쉬어야 하는 트레몬씨를 너무 오래 붙잡고 있었나 봐요. 안부만 확인하고 바로 들어가려고 했었어요."

"알아요, 힐다. 내가 비틀거리는 걸 보고 나한테 달려왔지요. 내가 아직 할 말이 남아 있어요. 잠깐 갑판으로 가요. 5분이면 돼요."

"아니요, 안 돼요." 그녀가 손사래를 쳤다.

팔이 아픈 것도 잊어버리고 힐다를 감싸 안으려 양팔을 뻗었지만, 그녀가 재빠르게 빠져나갔다. 그 와중에 내 오른팔이 식탁에 부딪혔다. 찌리릿 전기와 함께 심한 통증이 왔다. 나도 모르게 작은 신음이 터졌다. 그녀가 걱정스레 돌아보다가 내게로 달려왔다. 그녀의 입술이 나의 그것에 포개졌다. 그야말로 찰나였다. 백만 분의 일 초쯤 되는 것 같았다. 환희를 느끼기도 전에 그녀는 사라지고 없었다. 빈 식당에 덩그러니 나만 남았다.

16
말괄량이 길들이기

밤이 좀 늦었지만 혼자 갑판으로 올라갔다. 결과적으로 그것은 잘한 일이었다. 수다쟁이 선장이 갑판에 있었다. 팔이 아프다는 얘기를 듣고 그가 좋은 약을 가지고 있다고 했다. 케이프 코드산 도포제인데 사람과 당나귀에 특효라고 허풍을 떨었다. 나는 그 둘 중 하나에 해당했다. 그가 나더러 숙소에 가 있으라고 했다. 잠시 후 병 하나를 들고 선장이 나타났다. 그가 거친 손으로 직접 약을 발라 주었다. 자극적인 냄새가 코를 찔렀다. 내일 아침이면 씻은 듯이 나을 거라고 그가 장담했다. 그의 장담은 다음 날 현실이 되었다.

코레아로의 항해는 얻은 것이 아무것도 없었다. 여행도 아니고 탐험도 아니었다. 태풍도 없었고 난파도 없었다. 조난도 없었고 구조도 없었다. 나는 클라크 러셀의 생생한 표현법을 좋아하지만, 코레아 항해에 대해서는 아무것도 생생하게 표현할 것이 없었다.

평화롭고 아름다운 선상의 아침이 밝았다. 헴스터씨는 되도록 빨리 나가사키에 닿기를 바랐다. 그곳에는 최소한의 문명이 있었다. 전보와 편지, 신문을 받아 볼 수 있었다. 헴스터씨는 일간신문에 유난히 애착을 뒀다. 제물포에서 헴스터씨가 용감무쌍한 중국인 도선사를 고용했다고 선장이 알려 주었다. 그를 앞세워 요트는 코레아 남부 다도해의 수많은 섬을 용감무쌍하게 뚫어 헤치고 나가사키로 직접 내달을 것이라고 했다.

이른 아침부터 갑판을 거닐었다. 힐다 스트레톤이 나타나 주기를 간절히 바랐는데 뜻하지 않게 거트루드 헴스터가 나타났다. 환하게 웃는 모습이 눈부시게 아름다웠다. 클라크 러셀의 재능을 내가 가지지 못한 것이 안타까웠다. 파리 패셔니스타를 뺨칠 만큼 의상 코디에도 그녀는 뛰어난 감각을 가졌다. 여성잡지 기자들이라면 완벽, 조화, 창조, 예술, 첨단 등의 단어를 동원해 그녀의 패션을 현란하게 표현했을 것이다. 내게는 그런 재주가 없지만, 문외한이 보기에도 그녀의 패션은 완벽한 앙상블을 이루었다. 천사의 미소를 지으며 그녀가 다가왔다.

"트레몬씨의 용기에 진심으로 감사해요. 평생 못 잊을 거예요. 아니, 천 년이 지나도 잊지 않을 거예요. 폭도들과 혼자 맞서서 우리를 지키는 모습은 정말 멋지고 자랑스러웠어요. 나중에 신문기자를 만나면 제일 먼저 트레몬씨의 영웅담을 얘기해 주라고 아빠한테 말했어요."

반갑지도 않고 바라지도 않는 소리였다.

"좋은 아침입니다, 헴스터양. 어제 무척 힘든 하루를 보냈는데 밝은 모습을 보니까 반갑습니다."

"그것도 좋은 모험이었어요. 아닌가요? 오늘 제가 밝게 보이는 건 드레스 때문일 거예요. 이 옷 어때요?" 그녀가 미끄러지듯 뒤로 몇 발 물러나 우아한 포즈를 취했다.

"이렇게 아름다운 드레스는 처음 봅니다. 드레스 주인도 마찬가지고요."

"감사해요."

팔을 살짝 들어 올리고 그녀가 새처럼 움직였다. 신이 빚은 천상낙원의 새였다. 그렇지 않고서야 어찌 저렇게 아름다울 수 있을까. 여린 목소리로 그녀가 말을 계속했다.

"요즘 트레몬씨는 저를 달갑게 대하지 않았어요. 제게 왜 불친절한지 궁금했어요."

"그렇지 않습니다. 아시다시피 그동안 우리는 아주 위험한 상황에 처해 있었습니다. 어떻게든 제가 대처 방법을 찾아야 했는데 그게 때로는 헴스터양의 뜻과 맞지 않았지요. 헴스터 양은 우리에게 닥친 위험을 그다지 심각하게 생각하지 않았어요. 저를 믿지 못하는 것 같기도 했고요."

"제가 그러기는 했지요." 그녀가 뉘우치듯 말했다. "그래도 제가 트레몬씨를 못 믿은 건 아니에요. 오히려 트레몬씨가 저를 가벼운 여자로 보고 믿지 않았지요. 제 얘기를 다른 사람에게 잘못 전하기도 했고요. 트레몬씨에게 의지하고 싶었지만, 너무나 차갑고 여유가 없어서 제가 들어갈 틈이 없었어요."

"그런가요? 저 자신은 그렇지 않다고 생각합니다만."

"아니요, 그래요. 트레몬씨는 자신만의 잣대로 모든 사람을 평가해요. 그 잣대로 제 정신 상태까지도 평가하려 했어요. 참기 힘들었지요. 그래서 거친 말이나 행동이 나왔던 거예요."

"제가 성격을 고쳐야겠네요."

"트레몬씨를 비난하는 게 아니에요. 제 느낌을 이야기하는 거예요. 잘못된 건 제 쪽이겠지요. 이런 얘기는 길게 해서 좋을 게 없어요. 다친 팔은 어떠세요?"

"이제 괜찮아요. 감사합니다. 선장의 약이 마술같이 잘 들었어요. 순전히 제가 어리석어서 팔이 그렇게 됐지요. 무거운 동전을 한 손에 들고 크리켓 투수처럼 휘둘렀거든요. 어쨌든 어제 게임은 아주 흥미진진했어요. 그래서 팔이 아픈지도 몰랐어요."

"황후가 살해됐다는 건 사실인가요?"

"영국 공사에게 들은 거니까 틀림없을 거예요."

"믿어지지 않아요. 불과 이틀 전에 한방에 함께 있었는데 시해라니요. 그런데 그분은 조각상 같아서 그때도 살아 있는 사람처럼 보이지 않았어요. 도대체 누가 왜 그 가련한 여인을 살해했을까요?"

"그건 저도 모릅니다." 황후의 시해 이유에 대해 짐작 가는 바가 있었지만, 헴스터양에게는 말하지 않았다. 그런데 그녀의 다음 말이 나를 놀라게 했다.

"알고 보면 자업자득이에요. 그런 위치에 있는 여성은 스스로 위엄을 갖추어야 해요. 황후는 그날 잠자는 중국 인형처럼 꼼짝하지 않고 앉아 있었어요. 황후가 위엄을 보였다면 국모로서 더 큰 존경을 받았을 거예요. 여성은 누구나 세상이 자신을 우러러보도록 만들 수 있어야 해요. 그건 모든 여성에 대한 한 여성의 의무이기도 하지요. 황후의 자리에 있으면서 그렇게 무기력한 모습을 보이면 자신을 지킬 수가 없어요."

"헴스터양, 코레아에서 여성의 위치는 미국과 다릅니다."

"그렇지요. 그런데 그게 누구의 잘못인가요? 여성의 잘못이에요. 미국 여성들은 스스로 권리를 주장하고 찾았어요. 코레아 황후 같은 지도층 여성이 자신의 존재를 세상에 확실히 각인시켰다면 세계 여성의 지위가 지금보다 훨씬 올라갔을 거예요. 코레아 여성의 위치도 지금 같지 않았을 것이고, 시해사건도 일어나지 않았겠지요."

"동양에서 여성의 지위는 매우 낮게 인식되어 있습니다. 여성 자신도 그렇게 생각하도록 가르침을 받지요. 그들로부터 권리 주장을 기대하기는 어렵습니다."

"그렇지 않아요. 중국 여황후 측천무후는 모든 남성을 복종시켰어요. 러시아의 캐서린도 있지요. 당시 러시아에서도 여성은 천하게 취급되었지만, 그런 것을 극복하고 그녀는 세계가 두려워하는 여제가 되었어요. 그들 말고도 그 비슷한 동양 여성들이 또 있어요. 그런 여제들이 세계 여성을 이끌어 가는 거예요. 코레아 황후는 그럴 수 있는 자리에 있었는데도 지위를 활용하지 못했어요. 그래서 자업자득이라는 거예요."

여성 권리에 대한 그녀의 주장은 허점투성이고 독선적이었지만, 아무 말도 하지 않는 것이 현명한 처사라는 것을 나는 경험을 통해 알고 있었다. 점심을 알리는 공이 울릴 때까지 둘이서 이런저런 얘기를 편하게 나누었다. 기분이 좋을 때 헴스터양은 누구보다 상냥하고 명랑했다. 점심식사 자리에서도 그녀는 더없이 귀여운 재간둥이 소녀였다. 선장이 폭소를 터뜨렸고 우울했던 아버지의 얼굴에도 간간이 미소가 흘렀다. 아버지가 수북한 눈썹 너머로 흘깃흘깃 딸을 보았다. '저 아이가 저러다 언제 또 돌변할까.' 하는 염려스러운 표정이었다. 딸을 대하는 그의 태도에서 예전과는 다른 미묘한 변화가 느껴졌다. 딸 또한 아버지의 새로운 모습을 감지하고 그에 대응하기 위해 신경을 곤두세웠다. 그래서인지 지나치게 발랄한 그녀의 말과 행동이 때로는 가식으로 보이기도 했지만, 그저 내 선입견이려니 생각했다.

식사가 끝나갈 무렵 선장이 먼저 일어나 밖으로 나갔다. 헴스터씨는 묵묵히 있으면서도 딸에게 계속 신경을 썼다. 딸은 숨도 쉬지 않고 스트레톤과 나를 향해 끊임없이 재잘거리면서 아버지 쪽으로는 눈길 한번 돌리지 않았다. 내가 모르는 어떤 일이 둘 사이에 있었던 것이 분명했다. 두 영혼이 나를 사이에 두고 묵시적인 충돌을 일으키는 중이었다. 아버지의 새로운 결심과 딸의 말뚝 고집이 제대로 한판 붙었다고 생각했다. 나는 헴스터씨에게 동병상련을 느꼈다. 나도 힐다 스트레톤의 관심을 끌기 위해 부단히 노력했지만, 그때까지 내 추

파가 전혀 효과를 보지 못하고 있었다. 식사 시간 내내 그녀
는 단 한 번도 내게 눈길을 주지 않았다. 마침내 노신사가 자
리에서 일어났다. 딸의 지저귐을 가로막고 그가 입을 열었다.

"거티야, 할 얘기가 있다. 사무실로 와라."

"네 아빠, 조금 이따 갈게요." 딸이 태연하게 대답했다.

"아니, 지금 바로 와야겠다." 그가 다시 말했다. 목소리에
서리가 앉았다. 딸에게 그런 식으로 말하는 것을 그때 처음
들었다. 당장 무슨 일이 터지는 것이 아닌가 싶었다. 다행히
햄스터양이 밝게 웃으며 벌떡 일어났다.

"그래요, 그럼 사무실까지 누가 먼저 가나 시합해요."

말이 끝나기도 전에 그녀가 복도 밖으로 사라졌다. 아버지가 천천히 딸의 뒤를 따랐다. 힐다 스트레톤이 나를 혼자 남겨 놓으려는 듯 자리에서 반쯤 일어서다가 다시 앉았다. 그녀가 눈을 동그랗게 뜨고 테이블 너머 나를 똑바로 바라보았다.

"너무 늦었어요."

"늦어요? 뭐가요?"

"아빠의 권위를 찾기에 너무 늦었어요."

"회장님이 그러려는 건가요?"

"못 봤어요?"

"그게 목적이라면 성공한 것 같은데요."

"지금은 그렇게 보이지요. 회장님은 딸을 길들여 보겠다고 마음먹고 있지만, 이기지 못할 거예요. 아버지 사무실로 간 게 다행이에요. 하마터면 우리 앞에서 딸에게 당할 뻔했어요. 참 안되셨어요. 도울 수만 있으면 제가 도와드리고 싶어요. 갑판으로 가서 얘기하는 게 좋겠어요."

계단을 나란히 올라갔다. 작은 등나무 테이블을 끌어다 놓고 의자 두 개를 가져와 양쪽에 배치했다. 계단으로부터 되도록 먼 쪽에 자리를 잡았다. 사환 소년이 커피를 가져다주었다. 소년이 물러간 뒤 힐다가 심각한 어조로 이야기를 계속했다.

"회장님은 딸을 모르고 계세요. 아주 어릴 적부터 거트루드는 모든 걸 자기 마음대로 해 왔어요. 아무도 못 말렸지요. 아버지도 마찬가지고요. 그렇게 스물한 해를 살았어요. 이제 와서 딸을 말려 보겠다고요? 어림도 없어요. 회장님이 완전히 잘못 짚으신 거예요."

"억지로라도 기강을 잡아 보시겠다는 건가요?"

"그렇지요. 그게 먹힐 거라고 생각하신 거예요. 참 좋은 분인데 안타까워요. 지금처럼 밀어붙이면 비극이 생길 거예요. 그러니까 트레몬씨가 좀 말려 주세요."

"힐다, 나는 이 일에 끼어들고 싶지 않아요."

"헴스터씨를 좋아한다고 하셨잖아요."

"물론 그래요. 그래도 이번 일은 아니에요."

"둘 사이에 끼어들지 않고도 도울 방법이 있어요."

"어떻게요?"

"회장님만 따로 만나서 딸을 그냥 내버려 두라고 하세요. 그렇지 않으면 비극이 생길 거라고 말하세요."

"비극이라니요?"

"거트루드가 자살할 거예요."

진지하게 말했지만, 내게는 터무니없는 말로 들렸다. 긴장해서 듣고 있다가 맥이 풀렸다. 등받이에 몸을 기대면서 허탈하게 웃었다. 힐다의 표정이 굳어졌다. 실망했다는 듯 나를 보았다. 의외의 반응에 정신이 번쩍 들었다.

"힐다가 지성적인 건 알지만, 헴스터양을 잘못 이해한 건 아버지가 아니라 힐다예요. 그녀는 너무나 자기중심적이라서 자살 같은 건 하지 않아요. 자살은커녕 자신에게 조금이라도 해가 되는 일은 아무것도 안 할 거예요."

"자살은요," 힐다가 심각하게 말했다 "심사숙고 끝에 결정하는 게 아니에요. 순간적인 광기의 결과로 오는 경우가 많아요. 거트루드 헴스터의 자살이 그럴 거예요. 아버지가 지금처럼 계속 밀어붙이면 그녀는 미쳐 버려요. 트레몬씨는 그녀가 가진 광기의 본성을 몰라요. 광란이 터져서 딸이 자살하면 아버지의 숨도 멈춰 버릴 거예요. 거트루드는 얼마든지 바다에 몸을 던지거나 권총으로 머리를 날릴 수 있는 여자예요. 진작부터 저는 그런 걱정을 했지만, 딸에 대한 회장님의 태도가 이렇게 한순간에 바뀔 줄은 몰랐어요."

"회장님이 나처럼 딸을 다루었다면 그녀가 지금보다 훨씬 온순해졌을 거라고 힐다가 말했었지요?"

"아니요, 트레몬씨처럼이 아니고요, 예전부터 아버지가 엄한 태도를 보였다면 지금과 같은 곤란을 겪지는 않았을 거고 했어요. 그게 안 돼서 나중에 남편이 말괄량이를 길들여야 한다고 했고요. 후자는 성공하면 원앙이 되고 아니면 법정으로 가겠지요. 어느 쪽이 가능성이 큰지는 저도 모르겠네요. 어쩌면 그 경우에도 비극적인 결말이 올 수 있어요. 그 비극은 여자가 아니라 남자 쪽으로 올 거예요. 거트루드와 결혼하는 남자는 아내를 제압하려고 하겠지요. 그건 정말로 재미있는 실험이 될 거예요. 실험실에 꽃이 필지 폭발이 일어날지는 현재로서는 아무도 알 수 없어요. 지금 확실한 것은 아버지가 딸을 통제할 수 없다는 거예요. 여태껏 모든 걸 사랑으로 눈감아 줬기 때문이죠. 오래전부터 회장님은 사업에만 매달려 왔어요. 사람들을 고용해 딸을 돌보게 했지요. 급여를 많이 주었기 때문에 그들이 최선을 다할 거라고 믿었어요. 그게 문제였지요. 높은 급여 때문에 그들은 자신의 자리를 지키려고 무조건 아이의 비위를 맞췄어요. 그러니 아이의 성격이 어떻게 되겠어요?"

"그러면 힐다, 그런 얘기를 회장님께 직접 하지 그래요. 내가 그분을 알게 된 건 며칠밖에 안 됐지만, 힐다는 여러 해 동안 함께 있었잖아요. 나보다 힐다의 말을 훨씬 더 믿으실 거예요."

"사실 이미 말을 했어요. 어제 제물포 해안에서 트레몬씨 소식을 알리는 불꽃이 올라오기를 기다리면서 그분께 얘기했어요. 고맙다는 말 말고는 아무 말씀이 없으셔서 제 말이 효과가 있었는지 아닌지 알 수 없었는데 오늘 아침 식탁에서 어젯밤 제 얘기가 아무 효력이 없었다는 걸 알았어요. 그래서 트레몬씨께 다시 부탁하는 거예요."

"힐다가 실패했는데 난들 별수 있겠어요?"

"별수가 있는 이유를 말씀드리지요. 회장님이 딸에 대한 태도를 바꾸신 건 트레몬씨 때문이에요."

"나 때문이라고요?"

"회장님은 트레몬씨를 무척 좋아하세요. 설명하기 어렵지만, 얼마 전부터 그분은 트레몬씨의 눈을 통해 딸을 보기 시작했어요. 새롭게 보이는 딸의 모습에 무척 놀랐지요. 코레아 궁전에서 저는 딸에 대한 그분의 태도가 조금씩 변하고 있다는 것을 눈치챘어요. 폭도들과 싸우는 트레몬씨를 혼자 남겨 두고 제물포로 돌아올 때 제 눈치가 사실로 확인되었어요. 트레몬씨는 위험한 상황이 없었다고 했지만, 회장님은 그렇게 생각하지 않았어요. 알고 보면 남이나 마찬가지인 사람이 일행을 위해 목숨을 담보로 홀로 싸움터에 나선다는 것에 적잖이 감명 받으셨어요. 그 때문인지 딸에 대한 태도가 처음에는 신중하더니 나중에는 냉정하게 변했어요. 그래서 저도 많이 걱정했지요. 우리가 곤경에 처한 게 모두 그녀 때문이라고 공공연히 나무라시곤 했으니까요. 헴스터양은 화가 나서 서울로 돌아가겠다고 떼를 썼어요. 그걸 말리느라 다들 또 애를 먹었지요."

"세상에, 그건 영락없는 쇼였을 거예요."

"꼭 그렇다고 할 수는 없어요. 그녀가 일행에게서 빠져나갔으면 실제로 무슨 일이 일어났을지는 아무도 몰라요. 쇼든 아니든 그녀의 행동은 즉효를 보였어요. 억장이 무너지고 가슴에 대못이 박힌 아버지가 딸의 횡포에 제압당해 무릎을 꿇고 사정했어요. 권위를 찾으려던 아버지의 시도도 끝난 것 같았지요. 그런데 제물포 해안에서 요트로 갈 때 딸에 대한 그분의 말투가 다시 날카로워졌어요. 딸의 버릇을 고쳐 놓겠다는 결심이 변하지 않은 것을 알고 저는 걱정이 됐지요. 요트에서 트레몬씨를 기다릴 때 제 생각을 회장님께 얘기했는데 반응이 없으셨어요. 일단 안전하게 요트로 데려왔으니까 다시 기꺾기를 시작하시려는 것 같아요. 무슨 일이 터질지 무서워요."

"별로 좋아 보이지는 않네요."

"그러니까 회장님을 위해서 그분께 얘기를 좀 해 주세요."

"코레아 황제를 다시 만나는 게 낫겠네요. 폭도들에게 돌아가든지요. 그래도 스트레톤을 위해서라면 그렇게 할게요. 아, 물론 회장님을 위해서도 그렇고요."

"감사해요." 그녀가 안도의 숨을 쉬며 의자에 몸을 기댔다. "이제 다른 얘기 해요."

"듣던 중 반가운 소리네요. 지금까지 계속 우리 얘기를 하려고 기다렸어요. 어젯밤 깜짝 키스가 청혼에 대한 답이라고 생각해도 되나요? 두 음절 단어 '예스' 말이에요."

그녀가 웃었다. 얼굴이 붉어졌다. 힐끗 나를 보다가 눈빛을 감췄다.

"훤한 대낮에 생각해 보니까 어젯밤의 그건 깜짝 키스가 아니라 동정 키스였어요. 두 음절 단어 '예스'보다는 세 음절 단어 '동정심'에 세 배 더 가까워요. 저는 동정을 표현했을 뿐이에요."

"그게 다인가요?"

"뭐가 더 필요하세요? 저는 어제 제 경솔한 행동이 너무나 부끄러웠어요. 속이 깊은 분이라 표현은 안 하시지만, 트레몬 씨도 저를 경솔한 여자로 봤을까 봐 내내 가슴이 답답했어요."

"동정 키스가 너무 간결해서 아쉬울 따름이었죠."

"햄릿에서 폴로니어스가 그랬지요, 간결은 지혜의 본질이라고요."

"그래요. 하지만 키스의 본질은 아니에요. 내 오른팔이 멀

찡했으면 어젯밤 그렇게 쉽게 나를 벗어나지 못했을 거예요. '남자는 많은 걸 바라지 않는다.'고 올리버 골드스미스가 말했지요. 나도 그래요. 단지 두 음절짜리 말 한마디가 듣고 싶어요. 힐다의 그 말이 나를 영원히 행복하게 할 거예요."

"영원은 너무 길어요." 그녀가 눈을 감고 꿈을 꾸듯 말했다.

그 순간, 차갑고 매서운 여성의 목소리가 허공에서 들려왔다.

"스트레톤, 트레몬씨랑 할 얘기가 있는데 아래로 좀 내려가 줄래요?"

말투에 살이 베일 것 같았다. 깜짝 놀라 둘이 동시에 일어섰다. 양 눈썹에 뇌운이 깔린 거트루드 헴스터가 우리 앞에 섰다. 몸서리치게 사나운 표정이었지만, 본바탕은 여전히 아름다웠다. 불의의 서릿발을 맞은 내 여인이 걱정되었다. 힐다에게로 몸을 돌렸다. 그녀는 이미 보이지 않았다. 힐다를 사라지게 만드는 마법의 주문을 헴스터양이 외운 것 같았다.

⑰
오해 질투 증오

"앉으시겠습니까?" 감정을 억누르고 내가 부드럽게 물었다.

"아뇨." 그녀가 잘라 말했다. 딸깍, 방아쇠 당기는 소리를 듣는 것 같았다.

쫓아버리듯 무례하게 힐다 스트레톤을 보낸 것에 대해 나도 무척 화가 나 있었다. 도대체 이 젊은 여성은 왜 한 번씩 내 속을 박박 긁어서 깊숙이 박혀 있던 내 악감정을 들춰내는 것일까?

"그러면 그냥 거기 서 있어요." 기사도 정신을 포기하고 내가 비꼬듯 말했다. 도발이라면 도발이고 도전이라면 도전이었지만, 아무래도 상관없었다. 일어났던 의자에 내가 다시 털

썩 앉았다. 너무 세게 앉았는지 등나무의자에서 삐걱 소리가 났다. 나를 쏘아보는 그녀의 모습이 메두사를 연상하게 했다. 신화에서처럼 내가 돌로 변하지 않은 것이 천만다행이었다.

"예의가 철철 넘치네요." 그녀가 쏘아붙이고 내 앞을 왔다 갔다 빠르게 걸었다. 드레스에서 휙휙 소리가 났다.

"이 요트에 있었던 예의는 헴스터양이 다 가져가 버려서 더 이상 남아 있지 않아요." 내가 작심하고 대꾸했다.

빠른 걸음을 멈추고 헴스터양이 나를 똑바로 응시했다.

"짐승 같은…." 그녀가 거칠게 말했다.

"전에도 똑같은 말을 했지요. 다른 말을 찾아보지 그래요."

"지금 신사답게 얘기하고 있다고 생각하나요?"

"아니요. 몇 년째 방랑 생활을 하다가 여기 와서 또 끔찍한 사건들을 겪다 보니까 예전에 조금 있었던 신사도가 다 사라져 버렸네요."

"인간쓰레기가 됐다는 얘기네요."

"그렇다면 그렇지요."

힐다의 의자에 그녀가 앉았다. 한동안 나를 빤히 보다가 진정된 목소리로 말했다.

"스트레톤이랑 무슨 얘기를 그렇게 진지하게 했어요? 내가 여기 올 때 말이에요."

"다 듣지 않았나요?"

"아니요, 저는 염탐꾼이 아니에요. 하지만 제 얘기를 했다는 건 알아요."

"결국 들었다는 얘기네요."

"아니라니까요. 추측을 한 것뿐이에요."

"그러면 추측이 완전히 틀렸어요."

"난 그렇게 생각하지 않아요. 트레몬씨 안의 짐승이 거짓말에는 서투르네요. 내 얘기를 하지 않았으면 무슨 얘기를 했는지 머리 굴리지 말고 빠르게 대답해 보세요. 그래야 트레몬씨 말을 믿을 수 있어요."

"머리 굴릴 까닭이 없습니다. 우리 얘기를 했으니까요."

"그렇게 용기가 없나요? 솔직하게 말하세요. 진실을 감추고 있다고 트레몬씨 얼굴에 쓰여 있어요."

"내 용기를 평가절하하는군요. 그때 나는 힐다 스트레톤에게 청혼하고 있었어요. 힐다가 막 대답하려는 순간 헴스터양이 나타났죠. 우리에게는 중요한 이야기였기 때문에 대화에 집중하느라 헴스터양이 오는 걸 보지 못했어요."

그녀로서는 뜻밖의 답변이었다. 그녀가 숨을 멈추었다. 미동도 하지 않았다. 천천히 의자에 몸을 묻고 눈을 감았다. 하얀 얼굴이 더 하얘지고 있었다. 그녀의 날카로운 웃음소리가 잠깐의 정적을 깨뜨렸다.

"그렇군요, 트레몬씨. 아랫사람들의 애정 행각 얘기를 듣는 게 별로 즐겁지는 않네요."

"헴스터양이 즐거워지라고 한 말은 아닙니다." 그녀의 냉소에 나도 냉소로 답했다. "관심을 가져 주기를 바라지도 않고요. 묻는 말에 대답했을 뿐입니다."

"그래서 땡전 한 푼 없는 두 비렁뱅이가 재산을 합쳐 보시겠다!"

"땡전 한 푼 없는 건 대충 맞지만, 비렁뱅이는 아닙니다."

"영 더하기 영이 얼마인지 알아요, 트레몬씨?"

"저는 옥스퍼드 출신입니다, 아가씨."

"그게 지금 무슨 상관인데요?"

"상관있지요. 케임브리지가 이공계에요. 옥스퍼드는 아니고요. 저는 숫자에 약합니다."

"아하, 그래서 재산을 다 날린 거네요."

"그런 것 같습니다. 그런데 애석하게도 제가 어제 길거리에 날린 돈은 아가씨 아버님의 재산이었습니다."

"어제 일로 내가 트레몬씨에게 빚을 졌다고 얘기하고 싶은 건가요?"

"제게 빚진 건 없습니다. 헴스터양이 제게 빚을 지더라도 아버님께서 갚아 주실 것이기 때문에 걱정하지 않습니다."

"그걸 바라는군요."

"일꾼은 자기 삯을 받는 것이 마땅하다고 성경에도 나와 있어요. 저는 할 수 있을 만큼 일하고 받을 수 있을 만큼 받을 겁니다."

"트레몬씨 고용 기간이 제발 짧았으면 좋겠네요. 그래서 말인데, 나가사키에 도착하면 바로 사표를 내세요. 함께 있는 게 불쾌해요."

"유감스러운 말이네요."

"사직하지 않겠다는 건가요."

"제가 불쾌하다는 것이 유감이라는 말입니다."

"그러니까 바로 여길 떠나세요."

"헴스터양은 그런 말을 할 자격이 없습니다. 제가 요트를 떠나길 원하면 아버지께 절 해고하라고 얘기하세요."

"자발적으로 나가지 않으면 힐다 스트레톤을 나가사키로 보내 버릴 거예요. 갑작스러운 해고는 굴욕을 주지요. 아, 물론 임시 신혼집을 살 만큼의 돈은 줘서 보낼 거예요."

"감격입니다. 대궐을 살 만큼의 돈인가요, 아니면 산동네 판잣집 값인가요?"

얼굴에 불길이 일며 그녀가 주먹을 꽉 쥐었다. 손톱이 손바닥을 찌를 것 같았다.

"비열한 파충류!" 그녀가 절규했다. 분노로 목소리가 떨렸다. "음흉한 이간질쟁이! 아버지한테 나에 대해 무슨 거짓말을 한 거야!"

"큰 오해를 하고 있네요." 극기의 심정으로 냉정을 찾고 내가 말했다. 냉정이 제발 오래가기를 속으로 빌었다. "그 말은 옳지 않습니다. 햄스터양에 대해 아버지와 단 한 번도 얘기를 나눈 적이 없고 그럴 생각도 없습니다."

이렇게 말해 놓고 아차 싶었다. 딸에 관해 햄스터씨와 이야기하겠다고 스트레톤과 약속하지 않았던가. 힐다와의 약속을 떠올리면서 내 얼굴이 벌겋게 상기되었다. 햄스터양의 매서운 눈빛이 직선으로 내게 쏟아졌다. 때아닌 내 안면홍조를 그녀가 완전히 잘못 해석했다. 내 쪽으로 상체를 기울이며 가라앉은 목소리로 그녀가 말했다.

"거짓말쟁이!" 증오가 묻어났다.

자리를 뜨려고 의자에서 일어서려는데 빠른 동작으로 햄스터양이 나보다 먼저 일어섰다. 왜 저러나 하는 순간 그녀가 두 손으로 내 가슴팍을 밀쳤다. 의지와 관계없이 그 자리에 내가 다시 주저앉았다. 웃어야 하나 울어야 하나, 어이없고 황당했다. 그녀가 나를 내려다보며 식식거렸다.

"내 말 알아들었어요?"

"다 들었어요. 더 할 말이 없어서 들어가려고 했지요."

"누구 맘대로요? 거기 앉아서 내 얘기 더 들어요. 그대로 도망치면 거짓말쟁이에다 겁쟁이까지 되는 거예요. 당신이나 힐다 스트레톤, 둘 중 하나가 나에 대해 아버지께 독설을 했어요. 그게 누군가요?"

"접니다."

"거짓말쟁이라는 걸 스스로 인정하네요."

"남자들은 다 거짓말쟁이라고 다윗이 그랬지요. 나라고 다르겠어요?"

"성경 구절을 달달 외웠나 보네요. 외우지만 말고 실천을 하지 그래요."

"그랬다면 성직자가 됐겠지요."

"나가사키에서 사표를 낼 건가요?"

"당신 아버지가 하라는 대로 할 겁니다."

"그럴 줄 알았어요. 개천 출신의 오물이 그렇게 대답할 거라고 예상했지요."

"잘못 알고 계시는군요. 전 산동네 출신입니다."

"경고하는데, 스스로 요트를 떠나지 않으면 크게 후회하게 될 거예요."

"헴스터양과 알게 된 걸 후회할 것 같습니다. 내게 경고한다고 했는데, 위험에 빠진 건 헴스터양입니다. 경험이 사람을 만듭니다. 나쁜 경험을 많이 하면 나쁜 사람이 되지요. 야만인이다, 짐승이다, 그런 말들을 뱉어내면서 내가 실제로 그런 인간이 되도록 헴스터양이 밀어붙였어요. 헴스터양이 위험한건, 앞으로도 계속 나를 그렇게 밀어붙일 거라는 데 있어요. 그러다 어느 선을 넘으면 내가 헴스터양을 바다 밖으로 던져버릴 겁니다. 확실히 말하는데, 헴스터양은 지금 벼랑 끝에 있어요. 그리고 더 확실한 것은, 나는 내 발로 여기를 떠나지 않을 겁니다."

나는 일어서서 등나무의자를 집어 갑판 반대편으로 거칠게 내던지고는 점잖게 모자를 벗어 헴스터양에게 작별을 표했다. 멍하니 선 그녀를 남겨둔 채 혼자 유유히 사라졌다.

18

존 캐머포드,
나가사키에 그가 왔다

그녀와의 불같은 대화가 내 생각을 바꾸었다. 아버지가 딸을 어떻게 다루든 한마디도 하지 않겠다고 마음먹었다. 딸에게 그가 무슨 말을 하더라도 내가 그녀에게 했던 말보다 더 포악하지는 않을 것이었다. 그런 상황에서 내가 조언을 한다는 것은 어불성설이었다. 힐다 스트레톤이 헴스터양을 잘못 이해하고 있다는 사실도 깨달았다. 그녀는 결코 자살이나 자해를 할 인물이 아니었다. 남에게 아무리 큰 상처와 고통을 주더라도 자신은 눈썹 한 톨 까닥하지 않을 냉혈한이라는 것이 그녀를 지켜본 내 결론이었다. 스트레톤을 만났을 때 그런 내 생각을 말해 주었다. 그녀가 동의하지 않았지만, 내 생각을 바꾸라고 요구하지도 않았다.

나가사키에 도착하면서부터 우리는 정신없이 바빠졌다. 덕분에 머릿속 잡념들이 깨끗이 사라졌다. 최근의 모든 다툼과 갈등은 게으른 자에게 내린 사탄의 저주였다는 생각이 들었다. 이제는 사탄이 비집고 들어올 틈이 없어졌다. 나가사키에는 엄청난 일거리가 쌓여 있었다. 수북한 편지와 전보들이 헴스터씨의 신속한 처분을 기다렸다. 딸을 대할 때와 일을 대할 때의 헴스터씨는 완전히 다른 사람이었다. 일 처리를 할 때 그는 나폴레옹과 같은 리더십을 보였다. 수천 마일 떨어진 곳에서 벌어지는 다급한 일들을 암호문 두어 개로 척척 해결했다.

능력이 닿는 만큼만 나는 그의 초라한 조수 역할을 했다. 일에 대한 헴스터씨의 집중력과 신속성에 경의가 우러났다. 나프타 연락선이 요트와 내륙을 쉴 없이 오갔다. 나가사키에 도착한 이후 헴스터씨의 롤톱 데스크는 긴박한 전투 사령부가 되었다. 내가 나태하게 외교 업무를 했던 때와는 일의 속도나 강도가 확연히 달랐다. 총알이 핑핑 날아다니는 그야말로 전쟁터였다.

온종일 나는 초조와 긴장에 싸여 있었다. 불과 몇 분의 시간이 흘렀나 싶었는데 하루가 후딱 지나갔다. 일이 끝난 후 나는 완전히 녹초가 되었다. 쉬지 않고 열두 시간 풋볼 경기를 한 것 같았다. 사업가들이 큰돈을 벌기 위해 어떻게 인생을 불사르는지 알게 되었다. 그때까지는 인생을 그렇게 불길 속에서 살아야 하는가에 대해 회의적이었다. 본래 내 체질은 그것과 달랐지만, 불길 속에 빠져 있을 때는 체질이나 회의 같은 것은 아무 상관이 없었다. 불길은 내가 가진 모든 것을 그 안에서 불사르게 했다. 인생을 걸어 볼 만한 매혹적인 불길이었다.

헴스터씨는 빈틈없고 가차 없는 사령관이었다. 표정은 단호하고 명령은 엄격했다. 두 눈은 불길보다 뜨거운 광채를 발했다. 그의 명령에 누구도 의문을 품거나 토를 달 수 없었다. 코레아로 파천되었다가 일본에서 왕좌를 다시 찾은 절대군주 같았다.

전쟁터에서의 하루가 끝났다. 사령관의 얼굴에 여유가 살아났다. 회전의자에 깊숙이 몸을 묻고 친근한 눈빛으로 그가 나를 바라보았다. 진시황의 영약이라도 구해다 먹은 것일까, 지치기는커녕 아침보다 더 활력이 넘쳤다.

"이봐, 완전히 녹초가 됐군. 마라톤이라도 뛰었나?"

"맞습니다. 방금 레이스를 마쳤습니다."

노신사가 웃었다.

"가만있자, 우리가 점심을 먹었던가?"

"제가 책상에 올려놓은 샌드위치를 드셨습니다. 저도 나가사키 연락선을 타러 뛰어가면서 하나를 해치웠습니다."

그가 다시 웃었다.

"기억이 안 나네. 아무튼 저녁은 아주 맛있게 먹을 수 있겠어. 자네는 많이 피곤해 보여."

"네, 아침의 팔팔했던 컨디션은 아닙니다."

무슨 의미인지 노신사가 천천히 고개를 가로저었다.

"자네 같은 영국인들은 비즈니스에 소질이 없어. 그건 지금까지 영국이 이끌어 왔던 유럽 대륙의 쇠퇴를 말하는 거야."

"저를 영국 사업가의 표본으로 생각하시면 오산이십니다. 저는 영국 정부의 공무원이었습니다. 그 면에서는 영국인의 한 표본으로 보셔도 좋을 것 같습니다. 물론 그렇지 않습니다만, 제게 사업적 소질이 있다고 하더라도 저는 직업상 그것을 발휘할 기회가 없었습니다. 우리 섬나라에도 저와는 다른 산업의 리더들이 분명히 있을 겁니다."

"분명히 있을 거라고? 추정은 그것이 현실화했을 때만 인정을 받는 거야. 내가 질문 하나 하지. 시카고에 있는 자네가 중요한 거래로 나를 만나고 싶은데 내가 일본 해안에서 요트 유람을 하고 있다면 어떻게 하겠나?"

"거래 내용을 상세하게 써서 편지로 보내겠습니다."

"그럴 줄 알았지. 그래 놓고 내 답장을 마냥 기다리겠다는 건가? 그렇게 해서는 비즈니스 전쟁에서 살아남을 수가 없어."

노신사가 서너 건의 전보 통지문과 두어 통의 편지를 손에 쥐고 말을 계속했다.

"이걸 좀 보게. 어떤 친구가 내게 사업계획을 보내왔어. 기업연합에 관한 내용인데 나도 그 필요성을 느끼던 참이었지. 그의 말로는 아주 강력한 연합이라는데 그게 빛을 보려면 내 도움이 필요하다는 거야. 그가 사업 내용을 자세하게 적어서 국제전보를 보냈네. 그런데 전보는 그 친구가 보낸 사전 특사일 뿐이었어. 특사의 임무는 자신이 직접 일본에 올 때까지 나를 요코하마에 머무르게 하는 것이었지. 실제로 그는 샌프란시스코까지 대륙을 횡단해서 일본으로 오는 정기선에 올랐네. 나는 요코하마에서 그의 전보를 받았지만, 그를 기다리지 않고 나가사키로 이동했지. 그리고 그가 태평양에 떠 있는 동안 내 시카고 사무실에 연락해서 기업연합에 관한 다른 사업계획을 하나 더 확보했네. 우리가 코레아로 떠나기 직전에 요코하마에 도착한 그 친구가 나한테 다시 전보를 보냈었지. 나가사키에서 기다려 달라고 했지만, 우린 그냥 떠나 버렸어. 내가 그에게 뭄이 날아 있지 않다는 걸 알려 주려고 일부러 그랬던 거야. 그렇게 하더라도 나를 만나기 전에는 그가 절대로 일본을 뜨지 않을 거라는 걸 알고 있었으니까. 자네와 나, 그리고 시카고의 한 사람 말고는 아무도 내가 또 다른 사업계획을 가지고 있다는 걸 몰라. 나가사키 호텔에서 목 빠지게 나를 기다리고 있는 그 친구한테 그 정보를 흘릴 생각이네. 자네는 내가 직접 나가사키로 나가거나 그를 요트로 불러서 머리를 맞대고 협상을 할 거로 생각하겠지. 둘 다 아니야. 혈기 왕성한 존 C. 캐머포드가 자기 생각과 달리 미국 업계에서 그다지 중요한 인물이 아니라는 사실을 뼈저리게 깨닫게 해 줄 작정이야."

"존 캐머포드요?" 내가 놀라 소리쳤다. "제가 뉴욕에서 만났던 사람의 이름입니다. 설마 같은 인물은 아니겠지요."

"흔한 이름은 아니지. 자네가 아는 인물이면 더 잘된 일이고. 내일 아침 일찍 나 대신 그에게 가게. 아까 말했듯이, 그의 사업 제안이 미국에서 내게 온 유일한 것이 아니라고 알려 주고 내가 그의 제안을 받아들이게 하려면, 그 제안이 다른 것보다 우월하다는 걸 증명해야 한다고 말하게. 그러면 자신이 연합한 기업 목록을 자네에게 줄 거야. 그 기업들과의 제휴 조건이 적힌 원본 서류도 당연히 보여 줘야 하겠지. 내가 알고 싶은 건 제휴 기간이 얼마나 되는가 하는 것이네. 최소한

6개월 이상은 될 걸세. 그렇지 않으면 나를 만나러 여기까지 올 수 없었겠지. 그의 연합이 가치가 있고 제휴 기간이 6개월 이상 된다면 내가 그를 만날 걸세. 그렇지 못하거나 서류 공개를 거부하면 그가 샌프란시스코로 돌아가기 전에 전보 몇 통으로 그의 계획을 쓰레기로 만들어 버릴 거야. 자네는 그 사람한테 아무 약속도 해 줄 필요가 없네. 내가 그를 선뜻 만나지 않는 이유가 다른 사업계획 쪽에 더 관심이 있기 때문이라고 그가 생각해도 아무런 상관이 없어."

"제 명함 대신 회장님 명함을 로비에서 올려 보내도 될까요? 트레몬이라고 하면 그가 만나지 않으려고 할 겁니다."

"그럴 수 있겠군. 내 명함을 쓰게. 중요한 건, 최소한의 정보를 주고 최대한의 정보를 받아 오는 거야. 저녁 공이 울렸네. 오늘 식탁에는 뭐가 올라왔을지 궁금하군. 가지."

다음 날 아침식사 후 곧장 육지로 나갔다. 나가사키 호텔 로비에 도착해 헴스터씨 명함을 존 캐머포드에게 올려 보냈다. 곧바로 올라오라는 연락이 왔다. 그는 호텔에서 가장 좋은 스위트룸에 묵었다. 거실 유리창 쪽 큰 테이블 앞에 그가 빛을 등지고 서 있었다. 그림자가 거실에 드리워 방문객의 얼굴을 얼른 알아보지 못했다. 반면에 나는 그를 바로 알아보았다. 탁자에는 문서들이 어지럽게 쌓여 있었다. 그가 의자에 앉아

빠르게 무언가를 썼다. 매 순간이 소중하고 무척 바쁘다는 듯한 태도였다. 헴스터씨에게 좋은 인상을 주기 위해 애쓰던 그의 계획된 행동이 갑자기 멈췄다. 그가 석고상처럼 굳었다. 자신에게 다가가고 있는 사람이 누구인지 알아차렸다. 석고상이 경악했다. 벌떡 일어나 창 쪽으로 두어 발 물러섰다. 역광이라 표정을 읽을 수 없었지만, 공포의 그늘은 확실히 보였다.

"내가 기다렸던 사람이 아니오." 그가 떨며 절규했다. "당신은 여기에 들어올 수 없소. 나가시오."

"진정하세요, 캐머포드씨. 나는 사업 이야기를 하러 온 겁니다."

"도대체 뭐 때문에 날 따라온 거야? 당신이 여기에 왜 있어?" 그가 악을 썼다.

"시카고의 실라스 K. 헴스터씨를 대신해서 왔습니다."

굳어 있던 그가 조금씩 냉정을 되찾았지만, 여전히 테이블 저편에서 나오지 않았다. 알 수 없는 미소가 그의 얼굴에 흘렀다.

"정말 많이 놀랐습니다, 트레몬씨. 나는 트레몬씨가 돈 몇 푼 때문에 여기까지 날 쫓아온 줄 알았어요."

"아닙니다. 순전히 헴스터씨의 대리인으로 온 겁니다. 앉아도 될까요?"

"아, 예. 물, 물론이죠. 거기 앉으세요."

조금 전 벌떡 일어났던 의자에 캐머포드가 다시 앉았다.

"좀 전에도 말했지만," 어색한 미소를 보이며 그가 부언했다. "트레몬씨가 그 적은 돈 때문에 나를 찾아온 줄 알았어요. 우리가 마지막으로 만났을 때 트레몬씨는 우리 비즈니스에 대해 큰 오해를 했었지요. 다시 말하지만, 그때 이루어진 일들은 완전히 합법적이었어요. 모두가 원했던 것처럼 거래가 성공적이지 못했다는 점은 나도 아쉽게 생각합니다."

"저를 혼란스럽게 만드시네요. 제가 거래의 적법성을 거론한 적은 없습니다. 어떻게 들으실지 모르겠지만, 제가 잃어버린 오십만 달러는 이제 찾을 수 없는 돈이라고 생각하고 있습니다. 캐머포드씨와 마찬가지로 어제 이 시간까지만 해도 저 또한 캐머포드씨를 이곳에서 만날 줄은 꿈에도 생각지 못했습니다."

의혹의 눈초리로 그가 나를 바라보았다. 내 호의적인 말에 꿍꿍이가 있는지 머리를 굴리는 중이었다.

"헴스터씨의 명함을 보낸 사람이 트레몬씨였나요?"

"그분이 저더러 캐머포드씨를 만나라고 했습니다."

"왜 그분이 직접 오지 않았나요? 아픈가요?"

"아니요. 건강하시지만 정신없이 바쁘십니다. 제게 전권을 주고 여기로 보내셨습니다. 캐머포드씨의 제안이 충분히 가치가 있다는 걸 입증하시면 두 분의 만남을 주선하겠습니다."

"아, 얘기가 그렇게 돌아가는 거였군요. 내 제안에 대해 얼마나 알고 있나요?"

"캐머포드씨의 모든 편지와 전보를 읽었습니다. 지금 제게 그 서류들이 있습니다."

"헴스터씨가 무한신뢰를 하는군요. 그로서는 이례적인 일입니다. 나와 거래할 수 있는 권한이 있다는 걸 어떻게 증명할 수 있나요?"

"저는 거래할 권한이 없습니다. 그분의 특사일 뿐입니다. 제가 그분의 명함을 올려 보냈고 캐머포드씨의 편지와 전보를 여기에 모두 가지고 왔습니다. 그것이 제가 헴스터씨의 특사라는 걸 증명합니다. 캐머포드씨가 미국을 떠난 후에 다른 연합 제의가 헴스터씨께 들어왔습니다. 캐머포드씨의 제안이 마음에 내키지 않으면 헴스터씨는 다른 쪽 제안을 검토하실 것입니다. 그쪽에서도 헴스터씨를 초청한 상태입니다. 그분은 헴스터씨와 잘 아는 사이입니다. 아시다시피 헴스터씨는 면식 때문에 비즈니스를 망치지는 않습니다. 캐머포드씨의 연합이 더 강력하다는 걸 입증하면 제가 책임지고 헴스터씨를 만나게 해 드리겠습니다. 그렇지 못하면 그분은 내일 바로 요트를 발진시켜 태평양 항해를 떠날 예정입니다. 아쉽지만 우리는 다시 남남이 되는 거지요."

"그가 이곳에 없는데 어떻게 내가 모든 걸 증명할 수 있나요?"

"두 가지 서류 원본을 보여 주고 제가 믿을 수 있도록 설명하면 됩니다. 첫째는, 여기 편지에 거론된 기업들이 캐머포드 씨에게 제시한 제휴 옵션이고, 둘째는 그 옵션의 기간입니다. 옵션이 끝나는 실제 날짜를 말하는 거지요."

"싫다면요?"

나름대로 강하게 나와 보려고 했지만, 당혹과 불안이 묻어났다. 내가 벌떡 일어났다.

"싫으시다면 제 임무는 여기서 끝났습니다. 좋은 하루 되십시오."

"잠깐, 잠깐만요," 그가 놀라 소리쳤다. "좀 앉아 보세요. 생각할 시간을 줘야지요. 미안한 말이지만, 헴스터씨는 왜 이 거래와 아무 관계도 없고 사업상 초면이나 다름없는 트레몬씨에게 내 사업 정보를 털어놓으라고 하는지 이해할 수가 없네요. 이런 거래는 기밀 유지가 생명인데 내 정보가 뉴욕이나 시카고로 새 나가지 않는다고 어떻게 보장할 수 있나요?"

"보장할 수 없습니다."

"그러면 거래 못하지요."

"알겠습니다. 헴스터씨께 그렇게 전하겠습니다."

"문제가 뭔가요? 왜 그분이 직접 나를 만나지 않는 거죠?"

"헴스터씨가 시간을 투자할 만큼 가치가 있는 일인지 먼저 알고 싶어 하십니다. 제가 캐머포드씨의 제안을 긍정적으로 판단하고 보고하면 캐머포드씨와 사업 논의를 하실 것입니다. 말했다시피 그분은 무척 바쁘십니다. 어제 온종일 편지와 전보에 파묻혀 계셨고, 지금도 혼자서 그 더미 속에 계십니다. 모두 중요한 일들입니다. 시카고에서 사업 제안을 보내온 사람처럼 막역한 사이였다면 어떻게든 만나셨겠지만, 캐머포드씨는 그렇지 않습니다. 그래서 저를 보내신 겁니다."

"그런데 말이에요," 그가 퉁명스럽게 말했다. "남자 대 남자로 솔직히 얘기해 봅시다. 우리가 사춘기 소년도 아니고 감상적인 소녀도 아니잖아요. 트레몬씨가 결정권을 가지고 있는한 내가 헴스터씨를 만날 가능성은 없어요. 그건 트레몬씨도 인정하겠지요. 부드럽고 정중하게 나한테 말하고 있지만, 나도 세 살배기 어린애가 아니에요. 트레몬씨가 나에 대해 좋게 얘기해 주길 기대할 정도로 멍청하지는 않다는 거죠."

"맞습니다. 저는 캐머포드씨에 대해 좋게 이야기하지 않을 겁니다. 좋은 기억이 없으니까요. 하지만 여기서 보고 들은 사실은 햄스터씨께 그대로 보고할 것입니다."

"솔직하지 못하군요. 당신은 복수의 칼자루를 쥐고 있어요. 그걸로 나를 베겠지요. 아무리 부드럽게 써도 칼은 상처를 남깁니다."

"그렇게 생각하신다면 굳이 반박하지 않겠습니다. 생각하시는 대로 행동하시면 됩니다. 이제 선택의 시간입니다. 어떻게 하실 건가요?"

탁자 가까이 그가 몸을 기울였다. 얍삽한 눈을 가늘게 뜨고 나를 바라보았다. 내 진짜 속셈이 무엇인지 탐색하는 눈치였다. 그는 큰 오해를 가지고 나와 협상하고 있었다. 자신이 아무리 잘해도 내가 햄스터씨에게 사실대로 전하지 않을 거로 생각했다. 잘못된 전제로 협상을 했기 때문에 잘못된 결과가 나올 수밖에 없었다. 얘기가 엉뚱한 방향으로 흘렀다.

"트레몬씨, 단도직입적으로 말하지요. 우리가 이 일을 하는 이유는 명확합니다. 돈이지요. 재미로 하는 게 아닙니다. 나도 그렇고 햄스터씨도 그렇고 다 돈 벌자고 하는 일이지요. 트레몬씨는 아닌가요? 돈이 목적 아닌가요?"

"물론 그렇습니다. 그게 제가 여기 온 이유입니다."

"화끈해서 좋네요." 그가 유쾌하게 말을 받았다. 까닭 모를 안도의 빛이 그의 얼굴에 가득했다. 협상의 주도권이 드디어 자신에게로 왔다고 생각하는 것 같았다. "나도 화끈하게 얘기하지요. 나는 어떻게든 헴스터씨를 만나야 합니다. 내게는 일생일대의 중요한 일입니다. 내 제안이 그럴 만한 가치가 없으면 뉴욕에서 나가사키까지 대륙과 해양을 넘어오지 않았을 겁니다. 나는 지금 트레몬씨의 칼자루 앞에서 모든 걸 솔직하게 털어놓고 있습니다. 양손을 들고 항복한 상태인데 어찌 솔직하지 않을 수 있겠습니까. 트레몬씨도 나만큼 솔직하기를 바랍니다. 이곳에 올 때 내가 여기에 있다는 사실을 알고 왔나요?"

"그렇습니다."

"헴스터씨가 알려 줬나요?"

"네."

"과거의 우리 거래를 그에게 말했나요?"

"안 했습니다."

"트레몬씨가 미국에서 50만 달러를 잃은 사실을 그가 알고 있나요?"

"알지만 당사자가 캐머포드씨인 줄은 모릅니다."

"그렇게 말하지 마세요. 나는 당신 돈을 가져간 당사자가 아닙니다. 내 돈도 그만큼 없어졌어요."

"아, 미안합니다. 캐머포드씨처럼 저도 솔직하게 얘기해야 하는 줄 알았습니다. 다시 얘기하지요. 헴스터씨는 제가 돈을 잃어버린 걸 알지만, 캐머포드씨가 불행하게도 그 일을 나와 함께했다는 것은 모릅니다."

"잘됐네요. 한 가지 제안하지요. 과거에 우리가 일을 함께했던 사실은 얘기하지 마세요. 헴스터씨를 설득해서 노인이 나를 만나러 여기에 오거나 내가 요트로 가게 되면 일이 끝나는 즉시 20만 불을 트레몬씨에게 현금으로 주겠습니다."

"거절합니다."

"나를 못 믿나요?"

"그건 아니지만 거절합니다. 돈을 주겠다는 제의는 받아들일 수 없습니다."

그가 몸을 젖혀 의자에 등을 기댔다.

"통째로 달라는 얘긴가요?"

"무슨 말씀이신지요?"

"50만 달러를 다 달란 얘기 아닌가요? 불행히도 내게 그만한 돈은 없어요. 5만 불을 더 얹어서 25만 불을 드리지요. 더는 없습니다. 아무리 다그쳐도 나올 게 없어요."

"다그칠 생각 없습니다. 50만 불을 준다고 해도 뇌물은 받지 않습니다."

"뇌물이라니요? 이건 뇌물이 아닙니다. 보상이지요."

"뭐라고 하건 상관없습니다. 저는 사업 제휴에 관한 캐머포드씨의 설명을 들으러 여기에 온 겁니다. 더 이상 할 말이 없으시면 가 보겠습니다. 말했다시피 헴스터씨는 일거리가 산더미처럼 쌓여 있습니다. 제가 가서 도와야 합니다."

"못 말리는 사람이네요." 그가 절망적인 목소리로 말했다. "내가 본 사람 중에 제일 바보 같은 사람이에요."

"정확히 똑같지는 않지만, 처음 듣는 얘기는 아닙니다. 마지막으로 말합니다. 캐머포드씨가 확보한 기업 명부를 보여 주세요."

"우리의 과거 인연을 헴스터씨에게 말하지 않겠다고 약속하면 그렇게 하지요."

"그런 약속은 할 수 없습니다. 여기서 보고 들은 모든 걸 헴스터씨께 보고해야 합니다. 캐머포드씨가 나를 바보로 봤듯이 내가 캐머포드씨를 건달로 봤다면 그런 얘기까지도 해서 그분의 주의를 상기시켜야 합니다."

"지나치게 솔직하네요." 그가 얼굴을 찡그리며 말했다.

"그러려고 합니다. 시간을 소모하지 말고 서류를 보여 주세요."

그가 침묵했다. 못마땅한 듯 눈살을 찌푸렸다. 바닥에 박힌 시선이 꼼짝도 하지 않았다.

"제기랄 망했네."

그가 중얼거리며 앞에 있는 서류 뭉치를 집어 들어 고무밴
드를 풀었다. 서류를 유심히 살피면서 한 장 한 장 조심스레
꺼냈다. 마침내 서류를 테이블 너머 내게로 밀었다. 그의 눈이
가늘어졌다. 내가 찬찬히 서류를 뜯어보면서 필요한 걸 수첩
에 메모했다. 서류는 그가 햄스터씨에게 보낸 편지 내용과 다
르지 않았다. 서류를 다시 그에게 주었다.

"서류 대부분은 옵션이 6개월 이상으로 되어 있는데 일부
는 기간이 명시되어 있지 않네요. 왜 그렇죠?"

"우리가 사업체를 인수했기 때문입니다. 옵션이 필요 없지
요."

"그걸 증명하는 서류는 있나요?"

그가 말없이 서류 몇 장을 추가로 가져와 내게 주었다. 거
기에도 하자는 없었다.

"빈틈없이 준비가 잘 되어 있는 것 같습니다. 햄스터씨께
그렇게 보고하겠습니다. 좋은 하루 보내십시오."

"잠깐만요." 일어서려는 나를 그가 막았다. "지금까지 묻는
말에 대답만 했는데 나도 하나 물어보지요. 다른 사업 제안을
보낸 사람은 누구인가요?"

"저는 모릅니다. 그런 제안이 왔다는 것만 알고 있습니다."

"위장전술 아닌가요?"

"그것도 저는 모릅니다. 다만 헴스터씨가 그럴 분은 아니라고 생각합니다."

"그래요? 그 사람을 모르는군요. 시카고에서부터 계속 같이 있었나요?"

"아닙니다."

"얼마나 오래 함께 일했나요?"

"그건 개인적인 일입니다. 비즈니스와 관련이 없는 사안입니다. 저는 여기에 정보를 받으러 왔지, 주러 온 게 아닙니다. 필요 없는 질문은 안 하셨으면 합니다."

"필요 있는 걸로 하나만 더 할게요." 그가 나를 따라 일어서며 말했다. "노인이 나를 만날 거라고 생각하나요?"

"그러실 것 같습니다."

"트레몬씨가 그렇게 권할 건가요?"

"아니요. 저는 절대 만나시지 말라고 할 겁니다."

"트레몬씨, 도대체 무슨 놀음을 하자는 건지 종잡을 수가 없네요. 심오한 건지 천박한 건지 알 수가 없어요."

"둘 다 아닙니다. 놀음 같은 것은 없습니다. 심오할 것도 천박할 것도 없습니다. 있지도 않은 걸 혼자 만들어 냈기 때문에 종잡을 수 없는 겁니다."

"결국 내 말대로 트레몬씨는 세상 물정을 모르는 바보라는 데에서 해답을 찾아야겠네요."

"그래야 편해지실 겁니다. 안녕히 계십시오."

한 손으로 난간 기둥을 잡고 그가 계단 끝에 섰다. 내려가는 나를 불만 가득한 얼굴로 속수무책 바라보았다.

가난한 젊은이의 로맨스

부두에 도착했다. 요트를 떠난 나프타선이 해안으로 들어왔다. 나를 데리러 온 줄 알았는데 거트루드 헴스터와 그녀의 일본인 친구가 타고 있었다. 나가사키에 도착한 당일 그녀가 새로 만난 일본 고위층 여성이었다. 그날 헴스터씨는 정신없이 일에 빠져 있어서 딸이 일본 여성을 만난 사실을 나중에 알았다. 불행히도 딸이 스트레톤에게 반감을 품게 되었고, 그 때문에 새 일본 친구와 급격히 친해졌다고 그가 내게 말했다. 일본 여성은 중국어와 코레아어, 동남아식 영어를 구사할 수 있었다.

스트레톤과의 불화 때문에 딸이 일본 여성을 사귀었다고 헴스터씨가 말했지만, 나는 그렇게 생각하지 않았다. 다양한 언어능력을 가진 현지 여성을 친구로 고른 것은 나를 겨냥한 행동이 확실했다. 내가 통역원으로 요트에 머물 필요가 없게 만들려는 속셈이었다.

고위층 여성에 대해 나는 의문을 품었다. 짧은 시간에 외지에서 그런 보물을 찾아내는 것은 쉬운 일이 아니었다. 시험 삼아 어제저녁에 그녀에게 코레아어로 말을 붙여 보았다. 그녀가 정확한 코레아말로 한 치도 틀림없이 대답했다. 내가 왜 코레아어로 말을 거는지 다 안다는 듯 엷은 미소를 지었다. 그녀를 의심한 것이 내 실수임을 인정했다. 이후 그녀의 지적 수준과 언어능력에 의문을 품지 않았다.

부두를 내려가 헴스터양에게로 갔다. 내가 수행하겠다고 말했지만, 거들떠보지도 않았다. 선원들에게만 고맙다는 인사를 여러 차례 하고는 곧바로 계단을 뛰어올라 인력거로 향했다. 그 뒤를 일본 여성이 얌전히 따라갔다. 내 덕분에 헴스터양의 반사적 관심을 듬뿍 받은 선원들은 나에 대한 그녀의 경멸적인 태도를 똑똑히 보았다. 개의치 않고 배에 올라 요트를 향해 출발했다.

헴스터씨는 여전히 서류 속에서 헤엄치고 있었다. 요트가 항구에 들어온 이후 신선한 공기를 마신 적이 한 번도 없는 것 같았다.

"캐머포드는 만났나?" 고개도 들지 않고 그가 짧게 말했다.

"예."

"누가 이겼나?"

"저를 보고 무척 놀랐습니다. 사업 얘기를 시작하기까지 꽤 애를 먹었습니다."

"자네가 강도인 줄 알았나? 아니면 내가 득달같이 달려올 거라고 생각했나?"

"아닙니다. 그는 몇 년 전 제 돈 50만 불을 가로챈 그 사람이었습니다. 제가 돈을 받아 내려고 찾아간 것으로 오해했습니다."

"아하, 자네가 악착같이 자기를 쫓아온 것으로 생각했군. 그래서 어떻게 했나?"

"회장님을 대신해서 온 거라고 설명했는데도 처음에는 아무것도 알려 주지 않으려고 했습니다. 그러다 결국 제게 정보를 주지 않으면 회장님을 만날 수 없다는 걸 알고 어쩔 수 없이 모든 걸 공개했습니다."

"그래서 결과는?"

"그의 편지 내용은 모두 사실이었습니다. 6개월 이상의 옵션으로 제휴 기업을 확보했고, 일부 기업은 그에게 소유권을 넘겼습니다. 그의 말대로 견고한 연합을 확보하고 있었습니다." 말을 마치면서 내가 메모했던 수첩을 꺼내 놓았다.

"그가 말한 내용을 그대로 믿는 건가?"

"그렇습니다. 하지만 회장님께서도 서류들을 보셔야 할 것으로 생각됩니다. 제 눈으로 보지 못한 하자나 속임수가 있을 수도 있으니까요."

"알았네. 그럼 내가 그를 만나 보지."

"한 가지 더 말씀 드릴 것이 있습니다. 그가 예전에 제 돈을 횡령한 사실을 회장님께 알리지 않으면 제게 20만 불, 아니 25만 불을 주겠다고 했습니다."

"그래서 뭐라고 했나?"

"거절했습니다."

그가 측은하다는 표정으로 나를 보았다.

"이렇게 얘기해서 미안하네만, 좀 한심해. '일꾼이 자기 삯을 받는 것은 합당하다.' 성서에도 쓰여 있어. 그걸 받았어야지. 내 일은 내가 알아서 해. 그 친구가 미국에서 사기를 쳤든 말았든 난 신경 쓰지 않아. 만일 나까지 속인다면 뭐든지 맘먹은 대로 할 수 있는 유능한 친구지."

내가 딸에게 인용했던 성경 구절을 아버지가 그대로 불러 왔다. 우리의 격렬했던 대화를 헴스터양이 아버지에게 이야기한 것이 확실했다.

"그렇습니다만, 성서에는 악마의 유혹을 뿌리치라고도 쓰여 있습니다. 저는 그것을 실천했습니다."

"악마의 돈은 안 먹겠다? 내가 확인하라고 시킨 일에 대해 정직하게 보고하면 자네 임무는 끝나는 거야. 일과 관계없는 돈은 악마의 돈이 아니지."

"회장님과 함께해서 득 될 게 하나도 없는 사람입니다."

"난센스야. 내가 필요한 걸 그가 가지고 있는데 왜 거래를 안 한다는 건가? 그의 도덕성은 나와 상관이 없어. 영어사전을 사려는 사람이 판매원의 영어 발음이 신통치 않아서 안 사겠다는 것과 마찬가지지. 자네 사업 감각이 그 정도밖에 안되나?"

"기대에 못 미쳐서 죄송합니다. 아무튼 저는 그를 신뢰하지 않습니다."

"자네가 그와 사업을 한다면 그렇겠지. 나는 아무도 믿지 않아. 대신 내가 사기를 당해도 불평하지 않지. 자네가 캐머포드에게 사기를 당했다는 거래에 대해 얘기해 보게."

그럴 필요가 없었지만, 당시의 거래 상황을 모두 이야기했다. 설명을 다 듣고 그가 천천히 말했다.

"미안하지만 말이야, 앞으로는 사기를 당했다고 말하지 말게. 잘못된 표현이야. 내가 보기에는 모든 게 합법적이었어."

"그건 저도 압니다. 그 사람도 오늘 아침에 똑같은 말을 했습니다. 하지만 그는 광산이 값어치가 없다는 사실을 미리 알고 있었습니다."

"그래서? 광산의 가치는 자네가 알아냈어야 해. 거래 상대가 알려 주길 바라서는 안 되지. 자신의 부주의를 캐머포드 탓으로 돌리는 거야. 그가 자네 돈을 가져가지 않았으면 다른 누군가가 가졌을 걸세. 그 친구는 자네를 유심히 관찰한 후에 자네가 거래에 응할 거라고 판단하고 접근을 한 거야. 나도 그랬을걸. 이 가방에 금화 천 불이 들어 있다고 내가 말하면 세어 보지 않고 내 말을 믿겠나?"

"물론입니다."

대답 대신 노신사가 몸을 뒤로 크게 젖혔다. 인간 별종이 나타났다는 듯 나를 빤히 보았다.

"물론이라고? 가망이 없어. 듣고 보니 자네가 그 친구의 뇌물을 거절한 건 잘한 일인 것 같네. 돈이 다시 와 봐야 자네한테는 좋은 일이 없겠어."

"그렇지 않습니다. 돈이 있으면 저는 정부 채권을 살 겁니다. 투기성 사업에는 절대 손대지 않을 겁니다."

"과연 그럴지 알 수 없지." 자세를 고치면서 헴스터씨가 회의적으로 대꾸했다. "어쨌든 제 앞가림은 못했지만, 내 일은 많이 도와줬어. 제안을 받아들인다는 편지를 써 줄 테니까 캐머포드에게 가서 내 조건을 알려 주게."

"서류를 보시지도 않고 계약하신다는 말씀이신가요?"

"염려 붙들어 매게. 내 나이쯤 되면 뒤집지 않아도 속이 보여. 자네랑 똑같은 전술을 쓸 거라고 생각하면 오산이야. 얼른 가서 힐다와 점심식사를 하게. 난 오늘도 샌드위치로 때워야겠어. 딸아이는 육지에 나갔네. 나가사키 호텔에서 점심을 먹겠다는군. 요트 식사가 싫증이 난 모양이야. 자네가 식사하는 동안 캐머포드에게 가지고 갈 서류를 내가 만들어 놓지."

'오, 고마우셔라.' 내 여인을 찾아 서둘러 자리를 떴다. 거트루드 헴스터에게 쫓겨 간 후 스치며 잠시 보았을 뿐 한 번도 힐다를 만나지 못했었다. 이제는 요트 안에 우리를 방해할 사람이 아무도 없다는 사실이 나를 즐겁게 했다. 힐다도 우리끼리 남게 된 걸 좋아했다. 점심이 준비되지 않아 그녀와 함께 갑판으로 올라갔다. 헴스터양이 나타나 산통을 깼던 그 자리에 탁자와 의자를 끌어다 놓았다.

"이제는 힐다," 자리에 앉자마자 내가 말했다. "답을 줘야지요."

"무슨 답이요?"

"일면서 왜 그래요. 전에 힐다 입에서 답이 거의 나왔는데 어떤 여자가 판을 깼잖아요."

"아닌데요."

"힐다의 눈이 그렇게 말했어요. 눈빛을 부정할 순 없어요."

"트레몬씨한테 보내는 것 같았나요?"

"아니란 얘긴가요?"

"모르겠어요. 저도 저에게 실망했어요. 저는 이런 게 청혼이라고 생각하지 않아요. 오랜 교제와 수많은 달빛 데이트, 그리고 사랑의 대화를 수도 없이 나눈 후에야 청혼할 수 있는 거라고 생각했어요. 장미 아치 아래 제가 서 있고, 꿈에도 그리던 사람이, 백마를 탔으면 더 좋고, 저를 향해 달려오는 그런 청혼을 상상했어요. 그런데 현실은 상상을 망상으로 바꾸나 봐요. 우리가 안 건 며칠밖에 안 됐어요. 첫 대화는 다툼으로 시작했죠. 돈, 가난, 뭐 그런 메스꺼운 것들에 대해 얘기했어요. 그러다가 갑작스러운 청혼에 제가 '예스'라고 답하면 우리 둘 다 평생 후회할지도 몰라요. 처음 청혼한 남자한테 여자가 쉽게 넘어갔다고 남들은 말하겠죠."

"제가 첫 남자인가요? 그렇게 생각하지는 않지만요."

"그런 건 묻지 마세요. 그런데 말이죠, 트레몬씨."

"루퍼트라고 부르세요, 힐다."

"그런데 말이죠, 프린스 루퍼트. 갑자기 물러가는 바람에 말을 못 했지만, 그때 제가 하려고 했던 답은 루퍼트씨가 생각하는 게 아니었어요. 여자들은 그렇게 단순하지 않아요. 그때 제 머릿속에는 온갖 조건과 다짐, 약속, 그런 것들로 꽉 차 있었어요. 그냥 예스를 하려고 했던 게 아니라는 거죠."

"그래도 좋아요. 끝을 향해 가고 있다는 거니까요. 모든 조건과 다짐, 약속을 무조건 다 받아들일 거예요. 그러니까 망설이지 말고 예스라고 한마디만 하세요."

"그건 안 돼요. 들어 보지도 않고 받아들이는 건 믿을 수 없어요. 나중에 딴소리를 할 수가 있거든요."

"그러면 조건들을 다 얘기해요, 힐다."

"더 이상 결혼 얘기하지 말고 제가 집에 갈 때까지 기다려 주세요. 마음이 변하지 않으면 그때 다시 얘기해 주세요. 그게 제 조건이에요."

"말도 안 돼요. 그게 얼마나 걸릴 건데요? 도대체 언제 집에 갈 수 있지요?"

"1년이나 2년쯤 걸리겠죠. 회장님이 항해를 얼마나 오래 하시느냐에 달려 있어요. 어쩌면 내일이라도 당장 돌아가자고 하실지도 모르죠. 저는 그분을 혼자 두고 떠날 수 없어요. 시카고로 돌아가면 그분이 일에 묻혀서 저를 찾지 않으실 거예요."

"받아들일 수 없는 조건이에요."

"그것 보세요. 첫 번째 조건부터 엇나가잖아요."

"그건 조건이라고 할 수 없어요. 다음 조건은요?"

"다음은 루퍼트씨 자신에 관한 거예요. 루퍼트씨는 아직 확실한 직업이 없어요. 결혼해서 놀고먹을 수는 없잖아요."

"그건 걱정하지 말아요."

"저는 루퍼트씨가 회장님이랑 계속 함께 일했으면 좋겠어요. 그분은 루퍼트씨를 백 퍼센트 믿으세요. 제 아버지가 돌아가신 후 그분께는 진정한 친구가 없었어요. 나이가 들어갈수록 친구가 더 절실히 필요해지실 거예요."

"힐다가 있잖아요."

"저는 안 돼요. 그분께 필요한 친구는 여자가 아니에요. 사심 없이 조언해 줄 수 있는 명석한 두뇌의 남자예요. 아무리 돈이 많아도 그런 친구는 살 수가 없다는 걸 그분도 아세요."

"맞는 말이에요. 그런데 사심 없는 건 자신 있는데 명석한지는 모르겠네요. 회장님이 저더러 바보라고 했거든요."

"그분이 루퍼트씨한테 그런 말을 했을 리가 없을 텐데요."

"꼭 그런 단어를 쓰지는 않았지만, 비슷한 말을 했어요. 지금 생각해 보니까 그 말이 맞는 것 같아요. 힐다 앞에 있으니까 머리가 텅 비고 멍청해지네요."

"다른 조건이 또 있어요. 조건이라기보다는 부탁에 가깝겠네요. 부모님 없이 혼자 살아오면서 힘든 일이 닥칠 때마다 저는 항상 제가 올바르게 판단하고 처신했는지 궁금했어요. 루퍼트씨는 어떻게 보셨는지 알고 싶어요. 저를 챙겨 주시는 회장님과 상의하면 좋겠지만, 사업에 바쁜 그분께 개인적인 얘기를 꺼내기가 쉽지 않았어요. 우리 아버지라면 나더러 어떻게 하라고 하셨을까 생각하고 그 결론에 따라 행동하려고 노력했는데, 돌이켜보면 마음에 걸리는 일이 한두 가지가 아니에요. 이제 우리 아주 친해졌잖아요. 제 심판이 돼 주세요."

"심판 판결은 이미 났어요. 힐다는 모든 걸 완벽하게 잘하고 있어요."

"다 듣지도 않고 쉽게 판결하면 안 되지요. 과거 있는 여자의 엄청난 비밀 고백은 이제부터 시작이에요. 반전은 언제나 결정적인 순간에 일어나지요. 제 아버지와 회장님은 소년 시절부터 친구였다고 말했었지요. 학교도 같이 다녔는데 두 분의 완전히 다른 성격이 오히려 우정을 돈독하게 했어요. 아버지는 책에 빠져 사는 조용한 학구파였어요. 헴스터씨는 문학이나 예술에는 관심이 없고 밖에서 친구들과 어울려 다니는 걸 좋아했죠. 지금은 그분이 과묵하고 침착하고 참을성이 많지만, 예진에는 아주 날랐어요. 초원을 누비는 겁 없는 카우보이였지요. 총 솜씨도 대단해서 여러 번의 결투를 치르고도 살아남았어요. 그렇다고 그분이 초원에서 건달처럼 사신 건 아니에요. 그분은 일찌감치 소 시장의 미래를 명확하게 내다보셨어요. 그 능력으로 젊었을 적부터 돈을 벌기 시작하셨지요. 그것이 지금 그분이 가진 어마어마한 부의 기초가 되었어요. 목장에서 일할 때 그분은 최고의 능력자였어요. 당연히 보수도 가장 많았는데 그 돈을 모두 모았어요. 술도 안 마시고 도박도 안 했기 때문에 돈 쓸 일이 없었지요. 아직 한창 젊었을 때 그분에게 좋은 기회가 찾아왔어요. 그런데 그때까지 모은 돈으로는 자금이 부족했어요. 그걸 제 아버지가 채워 주셨어요. 그다지 큰돈이 아니어서 그분이 곧바로 갚아 주셨지요. 그런데도 지금까지 회장님은 큰 빚을 진 사람처럼 책임감을 느끼세요. 아버지가 돌아가셨을 때 저는 한 푼의 유산도 받지 못했어요. 그래도 아버지가 제게 음악교육을 시켜 주셔서 편하게 생활할 수 있었지요. 아버지가 돌아가신 후 얼마 지나지 않아 지역 은행에서 연락이 왔어요. 제 명의로 된 회장님 회사 주식 10만 불을 가지고 있다는 거예요. 이제 질문할게요. 그걸 제가 받아야 하나요, 아니면 돌려 드려야 하나요?"

"힐다, 그건 고민거리가 아니에요. 아버지는 가장 필요할 때 적절하게 친구를 도와주셨어요. 덕분에 친구가 큰돈을 벌

수 있었고요. 주식을 나눌 충분한 자격이 있는 거예요."

"회장님은 제게 엄청난 금액의 이자도 주셨어요. 루퍼트씨 상상보다 훨씬 많을 거예요. 주식 액면의 세 배가 넘으니까요. 한 푼도 줄 의무가 없는 분인데 말이에요."

"의무랑 관계없이 좋은 일을 하셨네요. 주저하지 말고 호의를 받아들였으면 좋았을 텐데요."

"받아들였죠. 많이 주저했어요. 이런 얘기를 루퍼트씨에게 했다는 것을 아시면 언짢아하실 거예요. 딸은 이 일을 전혀 몰라요. 이 사실이 딸의 귀에 들어가면 더 곤란해지실 거예요. 다른 얘기지만, 일본 귀족 여인이 온 후에 그녀가 저를 해고했어요."

"나랑 같은 입장이 됐네요. 나한테도 그만두라고 했어요."

"그러실 건가요?"

"아니요. 그녀가 나를 고용한 게 아니잖아요. 해고할 자격이 없어요. 그건 그렇고, 우리 얘기로 돌아가지요. 나는 힐다가 나처럼 무일푼의 힘없고 약하고 의지할 데 없는 독신녀라고 생각하고 청혼했어요. 알고 보니 엄청난 재산가였네요. 나더러 이해력이 부족하다고 했었죠?"

"그런 말 안 했어요."

"지금 우리가 확실한 장면전환 국면에 와 있다는 걸 이해할 수 있을 만큼은 나도 영리해요. 지금까지 꿈꾸어 왔던 힐다와의 관계가 더 이상 이어질 수 없다는 것도 알고요."

힐다가 깍지를 끼고 양손을 꽉 잡았다. 등나무 테이블에 팔꿈치를 올리고 몸을 기울였다. 다행이라는 건지 실망이라는 건지 알 수 없는 표정으로 나를 바라보았다.

"한 번도 트레몬씨가 이해력이 부족하다고 생각해 본 적 없어요."

"트레몬씨가 아니라 루퍼트요."

"좀 독특하다고는 생각했어요. 상황이 바뀌어서 떠나겠다는 건가요? 멜로드라마 대사 같네요. '잘 있어요, 부자 아가씨' 뭐 이런 거요. 그럼 이제 이를 악물고 세상 밖으로 멀리멀리 떠나가서 악착같이 돈을 벌어야지요. 결혼식 날 신부 앞에 돈 다발을 수북이 쌓아 놓을 만큼 벌지 못하면 절대 돌아오지 않겠다고 다짐하면서 말이죠. '가난한 젊은이의 로맨스'를 읽은 이후에 이런 감동은 처음이에요. 이렇게 오만하고 앞뒤가 꽉 막힌 가난한 젊은이를 현실에서 만날 줄은 꿈에도 몰랐네요."

"기대하지 않았던 일들이 살면서 많이 일어나지요. 그런데 내가 오만하게 힐다를 떠나려면 내 청혼에 힐다가 답을 해야 돼요. 받은 게 있어야 거절을 하고 오만을 떨지요. 그러니까 딱 한마디만 해요. 내가 오만하고 가난한 젊은이가 될 수 있게 말이에요. 나와 결혼할 건가요?"

"예스, 예스, 예스, 예스. 원한다면 천 번도 더 할 수 있어요. 가난한 젊은이, 이제 뭐라고 말할 건가요?"

"우리 오늘 당장 결혼해요!"

"네?" 그녀가 깜짝 놀랐다. 팔을 아래로 내리고 몸을 뒤로 젖혔다. 의자가 삐걱거리며 힐다 대신 신음했다. 그녀가 나를 흘겨보았다. 긴 속눈썹에 가려 눈이 반쯤 보이지 않았다. 귀여운 입술에 부드러운 미소가 흘렀다. "너무 서두르시는 거 아니에요?"

"쇠뿔도 단김에 뽑으라잖아요."

힐다가 뭔가 말하려는 순간 헴스터씨가 나타났다. 입구가 봉해진 긴 봉투가 손에 들려 있었다. 온화한 눈빛으로 그가 힐다를 바라보다가 발그스레해진 그녀의 볼을 살짝 비틀었다.

"힐다, 꼬마 아가씨, 지금 같은 모습은 처음 보네. 둘이 무슨 얘기를 했지? 즐거운 일이 있어 보여."

"맞아요," 그녀가 발랄한 목소리로 대답했다. "실라스 K. 헴스터씨가 정말 멋진 분이라는 얘기를 하고 있었어요."

뭔가를 찾아내려는 듯 노신사가 내게로 눈길을 돌렸다.

"힐다, 늙었든 젊었든 멋진 남자를 너무 믿지 말거라. 실망할 수가 있어. 특히 여기 있는 내 심복 비서를 조심해. 내가 아는 사람 중에 최고로 우둔하고 비현실적인 사람이야. 오늘 아침에 어떤 사람이 이 친구한테 25만 불을 주겠다고 했는데 그걸 단번에 뿌리쳤다면 믿을 수 있겠니? 자신이 알고 있는 걸 내게 말하지만 않으면 되는 건데 이 친구는 내게 말하는 것이 도리라고 생각해서 그 금쪽같은 25만 불을 버렸다는 얘기야. 어디 가면 이렇게 멍청한 사람을 또 찾을 수 있겠니?"

"그 금쪽이 뇌물이었다는 사실도 말씀해 주셔야지요. 회장님이었더라도 거절하셨을 겁니다."

"그건 잘 모르겠지만, 그런 돈이 나가사키 여기저기서 막 굴러다니는 건 아니야. 자네는 오늘 운 좋게 찾아냈지만 말이야."

"저처럼 이 요트에 타면 찾을 수 있어요." 힐다가 장난스럽게 말했다.

"이젠 네가 나보다 한 수 위인가 보다." 볼을 꼬집으며 그가 말했다.

"트레몬, 점심식사도 하기 전에 미안하지만, 다시 뭍에 나갔다 와야겠네. 샌드위치로 끼니를 때우더라도 비즈니스는 굴러가야지. 캐머포드는 몇 살이나 됐나?"

"마흔쯤 돼 보였습니다."

"능력이 있어 보이나?"

"그래 보입니다. 저보다는 훨씬 노련해 보였습니다."

"그건 칭찬이 아니지. 이걸 가지고 그에게 가게. 내 최종 제안이야. 그에게도 그렇게 전하게. 예스냐 노냐, 선택은 둘 중 하나야. 흥정이나 수정은 없어. 그가 받아들이면 그와 함께 요트로 오게. 거절하면, 샌프란시스코에 발을 디디기 전에 지구 상에서 없애 버리겠다고 말해 주게."

그가 내게 봉투를 넘겼다.

"자네는 처음부터 이 사업에 관여했으니까 나랑 끝까지 함께 가야 해. 잔심부름을 시켜서 미안하네만, 시카고 특별수송 서비스를 부르기에는 우리가 좀 멀리 있어."

내가 즉시 자리에서 일어나 안주머니에 봉투를 넣었다.

"제가 할 수 있는 건 뭐든지 최선을 다하겠습니다만, 말씀 하셨다시피 저는 흥정에 있어서는 배달원보다 나을 것이 하나도 없습니다."

"자네는 특사야. 그게 자네 임무야. 자네가 캐머포드를 좋아하지 않기 때문에 자네 태도를 보고 그 친구는 우리가 자기를 중요하게 여기지 않는다고 생각할 거야. 힘이 빠지겠지. 스스로 미약한 존재라고 느끼게 되면 쉽게 우리 뜻대로 요리할 수 있어."

내가 웃었다. 힐다도 밝은 미소를 보냈다. 헴스터씨가 둘을 번갈아 보며 고개를 끄덕였다. 내가 얼른 갑판을 가로질러 대기 중인 나프타선으로 향했다.

캐머포드는 내가 올 것이라고 기대하지 않았다. 호텔에 없었다. 그를 찾아 나섰다. 나가사키 거리에 있는 미국식 술집에 그가 앉아 있었다. 독수리 국가 출신들의 외로움을 달래 주고 돈을 버는 술집이었다.

"같이 한잔하시지, 트레몬." 오랜 친구를 만난 듯 그가 웅얼거렸다.

"사양하겠습니다. 미국인이 가져다 놓은 미제 술들을 홀짝이다가 총을 맞을지도 모릅니다. 나는 이 지역을 잘 압니다. 그리고 지금 사업상 이곳에 왔습니다."

"헴스터씨가 나를 만나기라도 하겠다는 말이요?"

"그건 캐머포드씨가 헴스터씨의 편지에 어떻게 답하느냐에 달려 있습니다. 지금 제 주머니에 편지가 있습니다. 호텔로 옮기는 게 좋겠습니다."

"물, 물론이지요." 그가 더듬거리며 대답했다. 긴장과 흥분과 술기운으로 허둥대며 떨었다.

호텔 방에 도착하자마자 캐머포드가 봉투를 요구했다. 봉투를 넘겨받은 그가 허겁지겁 뜯었다. 창가 밝은 쪽에 서서 빠르게 편지를 읽어 내려갔다. 잠시 후 편지와 봉투를 테이블에 올려놓았다. 고개를 뒤로 젖히고 캐머포드가 풋 하고 웃었다. 안도의 웃음으로 보였다.

"알려 드릴 말씀이 있습니다." 기회를 보다가 내가 말했다.
"이 서류는 햄스터씨의 최종 제안입니다. 혹시 받아들이기 어
렵다면…."

"그렇지 않아요, 젊은 친구." 내 말을 끊으며 그가 답했다.
"받아들이냐고? 물론. 그런데, 먼저 트레몬씨에게 사과해야겠
네요."

"그러실 필요 없습니다. 그건 거래 조건이 아닌 걸로 압니다."

"아니, 젊은 친구, 그게 아니야. 내가 진심으로 우러나서 하
는 얘기요. 솔직히 나는 당신을 좀 어설프게 봤었는데 알고
보니 나보다 훨씬 용의주도하네요. 지난번 만났을 때 내가 그
랬지요. 무슨 게임을 하자는 건지 도저히 모르겠다고. 그때 그
걸 눈치채지 못한 내가 참 멍청했어요. 이 방면에서 당신은
천재예요. 노인이 있었기 때문에 이 방법이 가능했지만 말이
죠. 그 빌어먹을 고품격의 정직성을 아주 잘 써먹었어요. 그
노인에게는 그런 것이 잘 먹힐 거예요. 그 사람도 사기꾼 기
질이 있으니까. 좋아요, 젊은이. 카드를 제대로 썼어요. 축하
합니다."

"무슨 말인지 전혀 못 알아듣겠습니다."

"이 편지에 뭐라고 쓰여 있는지 모른다는 건가요?"

"봉투는 봉해진 채로 제게 왔고 봉해진 채로 전달되었습니다. 봉투를 뜯기 전에 캐머포드씨가 편지 내용을 몰랐듯이 저도 모릅니다."

"정말로 재미있는 수수께끼네요. 트레몬씨가 없었다면 세상이 덜 재밌었겠어요. 편지 마지막에 이런 내용이 있어요." 그가 서류의 끝장을 내게 넘겨주었다.

내가 제시하는 마지막 거래 조건은 다음과 같습니다.

귀하가 빌린 돈 50만 달러를 루퍼트 트레몬 명의로 지금 즉시 일본 은행에 입금하세요. 3년간의 이자도 연리 6%로 계산해서 함께 입금하세요. 당장 그만한 금액을 입금할 수 없으면 총액의 절반을 일본 은행에 입금하고, 나머지 절반은 시카코 지인에게 전보를 보내서 시카고 퍼스트 내셔널 뱅크에 입금하세요. 시카고의 내 비서로부터 그곳 은행에 돈이 입금되었다는 전보를 받거나 이곳 은행에 전액을 입금한 증빙서류를 내게 보내 주면 그 즉시 위에 명기한 거래 약속을 이행할 것입니다.

건승을 빌며,
실라스 K. 헴스터

내가 경악했다. 나를 주시하고 있던 그가 내 놀라는 모습을 보고 거짓이 아니라고 판단하는 것 같았다. 그에게 편지를 돌려주었다.

"이런 조건이 있는 줄은 몰랐습니다."

"그러면 말이죠," 그가 들떠서 말했다. "돈을 받는 즉시 나한테 돌려줄 수 있겠지요? 나는 트레몬씨의 도덕성을 믿어요."

"실망시켜 드려 죄송합니다. 지금은 먼저와 다릅니다. 그 돈은 제가 받아야겠습니다."

의외로 그가 호탕하게 웃었다. "농담이오. 신경 쓰지 마시오."

헴스터씨와의 사업을 성사함으로써 그가 얻는 이익이 엄청나므로, 내게 주는 돈 정도는 별것 아닌 걸로 여긴다는 생각이 들었다.

"헴스터씨의 제의를 받아들인다는 답장 한 장 써 주시겠습니까?" 내가 일어서며 말했다.

"물론이지요." 양복 조끼 주머니에서 그가 최고급 만년필을 꺼냈다. "트레몬씨는 아주 예의 바른 사절이에요. 두 번 다시 보고 싶지 않은 사절이기도 하구요."

그가 빠르게 몇 글자를 적어 봉투에 넣고 내게 주었다. 문 앞까지 배웅하면서 그가 계속 내 어깨를 툭툭 쳤다. 잠깐이었지만 그 행동이 나를 꽤 불편하게 했다.

"트레몬씨는 확실히 나보다 단수가 높아요. 나도 늘 그 돈에 대해 생각하고 있었지만, 이렇게 빨리, 그것도 이렇게 많은 이자를 붙여서 갚게 될 줄은 몰랐네요. 아무튼 그때 나는 그 돈이 필요했고 가장 적절한 곳에 썼어요. 잘 가요, 옛 친구. 내일은 부자가 될 거예요."

"오늘 부자가 될 겁니다, 캐머포드씨."

⓴
50만 불 더하기 50만 불

요트에 오르자마자 헴스터씨에게로 가 캐머포드의 편지를 전달했다. 노신사가 봉투를 열어 편지를 읽고 책상에 올려놓았다.

"회장님," 생각지도 않았던 큰돈이 생긴 탓인지 순간적으로 감정이 북받쳐 내 목소리가 떨렸다. "오늘 베풀어 주신 은혜에 어떻게 감사를 드려야 할지 모르겠습니다."

"아, 됐네, 됐어!" 귀찮다는 듯 그가 퉁명스럽게 대답했다. "이제 자네한테 필요한 건 후견인이야."

"제 생각에는 이미 한 사람 찾은 것 같습니다."

노신사가 얼른 나를 올려다보았다.

"그래? 내 예감이 맞았어. 축하하네. 힐다도 축하하고. 아주 좋은 후견인을 구했어. 나한테 감사는 그만하고 얼른 힐다에게 가서 좋은 소식을 전하게."

방을 나와 힐다에게로 갔다. 그녀와 함께 갑판으로 올라갔다. 우리가 있었던 자리에 등나무탁자와 의자 두 개가 그대로 놓여 있었다. 불의의 침공을 받고 씁쓸하게 헤어져야 했던 장소이기도 했지만, 힐다와 함께 있으면서 정이 든 자리이기도 했다.

"왠지 이 자리가 좋아요. 그런데 경험상, 우리가 대화를 시작할 때쯤이면 회장님이 나를 육지로 보내거나 그분의 딸이 힐다를 방으로 보낼 것 같네요."

"당장 그럴 가능성은 없어요. 회장님은 정신없이 바쁘시고 딸은 나가사키에서 안 돌아왔어요. 그나저나 루퍼트씨는 여기서 저와 노닥거릴 게 아니라 사무실로 가서 왕초를 도와야 하는 거 아니에요?"

"지금 왕초의 명령을 수행하는 중이에요. 그분이 나더러 힐다에게 모든 얘기를 하라고 했어요."

"모든 얘기요?"

"아까 내가 떠난 후에 우리 얘기를 회장님께 했나요?"

"전혀요. 회장님이 루퍼트씨에 대해 말씀하셨어요. 루퍼트씨에 대한 제 생각을 떠보려고 하셨는데 그분답지 않게 좀 어색해 보였어요. 남자의 유혹을 조심하고 쉽게 마음을 주지 말라고 하시면서 제가 명심해야 할 좋은 얘기들을 많이 해 주셨어요. 이미 늦어 버린 충고라고 말씀드리고 싶었지만, 잘됐다고 하실지 역정을 내실지 알 수가 없어서 잠자코 있었어요. 우리의 결정을 루퍼트씨가 알려 드렸으면 좋겠지만, 회장님께는 아무래도 제가 직접 해야 하겠지요. 뭐라고 말을 꺼내야 할지 걱정스러워요."

"내가 말할게요. 아니, 벌써 말씀드렸어요."

"정말요? 뭐라고 그러세요?"

"회장님이 먼저 제게 후견인이 필요하겠다고 하셨어요. 이미 찾았다고 했지요. 무슨 말인지 금방 눈치채셨어요. 좋은 선택을 했다고, 축하한다고 하셨어요. 얼른 힐다에게 가서 모든 얘기를 하라고 하셨어요."

"모든 얘기가 뭔데요? 아까도 물었잖아요."

"신혼살림을 차리는 데 필요한 돈이요. 회장님은 50만 불이 넘게 필요할 거라고 하셨어요."

캐머포드의 돈 얘기를 꺼내지 않고 내가 농담을 던졌다. 힐다가 못마땅한 듯 눈살을 찌푸리고 등받이에 몸을 기댔다.

"그분이랑 그런 얘기를 했다는 건가요?" 힐다가 강한 어조로 말했다.

"가장 중요한 문제 아닌가요?"

"그렇긴 하지요."

"그분도 그렇게 생각하셨어요. 억세게 운 좋게도 내가 돈을 쉽게 구했다고 하셨어요."

"쉽게요? 정말 그러셨어요?"

"그럼요. 아주 기뻐하셨어요. 나도 그랬고요."

"그 말을 들으니 저도 한없이 기쁘네요." 내 농담을 눈치채지 못하고 힐다가 비꼬듯 말했다.

"그럴 거라고 회장님도 그러셨어요. 나더러 엄청난 행운아래요. 내가 생각해도 그런 것 같아요. 정말 뜻밖이에요. 꿈에도 생각하지 못했는데 큰돈이 생겼어요. 몇 마디 말 덕분에요. 정말 신나서 믿어지지 않아요."

힐다가 팔짱을 끼고 등을 기댄 채 꼼짝도 하지 않았다. 인상이 굳어지고 눈가에 수심이 깊어졌다.

"몇 마디 말 덕분에!" 혼잣말하듯 그녀가 중얼거렸다.

"맞아요. 정말로 몇 마디 솔직한 말 덕분이었어요. 그 몇 마디가 나를 부자가 되게 만들었어요. 회장님께는 별거 아닐지 몰라도 내게는 아주 중요한 돈이에요."

"그 돈이 그렇게도 중요하군요. 인생의 가치를 돈에 두고 있는 것 같아요."

"물론 그건 아니지요. 아무튼 오늘이 내 생애 최고 행운의 날이 될 거예요."

"그래요? 돈 때문에요?"

"힐다, 돈이 꼭 필요하다는 건 알잖아요."

"알지요. 그래서 회장님도 트레몬씨가 돈을 차지하게 된 걸 다른 무엇보다 기뻐하셨군요."

"그게 아니고 그분은 내 행운을 진심으로 기뻐하셨어요. 당연한 거 아닌가요?"

"돈 때문에요?" 그녀가 같은 말을 되풀이했다.

"이런 행운은 날이면 날마다 오는 게 아니에요."

"단지 몇 마디 말 덕분에요."

"그래요. 적절한 때에 적절한 말을 사용하면 기회와 행운을 잡을 수 있어요. 성공도 따라오고요."

"트레몬씨의 성공은 따 놓은 당상이네요. 당신에게 바보라고 했던 사람들은 실수한 거예요. 그들이 바보지요. 그렇지 않나요?"

"맞아요. 그들이 바보라는 게 입증됐어요."

"그게 좋아서 회장님과 사무실에서 돈 이야기를 한 건가요?"

"그 얘기로 대화가 시작됐지요. 내가 먼저 돈 얘기를 꺼냈어요. 그분이 해 주신 것에 대해 진심으로 감사를 표했지요."

"아주 잘하셨네요. 그분이 아니었으면 트레몬씨를 기쁘게 해 준 그 돈도 없었을 테니까요."

"그게 바로 내가 한 말이에요. 헴스터씨가 아니었으면 한 푼도 생기지 않았을 거라고 말했어요."

"그러면," 힐다의 목소리가 떨렸다. 가슴이 찡해 왔다. 보석 같은 두 눈에 이슬이 맺혔다. "돈에 대해 더 이상 할 얘기가 없어졌을 때 내 얘기를 한 거네요. 내게도 관심을 가져 주셔서 정말로 감사해요. 트레몬씨가 돈을 그만큼 중요하게 생각하는 줄 알았으면 제가 그때 더 정확하게 말할 걸 그랬어요. 제가 받은 주식이랑 이자가 전부 얼마인지 말이에요. 트레몬씨는 50만 불이 넘게 필요하다고 액수를 확실히 밝혔는데 말이죠. 괜찮으시다면 이제 아래로 내려가야겠어요."

"아니요, 괜찮지 않아요. 할 말이 더 있어요."

"지금은 얘기하고 싶지 않아요. 모든 걸 다시 생각할 때까지 아무 말도 하지 말아 주세요. 머리가 빨리 돌아가는 분이니까 잘 아실 거예요."

"머리가 빨리 돌아간다고 말한 적 없어요. 힐다, 여기 좀 앉아 봐요. 부탁이에요. 이대로 힐다를 보낼 수 없어요."

보석에서 물기가 사라지고 섬광이 일었다.

"트레몬 선생님," 그녀가 정색하며 말했다. "상태를 점점 악화시키고 있어요. 나를 조금이라도 생각한다면 내가 트레몬 씨를 찾을 때까지 아무 말도 하지 마세요."

"5분이면 돼요. 그러면 모든 걸 이해하게 될 거예요. 날 믿어 봐요. 내기할래요?"

"그런 농담은 이젠 식상해요. 내가 들어가고 싶어 하는 걸 모르겠어요? 할 말 다 하지 않았나요? 그만하면 됐잖아요. 내게 돈이 한 푼도 없는 게 나을 뻔했어요. 그러면 당신에게 돈 얘기도 하지 않았을 거고요."

선을 넘어 너무 멀리 왔다. 딜레마의 늪에 빠졌다. 자신이 대단한 익살꾼인 줄 착각하는 멍청이들이나 하는 짓을 내가 했다. 보석에 그렁그렁 눈물이 다시 고였다. 농담이 끝을 향해 가는 순간에 총체적 위기가 찾아왔다. 어떻게든 위기를 넘기고 해피엔딩으로 가야 했다. 지금까지 내가 한 말은 모두 내 돈에 관한 것이지 힐다의 돈을 말한 것이 아니라고 이젠 털어놔야겠다고 마음먹었다. 나의 우둔함을 불쌍히 여기사 용서해 줄 거라고 생각했다. 내 경솔한 행동으로 그녀의 소중한 감성을 해친 것에 대해서는 결과를 달게 받을 각오를 했다.

"힐다," 목소리를 가라앉히고 내가 진지하게 말했다. "힐다는 내 행운이 달갑지 않은가 봐요. 힐다도 나처럼 기뻐할 줄 알았어요. 오늘 아침에 우리가 만났을 때만 해도 나는 완전 빈털터리였어요. 회장님이 얘기했다시피 나는 힐다를 만나기 한 시간 전에 25만 불의 뇌물을 거절했었어요. 그 액수는 캐머포드가 내게서 강탈해 간 돈의 절반이에요. 오전에 힐다와 함께 있을 때 회장님은 나를 통해 그에게 짧은 편지를 보냈어요. 회장님의 몇 마디 덕분에 그가 50만 달러 전액과 6% 연리 3년 치를 합쳐서 내게 돌려주기로 했어요. 엄청난 행운에 내가 얼마나 기뻤을지 상상해 봐요. 이제는 아무도 내가 힐다의 돈에 반해서 청혼했다고 말할 수 없어요. 나는 무척 고무돼 있는데 힐다는 그다지 반갑지 않은가 봐요."

힐다의 눈이 보름달만 해졌다가 하현달로 기울더니 스르르 의자 속으로 몸을 파묻었다.

"루퍼트씨," 그녀가 다시 입을 열었다. 나를 부끄럽게 했던 두 눈에는 곤혹이 담겨 있었다. "지금 무슨 말을 하는 거예요? 제가 꿈을 꾸는 건가요? 50만 불이 어떻게 됐다고요? 제 재산은 10만 불의 서너 배쯤 된다고 얘기했었죠. 그걸 루퍼트씨가 대충 50만 불이라고 생각하는 줄 알았어요. 그런데 그게 아니라 다른 50만 불이 있다고요?"

"내가 힐다의 돈을 탐냈다고 생각한 건 아니겠죠?"

당황하는 빛이 역력했다. 초점을 흐린 눈으로 생각에 잠겼

지만, 생각의 초점도 흐린 것 같았다. 어디부터 뭐가 잘못됐는지 알아내려고 대화를 거슬러 올라가 더듬는 중이었다. 드디어 깨달음의 시간이 왔다. 있지도 않은 실수를 힐다가 확실히 깨달았다. 그녀가 고개를 들어 나를 봤다. 특유의 온화한 표정이 되살아났다. 테이블 위 내 손에 힐다가 자신의 양손을 포갰다.

　"루퍼트씨, 저를 용서해 주세요. 제가 오해했어요."

　'오, 하느님 감사합니다.' 내가 쾌재를 불렀다. 얘기가 내 쪽으로 잘 풀려 가고 있었다.

"힐다, 내가 잘못을 저질렀어도 용서해 줬겠죠?"

"그럼요, 물론이죠, 정말이에요." 그녀가 빠르게 대답했다. 상황은 종료됐고, 더 이상 사실 고백을 하는 위험을 감수할 까닭이 없었다. 남자라는 동물은 얼마나 우둔하고 이기적인 가. 매일매일 용서를 구하며 평생을 살아야 하는 것이 남자가 아닌가 하는 생각이 들었다.

"행운에 대해서 자세히 얘기해 주세요." 정신이 돌아온 힐다가 말했다. 자신만만하게 내가 설명을 시작했다. 이번에는 쓸데없이 살얼음판으로 들어가지 말아야겠다고 마음먹었다. 거기서 기어 나오기가 너무나도 힘들었다.

즐겁게 이야기를 하던 중 나프타선 소리가 들렸다. 잠시 후 거트루드 햄스터가 갑판 트랩에 나타났다. 작은 일본 귀족이 뒤를 따랐다. 그녀가 일본 친구에게 몇 마디를 하고는 갑판 아래로 사라졌다. 일본 여성이 짧고 빠른 걸음으로 우리에게 와 옥타브 높은 그 나라 억양으로 힐다에게 말했다.

"미스 스트레토느, 아가씨께소 지금 바로 보자고 하시무니다." 왔던 길을 그녀가 종종걸음으로 되돌아갔다. 힐다가 즉시 자리에서 일어났다.

"가지 말아요." 내가 막았다. 양손으로 나를 살며시 잡으며 그녀가 부드럽게 웃었다.

"재밌지 않아요? 루퍼트씨와 내 재산을 합치면 우린 백만 장자예요. 그런데 아직도 노예처럼 주인이 시키면 시키는 대로 해야 해요. 그래도 우리는 다른 노예들과는 달라요. 성경에서처럼 '여호와여, 언제까지입니까?'를 외칠 필요는 없으니까요. 안 그래요?"

"평생 그럴 일 없을 거예요. 축제의 날들이 다가오고 있어요." 떠나려는 그녀를 품으로 당기며 내가 말했다.

"선장이 보고 있어요." 그녀가 놀라 속삭였다.

"선장은 우리 편이에요. 그분도 젊었을 때 이런 거 다 해봤…."

말을 멈추고 그녀에게 입술을 포갰다. 힐다가 몸을 흔들어 빠져나가 빠르게 달아났다. 얼굴이 장밋빛으로 변했다. 선교에서 힐긋힐긋 보고 있던 선장이 등을 돌렸다. 선교는 언제나 선장의 자리다. 배가 가거나 서거나 그는 항상 거기에 있었다. 케이프 코드 출신의 진짜 사나이가 나는 좋았다.

㉑ 미시간호 습격 사건

또 하루가 밝았다. 그날은 내가 요트에 오른 이후 가장 험악한 날이었다. 숱한 사건을 치렀지만, 어떤 것도 그날의 사건보다는 덜 했다. 절체절명의 위기가 우리에게 닥쳤다. 기적이 없었다면 위기를 벗어날 수 없었을 것이다. 아니다. 그보다는, 내가 무한한 애정을 가졌던 진짜 사나이가 없었다면 위기에서 빠져나올 수 없었다고 해야 옳다. 그의 기지와 배짱이 우리를 살렸다. 케이프 코드가 그런 사람을 조금 더 많이 배출했더라면 그곳은 세계적인 영웅 타운이 되었을 것이다.

아침 일찍 나가사키 호텔로 갔다. 세 번째 방문이었다. 존 캐머포드를 만나 요트로 함께 왔다. 그가 일본 은행에 내 명의로 전액을 예치했냐고 했다. 점심 공이 울릴 때까지 햄스터씨는 그와 함께 사무실에 있었다. 문을 닫고 둘만의 비밀 회담이 계속되었다. 점심때 캐머포드가 식사 테이블에 초대되었다. 사교성이 뛰어난 그가 여러 차례 나를 옛 친구라고 불렀다. 미국 애팔래치아와 캐나다 낚시터에서 나와 함께했던 시간을 실제보다 훨씬 해학적으로 표현하며 너스레를 떨었다. 나를 빗대어 영국인에 관한 농담을 하기도 했다. 오후 세 시경 흡족한 마음으로 그가 요트를 떠났다. 우리 나프타선이 그를 해안까지 데려다주었다.

캐머포드를 보내고 다 함께 갑판에서 햇살을 즐겼다. 그날의 험악한 사건은 바로 그때 일어났다. 힐다와 나는 언제나처럼 전용 등나무의자에 앉아 있었다. 모두가 우리 사이를 알게 되었기 때문에 눈치 볼 이유가 없었다. 헴스터양과 일본 귀족은 맞은편 갑판을 오르내리며 걸었다. 간간이 그들의 말소리가 들려왔다. 헴스터양이 일본어를 배우는 중이었다. 그녀와 우리 사이의 냉기류는 이제 거의 걷혔다. 헴스터양은 냉정과 침묵을 지키면서 상관으로서의 품위를 찾으려고 노력했다. 그러한 변화가 계속된다면 조만간 그녀와 격 없는 대화를 시도해 볼 생각이었다. 노신사는 자기의 독점 의자에 앉아 두 발을 레일에 올리고 특허 포즈를 취했다. 잠시 후 일어난 경악스러운 사건에도 그는 꼼짝하지 않고 특허 자세를 유지했다. 경이로운 일이었다. 나중에 그가 이렇게 말했다. "그런 사건을 처리하는 건 선장 일이지 내 몫이 아니야. 난 선장을 믿었어." 헴스터씨 믿음대로 선장은 그의 기대를 저버리지 않았다.

나가사키항은 세계 각 나라 선박들로 언제나 붐볐다. 수많은 여객선과 화물선들이 끊임없이 들어오고 떠나갔다. 항구는 잘 관리되고 있어서 주변 선박들을 경계하거나 신경 쓸 필요가 없었지만, 우리처럼 닻을 내리고 시동을 끈 채 물결에 흔들리고 있는 상태에서 다른 선박이 우리를 향해 의도적으로 돌진해 온다면 속수무책으로 손 쓸 방도가 없었다.

우리 요트는 뱃전을 나가사키 쪽에 두고 정박해 있었다. 힐다와의 달콤한 밀어에 빠져 그때 내 눈과 귀에는 아무것도 들어오지 않았다. 선장이 메가폰을 잡고 악을 쓸 때까지도 나는 무슨 일이 일어났는지 알지 못했다. 벼락같은 선장의 고함을 듣고서야 내가 놀라 일어나 주위를 훑었다. 크고 검은 투박한 배 한 척이 우리를 향해 똑바로 달려왔다. 즉시 방향을 바꾸지 않으면 요트는 정확히 두 동강이 날 판이었다. 선박의 국적을 확인한 선장이 내게 소리쳤다.

"중국말로 '방향 틀어.'가 뭐야?"

내가 그에게로 달려갔다. "메가폰 이리 줘요."

선장이 메가폰을 아래로 던졌다. 다가오는 선박을 향해 중국어로 악을 써 경고했지만, 먹혀들지 않았다. 검은 배에는 아무도 보이지 않았다. 선장도 선원도 없는 시커먼 고아가 괴물처럼 무섭게 달려들었다. 괴물은 가까워질수록 점점 자라나 엄청난 크기로 요트를 덮쳐 왔다. 우리를 구할 수 있는 건 하늘 아래 아무것도 없어 보였다. 그런데 천만다행으로 하늘 아래 딱 두 가지가 있었다. 행운과 선장이었다.

때마침 요트 뒤쪽으로 예인선 한 척이 빠른 속도로 들어왔다. 행운이었다. 선장이 한 뭉치의 로프를 들고 갑판에 서서 로프의 한쪽 고리를 잡았다. 행운선이 다가왔다. 그가 로프 고리를 빙빙 돌렸다. 예인선에는 아무 말도 하지 않았다. 순간 포착을 한 선장이 행운을 향해 로프를 힘껏 날렸다. 고리가 정확하게 예인선 선미재에 쇠고랑처럼 얹혔다. 동시에 선장이 다른 한쪽 끝을 요트 쇠말뚝에 휘감았다.

"엎드려, 여자들, 당장!" 쇠말뚝에 발을 딛고 등을 뒤로 젖힌 채 로프를 감아 돌려 움켜잡고 그가 다급하게 소리쳤다.

힐다가 즉시 엎드렸다. 헴스터양과 일본 여성은 어리둥절한 채 그대로 서 있었다. 일본 여인이 헴스터양의 팔을 끌어안았다. 내가 후다닥 뛰어가 헴스터양을 잡았다. 낙상을 막으려고 안간힘을 쓰다가 셋이 줄줄이 겹쳐 넘어졌다. 다행히도 내가 맨 밑에 깔렸다. 선장의 로프가 막대기처럼 탱탱하게 당

겨졌다. 끊어지지 않는 한 예인선 뱃머리가 하늘로 솟아오르
거나 우리 요트가 획 돌아갈 판이었다. 선장의 의도대로 요트
가 획 하고 돌아갔다. 그 순간 검정 괴물이 요트의 측면을 드
르륵 긁으며 쏜살같이 스쳐 갔다. 요트가 균형을 잃고 크게
휘청거리면서 360°를 돌아 원래 자리로 돌아왔다. 배나 사람
이나 다행히 큰 상처를 입지는 않았다.

순식간에 해안에 다다른 고아 선박이 천천히 선회해 뱃머
리를 바다 쪽으로 돌렸다. 부두를 빠져나가려는 줄 알았는데
그곳에 정박하고 닻을 내렸다. 아직도 괴물 갑판에는 아무도
보이지 않았다. 요트에서 500m 정도 떨어진 거리였다.

내가 두 여성을 도와 일으켰다. 다치지 않았는지 물었다.
햄스터양이 미소로 감사를 표하면서 다치지 않았다고 했다.
일본 여성은 내가 달갑지 않다는 반응이었다. 힐다에게로 관
심을 돌렸다. 놀라고 두려워 얼굴이 창백했다. 햄스터씨 의자
는 난간에 긁혀 상처가 난 채 돌아가 있었다. 의도하지 않았
겠지만, 두 발도 어쩔 수 없이 난간에서 떨어졌다. 그것도 잠
시, 어느새 그는 원래 자세로 돌아가 사건 전의 특허 포즈를
그대로 잡았다. 입에서는 여전히 불붙지 않은 시가가 빙글빙
글 돌아갔다. 선장은 화가 치밀어 얼굴이 벌건 채 엉거주춤
우스꽝스러운 자세로 식식거렸다. 쌍욕을 바가지로 퍼붓고

싫었겠지만, 여자들 때문에 그러지도 못했다. 풀리지 않은 분을 삭이느라 그가 이를 악물었다. 힐다가 선장의 심정을 읽고 웃으며 말했다.

"우리 신경 쓰지 말고 할 말 다 하세요. 우리도 같은 심정이에요."

정박해 있는 검정 괴물에 대고 선장이 큰 주먹을 날리며 소리쳤다. "야, 이 빌어먹을! 일부러 그랬지? 사고가 아니야. 빌어먹을!" 주변을 둘러보다가 선장이 목소리를 낮추고 말했다. "미안해요, 아가씨들. 저 무식한 것들이 우리를 죽이려고 했어요. 이 촌구석에도 법이 있는지 모르겠지만, 내가 저것들을 감옥에 처넣을 거예요. 찢어 죽일 놈들! 이해해요, 아가씨들."

헴스터씨가 조용히 의자를 뒤로 밀었다. 그곳이 의자가 있던 원래 위치였다. 난간에 발을 얹고 그가 선장에게 오라고 손짓했다. 성난 영웅이 그에게로 갔다. 아무 일도 없었다는 듯 노신사가 차분하게 말했다.

"욕해 봐야 소용없어. 자네는 유능한 선장이야. 모자라는 사람들 욕할 필요 없네. 30초 만에 자네는 만 불을 벌었어. 모자란다고 생각되면 더 줄 수도 있고."

"낭지 않은 말씀이십니다." 선장이 펄쩍 뛰었다. "운 좋게

로프가 제대로 날아갔을 뿐입니다."

"욕을 더 퍼붓고 싶겠지? 책임자를 잡아서 두들겨 패고 싶을 거야. 트레몬과 함께 나프타선에 오르게. 금덩어리는 어느 나라에서든 통하지만 언어는 아니지. 트레몬이 통역할 거야. 중국 선박으로 가 책임자를 찾아서 왜 그랬는지 알아보고 욕을 하든 두들겨 패든 하고 싶은 대로 해. 이유를 알고 난 후에 내가 적절한 조치를 취할 걸세. 법으로 안 되면 해적을 고용해서 목이라도 따야지. 어떻게든 이 일의 끝장을 보고 말 거야."

선장과 내가 나프타선을 타고 중국 선박으로 가 주위를 두어 바퀴 돌았다. 인기척이 없었다. 타고 오를 사다리나 로프도 보이지 않았다. 소리를 쳐 사람을 불렀지만, 메아리조차 없었다. 선장이 닻 체인을 거머잡더니 그것을 밟고 오르기 시작했다. 나이가 무색하게 민첩했다. 선장이 한 것처럼 나도 체인을 밟고 올라갔다. 보는 것처럼 쉽지 않았지만, 선장의 뒤꿈치가 보일 때까지 따라갔다. 갑판 난간을 넘으면서 선장이 빠르게 권총을 뽑아 두 발을 쏘았다. 공포의 비명이 들렸다. 갑판에 얼굴을 박고 엎드려 있던 선원들이 놀라 일어났다. 손에 쥔 칼과 무기들이 빛을 받아 번쩍였다. 선장의 권총이 다시 불을 뿜었다. 칼이 총을 이길 수 없었다. 싸움이 시작되기도 전에 그들이 무기력하게 무너졌다. 선장과 내가 갑판에 무혈입성했다. 총에 겁먹은 선원들이 한 구석에 모여 웅크렸다. 선장의 리볼버가 사망자를 내지는 않았지만, 두 사람이 상처를 입고 바닥에서 신음했다. 나머지는 비명마저 삼킨 채 떨군 고개를 맞댔다. 모두 곧 죽을 거라는 공포에 빠져 있었다.

"선장은 어디 있나?" 그들 언어로 내가 물었다. 서너 명이 고갯짓으로 후갑판의 갑판실을 가리켰다.

"가서 데려와." 꼴이 좀 나아 보이는 선원에게 말했다. 그가 일어나 갑판실로 가 한 남자를 데려왔다. 벌벌 떨고 있었다. 자신이 선장이라고 했다.

"왜 그랬나? 우리를 죽이려고 했나?"

그가 양손을 펴서 흔들며 어쩔 수 없이 일어난 사고라는 제스처를 보였다.

"그럴 리가 없어." 내가 단호하게 말했다.

조타장치가 고장 나서 배를 조종할 수 없었다고 그가 답했다.

"그러면 왜 엔진을 멈추지 않았나?" 다시 물었다.

너무 당황한 나머지 공황 상태에 빠져 아무것도 생각할 수 없었다고 했다. 기관사도 갑판으로 뛰어 올라가 엔진을 멈출 사람이 없었다는 것이었다. 거짓말이 분명했다. 그가 거짓말을 하고 있다고 내가 선장에게 말했다. 선장이 옆에 있던 선원의 이마에 총구를 들이댔다.

"다시 물어 보시게."

다시 물었지만, 답은 같았다. 선원들이 공황 상태였다는 말만 되풀이했다. 더 이상 아무것도 끌어낼 수가 없었다.

"소용이 없는데요. 총을 맞아도 어쩔 수 없다고 생각하는 것 같아요. 무리를 하나씩 다 쏘아도 진실을 알아내지 못하겠어요. 그래도 권총에 겁을 먹고 있으니까 지금처럼 총으로 묶어 놓고 계세요. 제가 갑판실을 샅샅이 뒤져 보고 오겠습니다. 항해사들이 어딘가에 있을 겁니다."

"그건 안 되네. 믿을 수 없는 족속들이야. 저 시키면 갑판실에서 시퍼런 칼을 들고 우리를 노리는 놈들이 있을 거야. 직접 가지 말고 여기 선장 놈을 보내서 항해사들까지 모두 데려오라고 하시게."

"이 배에 항해사가 몇 명이나 있지?" 중국인 선장에게 물었다.

다섯 명이 있다고 했다.

"모두 갑판으로 데려와."

그가 선원 중 한 명에게 가서 모두 데려오라고 지시했다. 선원이 즉시 갑판실로 갔다. 다섯 명의 항해사가 주눅 든 형상으로 갑판에 나타났다. 그들로부터도 알아낼 게 아무것도 없었다. 우거지상으로 우리를 쳐다볼 뿐 묻는 말에는 아무 대답도 하지 않았다. 무언가를 물으면 하나같이 자신들의 선장을 바라보았다. 힐끔힐끔 내 눈치를 보았지만, 아무도 입을 열지는 않았다.

"선장님, 저자들을 모두 상갑판으로 몰아 놓지요. 혹시 한꺼번에 행동을 하려고 해도 거기서는 도르래랑 권양기 같은 장치들 때문에 쉽지 않을 겁니다. 선장님은 갑판에서 리볼버 두 자루를 겨누고 저들을 감시하세요. 중국인 선장과 항해사들은 선장님이 중국어를 알아듣는 줄 알아요. 선원들에게 섣불리 행동 명령을 내리지 못할 겁니다. 저는 갑판실로 가서 다른 책임자가 있는지 확인해 보겠습니다. 이 자가 선장이라는 게 믿어지지 않아요."

나 혼자 갑판실에 가는 것을 꺼리면서도 선장이 마지못해 동의했다. 중국 선원들에게 일렬로 앞으로 가라고 내가 명령했다. 꽁무니에 중국 선장, 항해사들을 줄줄이 세워 난간을 따라 걷도록 했다. 우리 선장은 양손에 권총을 들고 그들을 경계했다. 나도 권총으로 무장하고 갑판실로 갔다. 아래로 세 걸음을 옮겼다. 안에 누군가가 있다면 매우 위험한 상황이었다. 갑판실에는 창문이 없었다. 열린 문을 통해 한 줄기 빛이 흘러 들어갔다. 내가 몸으로 문을 막고 섰기 때문에 뚜렷한 사람 그림자가 안쪽으로 길게 늘어졌다. 무기를 가진 누군가가 숨어 있다면 나는 너무나 쉬운 사냥감이었다. 빠른 동작으로 몇 발 더 내려가 안쪽 벽으로 몸을 숨겼다. 처음에는 아무도 없는 것처럼 보였다. 눈이 어둠에 적응되고 자세히 살펴보니 두 면의 벽을 따라 무언가가 움직인 자국이 있었다. 자국을 따라 눈길을 옮겼다. 자국 끝에 웅숭그린 한 남자가 보였다. 놀랍게도 내가 아는 사람이었다.

"아니, 헌오 총리대신!" 권총으로 그를 가리키며 내가 소리쳤다. "우리 목숨을 가져가려고 했던 사람이 총리였단 말입니까?"

그가 바닥에 주저앉아 순한 눈을 껌벅이며 나를 올려다보았다.

"일어나 의자에 앉으세요. 얘기를 좀 해야겠어요." 총리에게 말하고는 내가 문 앞으로 가 선장에게 소리쳤다. "코레아 총리가 여기 있어요. 사건의 실마리가 풀릴 것 같습니다. 총리와 잠시 이야기하고 가겠습니다. 총소리가 들리지 않으면 별일 없는 걸로 아세요."

"알았소. 여기 악당들은 내가 잘 지킬 테니까 알아서 처리하고 오시오." 선장이 씩씩하게 대답했다.

"헌오 총리," 그에게로 돌아서며 내가 말했다. "그렇게 위험한 장난을 한 이유가 뭡니까?"

"트레몬씨, 나는 불쌍한 사람입니다."

"나도 그렇게 생각합니다. 사실을 털어놓지 않으면 우리 선장한테 목숨이 날아갈 테니까요."

"내 목숨은 이미 내 것이 아닙니다." 그의 말에 진심이 묻어났다. "내 가족과 친척들은 지금 모두 대궐에 볼모로 잡혀 있습니다. 황제께서 후궁으로 점찍은 백인 여성을 데려가지 못하면, 내 식구와 일가친척은 대궐에서 목이 떨어집니다."

"요트가 동강 나고 우리가 바다에 빠지면 어떻게 백인 여성을 데려가려고 했습니까?"

"다이빙 전문가들을 데리고 왔습니다. 그들이 백인 여성을 건져 낼 계획이었습니다. 그리고 정말로," 그가 다급하게 덧붙였다. "다른 사람들도 모두 건져 주려고 했습니다. 그 후 여성만 데리고 돌아갈 생각이었어요."

"무모하고 멍청한 짓을 했네요."

"제가 짠 게 아닙니다. 전 명령을 받고 왔을 뿐입니다. 황제께서는 미국 왕의 전함을 침몰시키라고 하셨습니다. 우리 바다에 다시 올 수 없게 말이지요."

"황후가 살해되었다는 건 사실인가요?"

"그렇습니다. 왜놈들 짓입니다."

"일본 공사는 아니라고 펄쩍 뛰었다는데요."

"겉 다르고 속 다른 얍삽한 족속들입니다."

"그렇군요."

"이게 모두 당신 탓이에요. 트레몬씨가 그 아가씨를 대궐로 데려오지 않았으면 나는 지금 서울에서 식구들과 편안하게 잘살고 있을 거예요. 우린 오래전부터 친구였어요. 당신네 나라는 언제나 친구 편에 선다고 들었어요. 그런데 그게 아닌 것 같아요. 트레몬씨는 날 도울 수 있어도 그렇게 하지 않을 거예요."

"내 잘못이 크지요. 총리가 우리에게 많은 도움을 준 걸 잘 압니다. 도울 수 있는 일이 있으면 기꺼이 도와 드리지요."

"그렇게만 해 주시면 트레몬씨를 큰 부자로 만들어 드릴게요."

내가 뭘 원하는지 알았다는 듯 만면에 희색이 돌며 그가 말했다. 코레아 총리가 협상에서 꺼내는 마지막 카드는 언제나 돈이었다.

"돈은 필요 없습니다. 돈으로 총리를 도울 수 있다면 원하는 만큼 내가 줄 수도 있습니다. 어떻게 도우면 되는지 얘기를 하세요. 필요하다면 총리와 함께 서울로 가서 황제께 성은을 빌거나 뇌물을 바칠 수도 있어요."

"그런 건 소용없습니다. 어떤 뇌물로도 성은은 베풀어지지 않습니다. 트레몬씨가 대궐을 떠나자마자 내 목은 떨어져 나갈 것이고 내 가족도 나를 따라오거나 노예가 될 겁니다."

지금까지 정황으로 보아 그의 말을 충분히 수긍할 수 있었다.

"그러면 어떻게 해야 하나요?"

"방법은 하나밖에 없습니다. 백인 여성을 이 배로 데려오는 겁니다."

"그녀를 납치하겠다고요? 말도 안 됩니다. 나가사키 항구에서 그런 일은 절대로 일어날 수 없습니다. 나가사키가 아니라 제물포라고 해도 그렇게는 안 됩니다. 천하의 바보 같은 생각입니다."

"그러면" 헌오가 비통하게 말했다. "나와 우리 가족은 다 죽습니다. 우리 영혼은 죽어서도 하늘로 가지 않고 당신 앞에 맴돌 겁니다. 사악한 백인 여인을 서울로 데려온 죗값입니다."

그의 비탄이 내 심금을 울렸다. 모두가 사실이기 때문이었다.

"납치 계획이 성공한다고 해도 총리와 식구들의 목이 떨어져 나가기는 마찬가지입니다. 미국과 영국의 막강한 군대가 가만히 있지 않을 것입니다. 그들이 움직이면 궁궐뿐 아니라 서울 전체를 30분 안에 세계지도에서 없애 버릴 수 있습니다. 괜히 엄포를 놓는 게 아닙니다. 엄연한 사실입니다. 나를 믿어야 합니다. 황제가 그걸 모를 정도로 어리석은가요? 아니면 총리가 황제께 진실을 보고할 용기가 없는 건가요? 황제께 사실을 아뢰고 마음을 바꾸시게 해야 합니다. 그것만이 모두가 살길입니다."

"내 말을 믿지 않으실 겁니다. 지금 황제 마음속에는 백인 여성밖에 없습니다. 여성을 데려가는 것 말고는 아무것도 먹히지 않을 겁니다."

"다른 방법도 있어요. 제가 당장 미국이나 영국 공관에 지원을 요청하는 건 별 소용이 없을 겁니다. 자국민이 실제로 위기에 처했을 때만 그들은 움직이니까요. 대신에 여기 현지인을 이용할 수 있습니다. 내가 부탁하면 헴스터씨가 요트를 빌려줄 겁니다. 용맹한 이곳 군사 예닐곱을 포섭해 내가 서울로 가겠습니다. 날랜 군사 몇이면 궐 잠입에 별문제가 없을 겁니다. 대궐에서 내가 총리 가족과 일가친척을 구해 나가사키로 돌아오겠습니다. 그동안 총리는 이곳에서 안전하게 기다리면 됩니다."

내 용맹스러운 제안도 총리에게는 위안이 되지 못했다. 애절하게 고개를 저으며 그가 얼마 전에 있었던 사건 이야기를 꺼냈다. 나도 들어서 알고 있는 사건이었다. 황제의 눈 밖에 난 코레아 관료가 제물포를 통해 나가사키로 도망쳤는데 이곳까지 쫓아온 코레아 관군에게 쫓겨 죽음을 눈앞에 둔 신세가 되었다. 영국 깃발 아래에 숨으면 안전하겠다고 생각한 그가 상하이로 달아났다. 그러나 그게 끝이 아니었다. 관군이 집요하게 추적해 상하이에서 그를 찾아내 살해했다. 그의 잘린 머리는 서울 어느 곳에 높이 걸렸다. 가족과 친척은 그보다 먼저 알 수 없는 곳으로 사라졌다.

"아무것도 소용이 없어요." 총리가 괴로워했다. "해결책은 백인 여성뿐이에요. 그녀 때문에 저주가 내렸어요."

"낙담하지 마세요. 납치보다는 내 방법이 훨씬 현실적이에요. 헴스터씨는 관대한 분이에요. 원한다면 총리와 가족들을 태평양 건너 미국 땅으로 데리고 갈 수도 있어요. 코레아 사람들이 절대로 따라올 수 없는 곳이에요. 내가 보장하지요. 여기 올 때 돈은 많이 가지고 왔겠지요?"

"전 재산을 이 배에 실었습니다."

"아가씨 납치에 실패하면 코레아로 돌아가지 않을 생각이었네요."

"그건 아닙니다. 뇌물용으로 가져온 겁니다."

"그래서 아까 나를 부자로 만들어 주겠다고 한 거군요."

"그렇지요." 그가 어린애처럼 순진하게 대답했다.

"좋아요. 그럼 이제부터 내 말대로 하세요. 내가 문제를 해결해 드릴게요. 총리는 이 배의 사령관이고 내가 보기에 저 중국 선원들은 목숨을 걸고 충성을 바칠 각오가 돼 있습니다. 그래서 말인데, 우리 요트 대신 이 배로 코레아에 함께 가는 게 좋겠습니다. 내가 가서 군사들을 모아 올 테니까 총리는 용기를 충전하고 기다리세요. 지금 이 배에는 연료가 없으니까 시간과 돈은 뇌물이 아니라 여기에 투자하세요. 나가사키에서 연료를 사서 가득 채워 놓으세요. 같이 코레아로 갑니다. 총리 가족과 친척들 모두를 우리가 궁궐에서 구해 낼 것입니다. 그 후 총리는 이 배로 곧장 태평양을 건너 샌프란시스코로 가세요. 물론 쉽지 않은 계획이지만, 죽는 것보다는 낫지요. 돈이 부족하면 보태 줄 테니까 연료와 식량을 충분히 준비해 놓으세요. 자신감을 가지세요. 용기만 있으면 성공은 확실합니다. 아가씨 납치는 미련을 버리세요. 황제께 달을 따다 바칠 수는 있어도 그 여인은 아닙니다."

다음 날 다시 와서 구체적인 계획을 알려 주겠다고 총리에게 말하고 갑판실을 나왔다. 우리 선장이 중국 선원과 항해사들을 풀어 주고 배 아래로 로프 사다리를 내리라고 명령했다.

처음 두 발의 총성에 제압당해 공포에 떨던 선원들이 반항하지 않고 선장의 지시를 순순히 따랐다.

22
헴스터양 잠적하다

갑판 위 그 자리, 그 의자에 그대로 햄스터씨가 앉았다. 내가 요트를 떠날 때 봤던 자세에서 조금도 흐트러지지 않았다. 다른 의자 하나를 끌어다 놓고 앉아 내가 상황 보고를 했다. 그가 끝까지 말없이 들었다.

"그 말을 믿나?" 마침내 입을 열었다. "그 얼간이들이 우리 요트를 부숴 버렸다면 절대로 우리를 산 채로 건져 내지 않았을 거야. 그들이 우리를 다시 공격할 것 같은가?"

"글쎄요, 총리의 의지가 꺾이기는 했습니다만, 그 사람들 속은 읽을 수가 없습니다. 아무튼 우리 선장이 그쪽 선원들을 완전히 제압해 놓았습니다. 무모한 짓을 또다시 벌일 가능성은 크지 않아 보입니다. 우리 둘뿐이었는데도 꼼짝 못 하고 당했기 때문에 우리 쪽 힘을 무척 겁내고 있을 것입니다. 그래도 이미 말씀드렸듯이 그들이 무슨 짓을 할지는 장담할 수 없습니다. 얘기를 듣고 보니 코레아 총리는 큰 곤경에 빠져 있었습니다. 할 수만 있다면 그가 살아날 수 있도록 돕고 싶습니다."

"그에게 말한 계획을 기어코 실행에 옮기겠다는 얘긴가?"

"그렇습니다. 허락해 주신다면요."

"너무 자만하지 말게, 트레몬. 군사 예닐곱으로 코레아 궐문을 뚫겠다는 건 저 검정 괴물이 우리 요트를 동강 내겠다고 달려든 거나 진배없이 무모한 짓이야."

"그렇지 않습니다. 코레아 군사들은 도망가려는 자는 끝까지 쫓아가는 기질이 있지만, 과감히 맞서면 언제나 우리가 원하는 것을 얻을 수 있습니다. 드러내지 않는 습성 때문에 서양인들은 코레아를 은자의 나라라고 합니다만, 제가 보기에 그곳 관군들은 겁쟁이 나라 군대입니다. 용사 한 팀이면 충분히 승산이 있습니다."

"그럼 하고 싶은 대로 한번 해봐. 나도 도울 수 있는 만큼 도울 테니까. 그런데 자네가 꼭 총리를 책임져야 하는 건 아니야. 이 일의 근본적인 책임은 나한테 있지. 필요하면 요트와 선원들을 데리고 가게. 나는 나가사키에서 아이들과 있을 테니까. 생각 같아서는 나도 이 지역을 벗어나고 싶지만 말이야."

"그렇게 하셔도 됩니다. 저는 요트를 가지고 가지 않을 겁니다. 중국 선박으로 가야 제물포에서 시선을 끌지 않고 의심도 안 받습니다. 우리 요트는 그곳에서 즉시 발각됩니다. 제물포에는 대궐에서 나온 초병이 있겠지만, 중국 선박의 귀항은 전혀 이상할 것이 없습니다. 우리의 제물포 상륙 사실이 황제 귀에 들어가기도 전에 저는 서울로 가서 대궐에 잠입해 총리 식구와 친척들을 데리고 곧장 제물포로 귀환할 것입니다. 소설 제목처럼 '일단 배에 오르기만 하면' 그들은 안전합니다. 대궐이 정신을 차리고 추격을 준비할 때쯤이면 배는 이미 상하이에 도착했거나 태평양 한복판에 떠 있을 것입니다. 저는 상하이로 가거나 아니면 항로 중에 있는 다른 어떤 항구에 상륙할 생각입니다. 그 후 요트와 연락을 취해 어느 곳에서든 합류하도록 하겠습니다."

"그 모험에 아무 문제가 없을 거라고 확신하나?"

"문제없습니다."

"우리는 코레아에서 엄청난 위험에 처했었어."

"이번에는 황궁에 머무르는 것이 아닙니다. 단순히 육로 25마일을 갔다가 돌아오기만 하면 됩니다. 반나절, 혹은 하룻밤이면 충분합니다. 총리가 연료와 식량만 확실히 준비하면 코레아는 우리를 막을 수 없습니다. 총리의 목숨은 일각에 달렸습니다. 자신과 가족의 안위를 위해서라도 철저히 준비해 놓을 것입니다."

"알겠네. 자네가 돌아올 때까지 여기서 기다리지. 저 늙은 중국 괴물이 우리한테 돌진할 때는 들불처럼 무섭게 달려들었지만, 코레아까지 갔다 오려면 시간이 좀 걸릴 걸세. 우리도 그렇지만 선원들도 요트에만 너무 오래 있어서 많이들 지쳐 있어. 여러 사람이 한 곳에 오랜 시간 갇혀 있다 보면 일이 부드럽게 돌아가지 않는 경우가 많지. 나가사키 호텔 한 층을 빌려서 다 같이 그곳에 나가 생활할 생각이네. 자네가 탄 중국 증기선이 항구에 들어오는 모습이 보일 때까지 말이야. 보나 마나 선장은 요트에 남겠다고 할 것이고, 나머지는 모두 호텔 생활을 하게 될 걸세. 나도 기분 전환을 좀 해야겠고, 딸아이도 요트보다는 호텔이 더 안전할 듯싶네. 우리 애가 요트에 있다는 걸 알면 미친 괴물이 또 쳐들어오거나 폭탄이 날아올지도 몰라. 코레아 총리가 무슨 짓을 하려고 했는지 딸애한테도 그대로 좀 알려 주게. 그 아이가 혼자서 자꾸 시내로 나가려고 해. 중국 괴물이 여기 있는 한 한 발짝도 움직여서는 안 된다고 얘기해 주게."

"당분간은 쇼핑이나 관광을 가지 않는 것이 좋겠습니다."

"우선 그 아이가 마음을 고쳐먹어야 해."

그가 딸을 호출했다. 내가 의자 하나를 더 가져다 놓았다. 딸이 아버지 옆에 앉았다. 괴물선 갑판에서 있었던 일을 자세하게 얘기해 주었다. 그녀가 관심을 보이며 귀를 기울였다. 경호원을 동반하지 않고서는 시내에 나가지 말고 경호원이 있더라도 나가사키 한적한 곳에는 절대 가지 말라고 당부했다. 잠자코 있던 그녀가 고개를 꼿꼿이 들고 일인칭 대명사에 힘을 주어 말했다.

"나는 내가 지킬 수 있어요."

손바닥 보듯 나가사키를 꿰뚫고 있는 나는 그녀의 발상이 얼마나 위험한지 잘 알았다. 그녀의 아버지보다 내 가슴이 더 내려앉았다. 추가 경종을 울릴 수밖에 없었다.

"나가사키는 미로의 도시입니다. 지리를 잘 아는 사람도 자칫하면 길을 잃고 헤맵니다. 코레아 총리는 엄청난 돈을 가지고 이곳에 와 있습니다. 살인자건 납치범이건 마음만 먹으면 얼마든지 살 수 있습니다. 이곳 부랑자들은 돈 몇 푼에 거리낌 없이 사람을 해칩니다."

"더 이상 얘기해 봐야 소용없겠네, 트레몬." 아버지가 나를 막았다. "아무 데도 못 가게 내가 감시함세."

"그러면 아빠, 저는 지금 바로 호텔에 가 있을래요. 스위트룸으로 해 주세요. 공동 식당에는 내려가지 않을 거예요. 시중들 사람을 붙여 주세요. 밖에 안 나가고 일본인 친구랑만 있을게요. 다른 사람은 아무도 안 만나고요."

"그건 좋지. 그렇게 해라. 원한다면 호텔을 통째로 사 줄 수도 있어."

"아니요, 스위트룸이면 돼요. 제가 초대한 사람이 아니면 아무도 만나지 않을 거예요."

"내가 가도 안 만나 줄 거니?" 어색한 미소를 지으며 노신사가 농담 반 진담 반 물었다.

"아빠도 안 돼요. 아무도 안 만나요. 사람에 지쳤어요. 요트도 지겨워요. 당장 호텔로 가서 제 방으로 들어갈래요."

"그래, 그러려무나." 아빠가 무기력하게 동의했다. "트레몬씨가 호텔까지 데려다줄 거다."

"트레몬씨건 헴스터씨건 아무개씨건 다 필요 없다고 했잖아요. 꼭 같이 가야 한다면 선원 두 사람을 붙여 주세요."

"그럼 그렇게 하자꾸나. 필요한 것들을 다 챙기고 호텔에서 특실을 달라고 해라."

잠시 후 헴스터양과 일본 여성, 시녀 한 명이 갑판에 나타났다. 산더미 같은 가방도 함께 나타났다. 나프타선에 세 여성

이 타고 다른 보트 한 척에 가방들이 탔다. 두 배가 요트를 떠나 나가사키 부두로 향했다. 배가 부두에 도착하고 여성들이 상륙하는 모습이 멀리서 보였다. 그런데 여성들이 사라진 후에도 보트가 돌아올 생각을 하지 않고 한참 동안 그 자리에 꼼짝하지 않고 있었다. 기다리다 못한 헴스터씨가 돌아오라는 신호를 보내라고 선장에게 지시했다. 나프타선과 보트가 돌아왔다. 나프타선 선원이 헴스터씨에게 보고했다.

"따님께서 호텔로 가 마음에 드는 방이 있는지 확인하고 연락할 때까지 기다리라고 하셨습니다. 그리고 이 편지를 아버님께 전하라고 하셨습니다."

그가 품에서 편지를 꺼내 내밀었다. 노신사가 두 번 세 번 편지를 읽더니 내게 넘기며 곤혹스러운 표정을 지었다.

"자네는 어떻게 생각하나?"

아빠께.

제가 생각을 바꾸었어요. 쓸데없는 언쟁이 생길까 봐 떠나기 전에 말씀을 안 드렸어요. 요트도 바다도 다 싫증이 났다고 제가 그랬지요. 아무것도 안 보이는 곳으로 가서 쉬고 싶어요. 트레몬씨는 아니라고 하겠지만, 그 사람보다 일본을 훨씬 잘 아는 이곳 친구가 고맙게도 별장을 빌려주겠다고 했어요. 나가사키에서 10마일 정도 떨어진 곳이에요. 한 주나 두 주 정도 머물 생각이에요. 일본 귀족 사회를 경험해 보고 싶어요. 제가 납치될까 봐 걱정을 많이 하셨죠. 이제는 그러실 필요 없어요. 제가 가는 곳은 나가사키 호텔보다 훨씬 더 안전해요. 아무 위험이 없는 곳이에요. 트레몬씨는 자신이 대단히 유능한 사람인 것처럼 아빠에게 보이려고 해요. 제가 그렇게 얘기했다고 그 사람한테 말씀하셔도 상관없어요. 제가 지금 가는 곳도 며칠 지내다 보면 지루해질지 모르겠어요. 그럴 가능성이 크겠죠. 그래도 당장은 현실에서 벗어나고 싶어요. 돌아갈 때 다시 연락드릴게요.

사랑하는 아빠께
거티

충격적인 내용이었다. 몸과 마음과 돈, 딸을 위해 인생을 통째로 바친 아버지에 대한 배신과 무례와 오만의 편지였다. 아버지를 슬쩍 쳐다보았다. 동요나 당황의 기색은 보이지 않았다. 워낙 많이 당해 왔기 때문이라고 생각했다.

편지 내용은 매우 석연치 않고 우려스러웠다. 정황상 편지는 뭍으로 가기 전에 요트에서 쓴 것이었다. 진작부터 일본 시골에 갈 생각을 했다는 뜻이었다. 몇 가지 의문이 일었다. 별장까지 소유한 귀족 여성이 왜 하인처럼 헴스터양을 따라다녔을까? 코레아 말을 어떻게 그렇게 잘하게 되었을까? 여인의 갑작스러운 등장과 중국 선박의 출현은 관계가 없는 걸까? 일본 귀족의 탈을 쓴 코레아 총리 스파이는 아닐까?

그러나 앞뒤 정황을 맞춰 보면 내 의심은 터무니없는 것이었다. 헴스터양은 나가사키에 도착한 당일 일본 여인을 만났다. 우리 요트는 다른 어느 선박보다 속도가 빠르다. 제물포에서 나가사키까지 레이스를 해도 우리를 이길 배는 없다. 코레아 총리와 일본 여성의 스파이 계략은 있을 수 없는 일이었다.

그래도 내 의구심을 헴스터씨에게 알려야 할까? 딸이 떠난 것이 당혹스럽기는 했어도 편지 내용에 대해서는 아무런 의심도 하지 않은 채 편안해 보였다. 괜스레 동요를 일으킬 필요는 없다는 생각이 들었다. 내 공상을 깨뜨리며 조금 전과 똑같이 그가 물었다.

"자네는 어떻게 생각하나?"

"다른 사람은 배려하지 않고 자기만을 생각하고 행동하는 사람이 쓴 편지 같습니다."

"내가 봐도 그래."

"예전에도 이런 경우가 있었나요?"

"한두 번이 아니지. 뉴욕에 간다고 시카고를 떠났다가 오마하에서 나타난 적도 있어."

"걱정되지 않으신지요?"

"걱정할 이유가 없지. 자네는 불안한가?"

"별장이 있다는 일본 여성은 누군가요?"

"난 이름도 몰라. 우리가 항구에 도착하자마자 거티가 미국 공관에 가서 소개받았다고 했어. 그때부터 바로 둘이 사귀기 시작했네."

"코레아 말을 한다는 게 특이하지 않나요?"

"미국 공사도 그런 여성이 흔치는 않다고 했어. 거티가 서울에 다녀온 후에 코레아 말을 배워야겠다고 마음먹었던 모양이야. 그래서 그 여성을 수소문해서 만나게 됐네."

"코레아 말을 할 줄 아는 사람을 찾아 달라고 특별히 부탁했던 거군요."

"그래. 우리가 제물포를 떠나기 전에 그 아이가 코레아 말을 배우겠다고 나한테 얘기했었네."

"말씀을 듣고 나니 마음이 한결 편해졌습니다. 미국 공사 소개로 만났다면 문제가 없을 겁니다. 코레아 말을 하는 일본 여성이 햄스터양을 만나고 코레아 총리가 이곳에 나타나서 혹시 둘 사이에 내통이 있는 것은 아닌지 걱정했습니다."

"그건 있을 수 없는 일이네."

"코레아 총리가 일본 여성보다 먼저 나타났다면 둘의 개연성을 의심할 수 있었겠지요. 만일 둘이 한패라면 총리가 우리 요트를 침몰시키려고 중국 괴물로 돌진할 필요가 없었을 거구요."

모든 것이 명백해졌다. 더 이상 그 일에 의문을 품지 않았다. 예전에도 여러 번 햄스터양이 지금처럼 철없는 행동을 했었다는 사실이 내 마음을 편하게 했다.

그날 밤 우리는 요트를 떠나지 않았다. 헴스터양이 내륙으로 가 버렸기 때문에 호텔 투숙 계획을 철회했다. 딸이 무슨 생각을 했든, 어디를 가려고 했든, 아버지는 호텔보다 요트를 더 좋아한다는 것을 나는 알고 있었다. 저녁식사 후 힐다와 내가 갑판으로 올라갔다. 시간이 흘러 어둠이 내렸다. 나가사키 도시 전체에 불이 밝혀졌다. 거대한 오페라 무대의 화려한 조명 같기도 하고 동화 속 요정의 나라 같기도 했다. 도원경을 보는 듯 황홀했다. 그러나 황홀도 잠시, 공포 섞인 선원들의 비명이 나를 벌떡 일으켰다. 브리지에서도 고함소리가 들렸다.

"중국 놈들이 또 쳐들어옵니다!"

정말 그랬다. 괴물이 닻줄을 버리고 불도 켜지 않은 채 우리를 향해 정면으로 돌진해 왔다.

"보트로 갈아타!" 선장의 목청이 터졌다.

낼 수 있는 가장 큰 목소리로 내가 헴스터씨를 불렀다. 갑판 아래에 있던 그가 내 고함에 반응했다.

"빨리 올라오세요. 보트를 타세요."

그가 올라오는 동안 힐다를 먼저 보트에 태웠다. 나도 헴스터씨와 함께 급하게 같은 보트에 올랐다. 선원 두 사람이 있는 힘을 다해 노를 저었다. 보트가 빠르게 요트에서 멀어졌다. 순간, 우지끈 쾅 하는 충돌 소리가 들렸다. 머리 위로 시커먼 괴물이 솟아오르더니 어둠 속으로 곧장 사라졌다. 선명하지는 않았지만, 어디선가 얼핏 여자의 비명이 들렸다. 헴스터씨에게 물었다.

"무슨 소리 못 들으셨나요?"

"통나무가 빠개지는 소리를 들었지. 요트가 가라앉지 않으려나 몰라."

선장의 걸걸한 목소리가 요트에서 들려왔다.

"뒤쪽을 받혔어요. 떠 있는 데는 지장이 없습니다. 내일은 드라이 독에서 수술을 좀 받아야겠습니다."

㉓
백만 송이 집

날이 어두웠기 때문에 우리를 들이받은 괴물체가 중국 선박인지 아닌지는 확실치 않았다. 우리가 탄 보트에 선장이 합류했다. 보트가 요트 주위를 선회하며 파손 상태를 확인했다. 피해가 심각해 보였다. 선미 돌출부는 성냥개비처럼 산산조각이 났다. 떨어져 나간 방향타는 처형된 해적처럼 닻줄에 대롱대롱 걸렸다. 눈으로 당장 피해 정도를 파악하기는 어려웠다. 배에 물이 들어오지는 않는다고 선장이 보고했다. 오늘 밤에 요트가 가라앉을 걱정은 배 주인이 덜었다고 했다. 방향타가 날아갔기 때문에 프로펠러도 손상됐을 가능성이 컸다. 내일은 무조건 요트가 드라이 독으로 가야 했다. 헴스터씨의 의지와 관계없이 괴물이 우리를 호텔로 보냈다. 안전을 위해 헴스터씨가 상륙을 명했다. 나가사키 호텔이 졸지에 큰 고객을 맞았다.

아침이 밝았다. 중국 선박은 항구 어디에도 보이지 않았다. 어젯밤 폭동이 그들의 소행임이 확실해졌다. 우리 요트는 가라앉지 않고 그 자리에 그대로 정박해 있었다. 정오경에 요트가 드라이 독으로 갔다. 진단 결과 다행히도 프로펠러에는 이상이 없는 것으로 확인되어 모두가 안도의 숨을 쉬었다. 방향타는 갈아야 했지만, 나머지 부분은 간단한 목공작업으로 처리할 수 있을 정도로 심각하지 않았다. 일본인 목수들이 쉽고 빠르게 해낼 수 있다고 했다.

헴스터씨는 책상을 호텔 방으로 옮겨 일을 계속했다. 존 캐머포드가 샌프란시스코로 돌아가기 전에 마무리해야 할 세부 사항들이 남아 있었다. 선원들은 모두 오랜만에 땅을 밟으며 자유를 만끽했다. 노신사는 바다와 요트로부터 떠나고 싶어 했던 딸의 심정을 이해할 수 있다고 했다. 일본 별장에 머무르겠다는 딸의 말을 백 퍼센트 믿고 안전 문제에 신경 쓰지 않는 것이 의아했다.

충돌 사건 이후 나는 그녀가 납치되었다고 확신했지만, 내 생각을 아버지에게 털어놓는 모험을 하지는 않았다. 내 확신도 결국 추정이었다. 추측으로 불안감을 조장할 필요는 없었다. 힐다와 그 문제를 상의했다. 힐다는 어젯밤 비명을 듣지 못했다고 했다. 내가 들은 건 상상이 낳은 환청이라고 했다.

내가 더욱 의아했던 것은 코레아 총리의 도주였다. 자신과 가족에 대한 그의 우려는 분명 사실이었다. 첫 번째 시도가 실패했다고 해서 임무를 포기하고 쉽게 떠날 수 있는 처지가 아니었다. 백인 여자 없이 서울로 돌아가는 것은 그에게 죽음을 의미했다. 헴스터양을 확보하지 못했다면 야반도주할 이유가 없었다. 내가 그를 돕겠다고 했고 총리도 동의했다. 그러던 그가 내게 일언반구 언질도 없이 도망치듯 운명의 땅으로 돌아가고 있다. 백인 여성이 없으면 운명의 땅은 곧 죽음의 땅이다. 요코하마나 상하이로 가는 것일까? 그럴 사람이 아니다. 자신의 안위보다 가족의 안전을 더 챙기는 사람이었다. 자신만을 생각했다면 태평양을 건너지 않는 한 나가사키보다 안전한 곳은 없다. 결론은 확실해졌다. 헴스터양이 중국 선박에 타고 있다. 포로가 되어 서울로 압송되는 중이다. 힐다는 내 추론을 믿지 않았고, 헴스터씨는 딸의 안전을 믿어 의심치 않았다.

무엇보다 먼저 일본 귀족이라는 여자의 신분을 알아내야 했다. 미국 공사관을 찾아갔다. 담당 사무관이 미국인 특유의 친절과 배려로 니를 맞았다. 그는 얼마 전 헴스터양이 다녀간 것을 기억했다. 일본 여성은 전혀 의심할 필요가 없다고 했다. 코레아 말을 하는 것에 대해서도 명확하게 설명했다. 남편이 십 년 넘게 서울에서 일본 외교관으로 근무했고 그녀도 서울에 있었다고 했다. 그의 말에 의하면, 코레아는 그녀에게 금전적으로 불운의 땅이었다. 남편이 코레아 기업들에 큰돈을 투자했는데 그들이 모두 무일푼으로 파산했다. 그때 그녀에게 남은 건 시골집 한 채뿐, 생활비조차도 없었다. 집은 나가사키에서 멀리 떨어져 있어서 팔려고 해도 팔리지 않았다. 집이 정확히 어디에 있는지는 미국 공사도 알지 못했지만, 내가 원하면 소재지를 파악해 보겠다고 했다.

미국 공사의 이야기가 나를 허탈하게 만들었다. 나의 걱정과 의심은 괜한 것이었다. 공사는 아무 문제가 없다고 장담했다. 이방인들은 좀처럼 경험하기 힘든 일본 토속의 전원생활을 햄스터양이 한껏 즐기고 있을 것이라고 했다. 본능적으로 걸리는 부분이 있었지만, 내 추리는 입증될 수 없었다. 요트가 괴물과 충돌할 때 들었던 비명도 그러면 중국 선원의 소리였던가. 그때 내 귀에는 분명 겁에 질린 여자의 절규로 들렸다. 총리의 행동은 또 어떻게 이해해야 하나. 답이 나오지 않았다.

공사관에서 일본 여성의 이름을 알아냈다. 시골집에 대한 정보는 나중에 다시 와 받기로 했다. 미국 공사를 만난 후 이

번 사건에 코레아 사람들이 개입된 정황은 없는 것으로 결론 났다. 의구심의 원인은 결국 나의 초라한 상상력의 오류로 귀결되었다.

한 주가 또 지났다. 요트에 오른 후 가장 즐거운 날들의 연속이었다. 선장은 요트 수리 작업을 감독하기에 여념이 없었다. 햄스터씨의 비즈니스도 내가 특별히 도울 일이 없었다. 덕분에 내 사랑 힐다와 평화롭고 여유로운 시간을 한껏 즐겼다. 내가 아는 모든 정보를 동원해 나가사키의 진면모를 그녀에게 보여 주었다. 그녀도 즐거움을 만끽했다. 힘겹고 암울했던 나의 나가사키 삶에 대해서도 그녀가 궁금해했다. 경험했던 모든 것을 그녀에게 이야기해 주었다.

뭍에 오른 지 열흘이 지났다. 햄스터씨가 딸을 걱정하기 시작했다. 그때까지 딸에 대해 아무 소식도 듣지 못했다. 힐다도 오랜 무소식이 염려된다고 했다. 본래의 의문이 되살아나 내가 미국 공사관에 다시 갔다. 시골집 정보를 찾아 일주일 넘게 기다리고 있었다고 공사가 말했다. 시골집의 이름은 "백만 송이 집"이고 나가사키에서 10마일 정도 떨어진 곳에 있다고 했다. 공사가 직접 손으로 지도를 그려 내게 주면서 쉽게 찾을 수 있을 것이라고 했다. 아무도 모르게 혼자 다녀오기로 마음먹었다.

어렵지 않게 백만 송이 집을 찾았다. 매력적인 곳에 위치해 있었다. 시냇물이 흐르는 계곡 끝자락에 자리 잡은 전통 일본식 가옥이었다. 탁월한 입지였지만, 옛집이어서 입구가 황폐했고 잡초와 나무가 우거져 주택은 제대로 보이지 않았다. 안뜰에서 인기척이 느껴졌다. 소리쳐 사람을 불러 보았다. 관리인이 나와 정중한 태도로 나를 맞았다. 내가 용건을 밝히고 여인들에 관해 물었다. 세 여인이 모두 안에 있지만, 아무도 집에 들이지 말라는 엄명을 받았다고 관리인이 말했다. 내 명함을 주고 백인 여성에게 전해 달라고 했다. 그마저도 그가 거절했다. 나도 그와 같은 관리인의 입장이라고 말하고 준비해 간 선물을 건넸다. 대문의 빗장도 풀지 않고 그가 사라져 버렸다. 내게 보인 정중한 예의는 그 나라 특유의 화려한 예법일 뿐이었다. 문밖에 혼자 멍하니 섰다. 어찌해야 하나 고민하던 차에 뜻밖에도 그가 다시 돌아와 두어 번 접힌 종이 한 장을 내밀었다. 요트에서 쓰는 편지지에 햄스터양의 필체로 짧은 메시지가 적혀 있었다.

이곳에 더 머물 거예요. 나를 찾으려고 할 필요 없어요. 나는 지금 최고로 행복해요. 요트에서는 그렇지 않았어요. 그러니까 혼자 있게 놔두세요. 때가 되면 내가 연락할 거예요. 그때까지 귀찮게 하지 말고 내버려 둬요.

헴스터양이 집 안에 있는 것이 확실했다. 내 추리는 또다시 빛을 잃었다. 더 이상 무슨 할 말이 있겠는가. 곧바로 발길을 돌려 백만 송이 집을 떠났다. 제 갈 길이 구만리인데 주제넘게 남의 일에 끼어들었던 나 자신에게 화가 났다. 처음엔 사고뭉치 아가씨를 어떻게든 요트로 데려갈 생각이었다. 그래야 혼자 몰래 그곳까지 찾아간 구실이 생길 것이기 때문이었다. 그런데 그녀의 메시지를 본 순간 머리가 하얘지고 아무 생각도 나지 않았다. 그저 화만 치밀었다. 그렇게 나가사키로 돌아갔다. 그녀의 메시지는 납치에 관한 내 모든 어리석은 상상을 일시에 종식시켰다. 그래도 나를 믿었던 코레아 친구 헌오의 갑작스러운 도주는 여전히 미스터리로 남았다.

호텔로 돌아와 힐다에게 쪽지를 보여 주었다. 그녀도 헴스터양의 필체가 분명하다고 했다. 걱정을 덜어 주기 위해 헴스터씨에게도 쪽지를 전달했다. 쪽지는 확실한 효과를 발휘했다. 내 어리석은 상상이 종식되었듯 그의 염려도 깨끗이 사라졌다.

요트가 드디어 부상을 털어 내고 바다에 떴다. 선장이 요트를 몰고 정박지로 이동했다. 헴스터양으로부터 소식을 기다리며 호텔에서 일주일을 더 보냈지만, 기별이 없었다. 참다못한 아빠가 딸에게 편지를 썼다. 앞으로의 계획을 알려 달라는 간청의 편지였다. 전령이 백만 송이 집으로 편지를 가지고 갔다. 노신사는 나가사키에 많이 지쳤고, 특별히 할 일도 남아 있지 않았다. 얼마 후 전령이 돌아왔다. 그런데 아무런 답을 받아 오지 못했다. 편지를 가지고 들어갔지만, 헴스터양은 구두 메시지만 자신에게 전했다고 했다. 적당한 때가 되면 아버지께 연락하겠다는 것이 전부였다. 만족할 만한 결과가 아니었다.

넋이 나간 표정으로 헴스터씨가 요트를 배회했다. 시골집 체류를 연장한 것이 불안하다고 그가 힐다에게 말했다. 딸은 이틀 넘게 같은 생각을 한 적이 한 번도 없었다고 했다. 그가 납치라는 단어를 떠올렸다. 그러나 코레아로 납치되었다고는 생각하지 않았다. 일본인이 몸값을 노리고 인질로 잡았다고 판단했다. 헴스터씨가 직접 백만 송이 집으로 가 보기로 마음먹었다. 힐다도 함께 가기를 그가 원했다. 나는 내키지 않았지만, 어쩔 수 없었다. 힐다는 피랍을 믿지 않았다. 모두를 골탕 먹이려는 그녀의 심술이라고 생각했다. 나중에 그녀가 우리를 비웃을 것이라고 했다.

백만 송이 집 입구에서 완고한 관리인을 다시 만났다. 여전히 빈틈이 없었다. 그가 우리의 메시지를 안으로 전하겠다고 했지만, 대문 안으로는 한 발짝도 들일 수 없다고 했다. 헴스터씨가 호텔에서 써 온 편지를 그에게 주었다. 잠시 후 관리인이 딸의 답장을 가지고 돌아왔다.

아빠께.
제 걱정은 안 하셔도 돼요. 저는 행복하게 잘 지내고 있어요. 이곳에 며칠 더 있고 싶어요.

사랑하는 딸, "G"

헴스터씨가 쪽지를 읽고 힐다에게 건넸다. 말없이 그가 인력거에 올랐다. 우리도 인력거를 다시 탔다. 인력거가 덜컹거리며 백만 송이 집에서 멀어졌다. 그때 갑자기 헴스터씨가 멈추라고 소리쳤다. 인력거에서 급히 내린 그가 내게로 왔다.

"트레몬, 자네는 어떻게 생각하나?"

목소리가 분노로 떨렸다. 내가 그를 힐끗 보았다. 공포와 두려움이 얼굴에 서려 있었다.

"이유는 모르겠지만, 아가씨가 아빠의 애간장을 태우기로 작정하고 일을 벌이는 것 같습니다."

"트레몬, 이 쪽지를 다시 보게. 이건 오늘 쓴 쪽지가 아니야. 몇 주 전에 요트에서 써 놓았던 거야. 자네가 받았던 것도 마찬가지고. 둘 다 그 아이의 굵은 펜으로 쓴 글씨야. 거티는 그 펜을 가지고 나가지 않았어. 잉크도 요트에 그대로 있고 말이야. 불순한 목적을 가진 누군가가 그 아이를 속여 요트에서 이 편지를 쓰게 한 거야. 일이 어떻게 돌아가는지 모르겠지만, 거티가 저 집에 없는 건 확실하네."

내가 인력거에서 뛰어내렸다.

"즉시 알아보겠습니다. 울타리와 문짝을 부수고서라도 안으로 들어가 확인하겠습니다. 집 안에 아가씨나 일본 여성이 있으면 크게 신호를 보내겠습니다. 제 소리가 들리면 여성들이 그곳에 있다는 뜻입니다. 일단 여기서 기다리고 계십시오."

내가 온 길을 되돌아갔다. 우거진 나무 울타리를 힘겹게 뚫고 안으로 들어가 주택 현관까지 곧장 걸어갔다. 집은 완전히 비어 있는 섯처럼 보였다. 버려진 집 같은 황량한 기운이 감돌았다. 출입문을 부술 필요는 없었다. 창문 하나가 열려 있었다. 툇마루를 지나 창문 쪽으로 갔다. 관리인이 눈치채지 못하게 발꿈치를 들고 살금살금 걸었다. 창문을 넘어 안으로 들어갔다. 내부에는 가구가 하나도 없었다. 일본을 모르는 유럽인들은 이해할 수 없는 실내 풍경이었다. 일본 여성이 머물렀던 흔적이 보였다. 높이 30센티미터쯤 되는 작은 상 하나가 바닥에 놓여 있었다. 처음에 대문 앞에서 받았던 것과 비슷한 쪽지 한 장을 상 위에서 발견했다. 길게 잘린 석 장의 일본 종이도 보였다. 거기에 놀라운 지시사항이 일본어로 적혀 있었다.

종이 1: "이 쪽지는 이곳에 찾아올 젊은 남자에게 줄 것. 영어와 일본어를 하는 서양 남자임."

종이 2: "이 쪽지는 영어만 하는 나이 든 서양 남자에게 줄 것."

종이 3: "이 쪽지는 영어만 하는 젊은 서양 여자에게 줄 것."

지시사항과 함께 헴스터씨와 나, 스트레톤에 대한 간단한 설명이 있었다. 혹시라도 있을지 모르는 관리인의 실수를 방지하기 위한 세심한 배려였다. 덕분에 그는 나와 헴스터씨에게 정확히 두 메시지를 전달했다. 힐다는 관리인을 만나지 않았기 때문에 쪽지 하나는 배달되지 않은 채 그대로 있었다. 음모자는 우리가 백만 송이 집에 찾아올 것을 미리 알았다.

모든 증거물을 내가 주머니에 넣었다. 들어올 때와 달리 정문으로 당당하게 걸어 나갔다. 그리도 정중했던 관리인과 문 앞에서 마주쳤다. 나를 본 그가 정중을 버리고 소스라치게 놀랐다. 서부식으로 문제를 해결하는 것이 썩 내키지는 않았지만, 그런 사치스러운 생각으로 꾸물거리기에는 상황이 너무 급박했다. 헴스터씨의 리볼버를 허리춤에서 꺼냈다. 머리에 총을 겨누고 일본어로 말했다.

"이런 사기꾼, 여자들은 언제 떠났나? 사실대로 말하지 않으면 머리통을 날려 버릴 거야."

안에서 가지고 나온 증거물을 보여 주었다. 모든 게 끝났다는 걸 그가 바로 알아차렸다.

"선생님," 여전히 예의 바른 어조로 그가 말했다. "저는 그냥 고용된 사람입니다. 아는 것도 없고 힘도 없습니다. 여러 날 전에 배달원이 와서 편지 석 장과 지시사항을 주고 갔습니다. 주인 말고 수년 동안 이 집에 여자라고는 그림자도 없었습니다. 저는 주인이 시키는 대로 했을 뿐입니다."

거짓으로 들리지 않았다. 복잡하고 이상한 일을 여주인이 왜 시킨 것 같으냐고 물었지만, 일의 동기에 대해서는 내가 모르듯 그도 몰랐다. 서둘러 헴스터씨와 힐다가 있는 곳으로 돌아가 사건 경위를 이야기해 주었다. 그러나 그 정도의 결과로는 내 주인의 걱정을 덜어 줄 수 없었다. 백만 송이 집에 의문을 품고 쪽지의 속임수를 찾아낸 건 내가 아니라 그였다. 나는 그곳에 아무도 없다는 사실을 확인했을 뿐이었다. 그래도 어쨌든 그곳에서는 더 이상 아무것도 할 것이 없었다. 나가사키로 돌아가 당국에 납치 사실을 알리는 것이 우리가 할 수 있는 유일한 일이었다. 헴스터씨가 갑자기 많이 늙어 보였다.

급하게 호텔로 돌아갔다. 복도에서 마주친 지배인이 헴스터씨에게 봉투를 건네며 말했다.

"두 시간쯤 전에 선생님께 온 전보입니다."

그가 봉투를 뜯고 급히 읽더니 전보를 구겨 접어 한 주먹에 쥐었다.

"역시 그랬어. 그 아이는 지금 서울에 있어. 내게 연락할 방법을 가까스로 찾아낸 거야. 불쌍한 것, 불쌍한 것!"

노신사의 목소리가 흔들렸다.

"트레몬, 선장에게 출항 준비를 하라고 해. 당장 요트로 갈 거야. 제물포에서 서울까지 호위대가 필요하네. 지난번처럼 현지에서 구할 건가, 아니면 나가사키에서 데려갈 건가?"

"이곳에서 여남은 명 같이 가는 것이 좋겠습니다. 출항 전까지 구해 오겠습니다."

"그렇게 해." 그가 짧게 말했다.

선장에게 사람을 보내 헴스터씨의 결정을 알렸다. 나는 호위병을 찾기 위해 분주하게 다녔다. 쓸 만한 무기도 필요했고, 식량도 준비해야 했다. 호위병이 섭외되는 대로 하나둘씩 삼판으로 보냈다. 열댓 명의 호위대가 한꺼번에 움직이면 사람들의 주목을 끌 것이기 때문이었다.

내 임무를 마치고 호텔로 돌아갔다. 힐다와 헴스터씨가 나를 기다렸다. 캐머포드의 얼굴도 보였다. 작은 소리로 그가 헴스터씨와 얘기하고 있었다. 진지한 표정이었다. 가끔 고개를 가로저을 뿐 노신사는 말없이 벽면을 주시했다. 힐다와 내가 앞장서 선창으로 향했다. 두 사람이 우리를 따라왔다. 놀랍게도 캐머포드가 보트에 함께 올랐다. 과묵한 노신사에게 끊임없이 말을 붙였다. 보트가 요트에 닿았다. 헴스터씨가 먼저 요트에 오르고 힐다가 뒤를 따랐다. 캐머포드는 보트에 그대로 서 있었다. 곤혹스러운 표정이었다. 잠시 고민에 빠졌던 그가 나를 제치고 먼저 요트로 오르기 시작했다. 끝으로 내가 갑판에 올랐다. 헴스터씨의 두 다리는 이미 난간에 걸쳐 있었다. 불붙지 않은 시가가 입에서 돌아갔다. 캐머포드가 폴짝거리며 노신사에게로 다가갔다. 억지웃음을 지으며 그가 말했다.

"그러면 헴스터씨, 코레아로 가면서 얘기를 계속하시지요."

"좋을 대로 하시오." 노신사가 심드렁하게 대답했다. "편하게 즐기시길 바라겠소."

24
다시 제물포로

요트가 최고 속도로 바닷길을 내달았다. 코레아까지의 최단 항로를 선택했다. 다도해를 관통하는 노선이었다. 암초나 섬에 부딪혀 좌초되는 위험을 감수해야 했다. 그래도 꾸물거릴 여유가 없었다. 엔진이 있는 힘을 모두 뿜어냈다. 지난번 뱃길 때처럼 이번에도 날씨는 최상이었다. 하늘은 그림이었고, 바다는 거울이었다.

저녁식사는 묵언수행의 자리였다. 바람잡이 선장은 내려오지 않았다. 헴스터씨는 수심이 가득한 얼굴로 깊은 생각에 빠졌다. 캐머포드만이 밝은 표정으로 분위기 전환을 모색했다. 그래도 쓸데없는 농담 따위를 던지지는 않았다. 그는 특히 여성들에게 정중하고 세련된 매너를 보였다. 식당과 주방 여성들은 그를 높이 평가했다. 그의 친화력이 부러웠다. 배워서 터득한 게 아니라 천부적으로 타고난 것이었다. 그는 주변 사람들을 자신에게 끌어들이는 최면술사 같은 능력을 갖췄다. 나는 그를 믿을 수 없는 건달로 여겼었다. 그런데 대화를 하다 보면 사람의 마음을 끄는 마법의 힘이 그의 허물을 덮었다.

상석의 노신사는 캐머포드의 마법에 걸려들지 않았다. 그들의 거래에 걸림돌이 생긴 것 같았다. 하지만 캐머포드에게 불안이나 근심의 흔적은 없었다. 목소리에는 자신감이 실렸다. 누가 봐도 요트의 불청객으로 보이지 않았다. 우리의 보스는 철저히 침묵했다. 불청객은 자신의 세련된 화법에 햄스터씨까지 포함시켰지만, 묵언수행을 하는 주지에게 말을 붙이거나 질문을 던지는 우를 범하지는 않았다. 힐다 역시 캐머포드의 말에 반응하지 않았다. 햄스터씨가 심란했기 때문에 힐다 또한 심란했다.

노신사와 캐머포드 사이에 실제로 갈등이 생겼다면 과연 누가 승자가 될지 궁금했다. 카드는 노신사가 쥐고 있었지만, 캐머포드의 무사태평과 자신감으로 볼 때 호락호락 넘어갈 것 같지는 않았다. 캐머포드는 수십억 달러를 주무르는 신세대 재무 브로커였다. 과거의 브로커들은 기껏해야 수억 정도를 돌렸었다. 나는 물론 햄스터씨 편이지만, 내가 도박꾼이었다면 캐머포드에게 돈을 걸었을 것이다. 어쩌면 이것도 그의 최면에 넘어갔기 때문인지 모른다.

캐머포드는 거대 기업연합을 혼자 만들 수 없었다. 헴스터 씨가 필요했기 때문에 그를 무시하거나 떠날 수 없었다. 노신사가 카드를 쥐고 있다는 것은 그런 의미였다. 그런데도 캐머포드는 끝 모를 자신감을 보였다. 결국에는 그의 뜻대로 헴스터씨가 끌려갈 것으로 생각되었다. 양자의 대립 결과를 예의주시하며 기다렸다. 이 흥미진진한 무대에서 과연 누가 클라이맥스를 연기할 것인지 기대가 됐다.

저녁식사 후 힐다가 갑판으로 올라왔다. 반 시간쯤 둘이 걸었다. 그날의 사건과 앞으로 닥칠 사태의 불확실성이 어린 숙녀의 어깨를 무겁게 짓눌렀다. 근간의 삶이 그녀를 지치고 침체되게 만들었다. 비겁하다는 생각이 들었지만, 심신이 지친 틈을 타 결혼 이야기를 꺼냈다.

"힐다, 요트가 나가사키로 돌아가면 곧바로 미국 공사관에서 결혼식을 올려요. 그리고 요코하마 정기선을 타고 샌프란시스코로 갑시다."

아무 말이 없었다. 새초롬 입을 다물고 바다을 보며 조용히 걸었다.

"이 시간의 시카고 풍경을 떠올려 봐요!" 향수가 반응하기를 기대하면서 내가 들뜬 듯 말했다. "시내 식당에서 저녁을 먹고 거리로 나가는 거예요. 휘황한 가로등과 네온사인 조명, 도로를 메운 화려한 자동차들의 질주와 경적, 야간 극장이 문을 열고, 쌍쌍이 팔짱을 끼고 안으로 들어가지요. 나와 함께 시카고로 떠나요."

희미한 미소를 지으며 그녀가 나를 올려다보았다.

"회장님 말씀대로 루퍼트는 보호자가 필요하네요. 이 시간의 시카고는 새벽이에요. 극장들이 새벽부터 왜 문을 열겠어요? 루퍼트가 들은 건 자동차 경적이 아니라 새벽닭 울음소리예요. 시카고를 모르시나 봐요. 그림이 설득력이 없어요. 어쨌든 루퍼트가 그곳에 있으면 저도 그곳에 있을 거예요. 나가사키에서의 보호자 계약식은 루퍼트 뜻대로 받아들일게요. 잘자요, 사랑해요." 기쁨을 표할 틈도 없이 그녀가 사라졌다.

시가에 불을 붙이고 혼자 갑판을 걸었다. 후갑판을 걸을 때 차분하게 가라앉은 캐머포드의 말소리가 들렸다. 식사 이후 그는 줄곧 헴스터씨와 심각한 대화를 나누었다. 헴스터씨는 대화가 빨리 끝나기를 바라는 눈치였지만, 캐머포드는 정반대였다. 극도로 진지하게 어떻게든 계속 협상을 이어가려 했다. 그들의 대화 톤이 그랬다. 헴스터씨가 자리에서 벌떡 일어났다. 불붙지 않은 시가를 바다로 던졌다. 그의 목소리가 또렷

하게 들렸다.

"내가 말했잖소, 캐머포드씨. 나가사키에 가기 전까지는 이 문제를 논의하지 않을 것이오. 모든 서류가 호텔 책상 서랍에 있고 열쇠도 호텔 방에 있소. 그곳에 갈 때까지 사업 얘기를 하지 않을 것이오."

"그곳으로 가신 후에는 어떻게 하실 생각이신가요?"

"나한테 가장 이익이 되는 방법으로 일을 처리할 것이오."

"저는 헴스터씨를 믿습니다. 말씀은 그렇게 하셔도 공정한 결정을 내리실 것으로 압니다."

"믿어 주니 고맙소." 그가 퉁명스럽게 내뱉고 계단을 내려 갔다. 홀로 섰던 캐머포드가 나를 보고 성큼성큼 다가왔다.

"불 좀 빌릴까요?" 내게 호의를 베풀 듯 그가 말했다.

성냥을 그어 내밀었다. 불을 가져갈 때까지 팔을 뻗고 있었다.

"고맙소. 트레몬, 한때 우리는 친구였어요. 그렇지요?"

"유명한 문구 하나가 생각나네요."

"어떤?"

"신이 나를 친구로부터 구해 주었다."

그가 웃었다. "딱 맞는 말이네요. 우리 사이의 빚은 다 청산 된 걸로 아는데, 지나간 건 지나간 대로 잊어 버려요."

"그래야죠."

"이번 일은 트레몬씨에게도 책임이 있어요. 나는 돈을 모두 돌려줬어요. 강요 때문에 그랬지만 상관없어요. 노인이 내게 보낸 편지를 트레몬씨도 읽었지요? 약속은 약속이에요. 편지에 있는 대로만 하면 나와 사업 제휴를 하겠다고 쓰여 있었어요. 생각나지요?"

"물론입니다. 헴스터씨가 제게 베풀어 주신 아량도 잊을 수 없지요."

"남의 돈으로 베푸는 아량은 아량이 아니에요. 지금 뭐 그런 걸 따지자는 건 아니에요. 계약서대로 나는 내 쪽 일들을 성실하게 다 처리했어요. 그런데 헴스터씨가 나를 내치려고 해요."

"헴스터씨는 사기성이 있어서 믿을 수 없다고 한 캐머포드씨의 말이 생각납니다."

"그랬지요."

"그러면 캐머포드씨가 내치지 그러세요."

"문서상으로 약속 받았기 때문에 이런 일이 생길 줄 몰랐어요."

"문서를 지금도 가지고 계시겠지요. 약속대로 하지 않으면 고소해서 보상을 받아 내세요."

"그렇게 쉽게 말할 게 아니에요. 내가 원하는 건 고소가 아니라 사업이에요. 재벌과 싸워서 이길 승산이 있겠어요?"

"그건 모르겠습니다. 제게 무엇을 바라시나요? 조언인가요?"

"그냥 상황을 말해 주고 싶었어요. 노인의 마음을 돌릴 방법이 있으면 듣고 싶기도 했고요."

"드릴 수 있는 말씀이 없습니다."

"그가 약속을 지키지 않으면 내 돈은 돌려주는 게 마땅한 거 아닌가요?

"그렇게 생각합니다."

"고맙네요. 내가 바랐던 바예요."

"뭘 바라셨다는 건가요?"

"돈을 돌려주는 거지요."

"뜻밖입니다. 제가 한 푼이라도 돌려 드릴 거라고 기대하시는 건 아니겠지요?"

"말과 행동이 다르군요."

"그렇지 않습니다. 언행일치를 중요하게 생각합니다만, 그 돈은 제 돈입니다. 돈에 대해 저는 아무 약속도 한 것이 없습니다. 총액의 절반을 주시겠다면서 여러 조건을 제시했을 때도 모든 것을 거절했습니다. 작은 약속이라도 했다면 반드시

지킬 것입니다."

"노인이 트레몬을 대신해서 약속을 했어요. 책임이 있는 거 아닌가요?"

"아닙니다. 캐머포드씨가 편지를 보여 주기 전까지 저는 아무것도 몰랐습니다. 제 대신 약속하신 게 아닙니다."

"한 치의 빈틈도 없네요. 트레몬씨의 언행을 비난했던 말을 취소하지요. 50만 불은 나한테도 큰 부담이 되는 돈이에요. 그래도 고래를 잡기 위해 청어를 던졌지요. 고래도 놓치고 청어도 뺏기면 일본까지 달려와서 나는 사업을 말아먹게 돼요. 그럴 수는 없지요. 이 사업은 수백만 달러의 가치가 있어요. 트레몬씨가 오십만 불을 우리 연합에 투자하면 한 달 내에 두 배로 만들어 줄게요."

"예전에도 똑같은 말씀을 하셨지요."

내가 재미있는 농담이라도 했다는 듯 그가 크게 웃었다.

"몇 년 전에 그랬지요. 지금은 달라요. 그 이후에 우리 둘 다 많은 걸 배웠잖아요."

"맞습니다. 아주 많은 걸 배웠습니다. 그래서 투자하지 않고 안전한 곳에 저축할 겁니다. 일주일 안에 저는 미국 공사관에서 스트레톤과 결혼합니다. 그 돈은 우리의 결혼 자금입니다."

"그렇군요. 축하해요. 대충 눈치는 채고 있었어요. 참하고 매력적인 신부를 만났네요."

"감사합니다."

캐머포드는 치고 들어가야 할 때와 빠져나와야 할 때를 알았다. 50만 불에 대해 더 이상 이야기하지 않았다. 헛웃음을 터뜨리며 그가 말했다.

"노인은 내가 자신의 꿍꿍이를 모르는 줄 알아요. 뻔히 알지요. 그는 시간 게임을 하고 있어요. 미끼를 던져 놓고 나를 동방에 묶어 놓겠다는 거예요. 시간이 흘러서 내가 확보한 옵션의 가치가 떨어지면 그때 헐값에 거래하겠다는 거지요. 그는 결국 자가당착에 빠지게 될 거예요. 그가 생각하는 것보다 나는 훨씬 많은 카드를 가지고 있어요. 나는 그와 나 사이에 어떤 문제도 생기지 않길 바랍니다. 서로의 이익을 위해서 공정한 거래가 이루어지기를 바랄 뿐이죠. 그가 정직한 게임을 하면 나도 정직하게 응할 겁니다. 남자의 입에서 한 번 나온 말은 반드시 지켜져야지요. 약속을 지키라는 게 무리한 요구는 아니잖아요. 안 그래요?"

"당연한 요구입니다."

"그래서 말인데, 나 대신 헴스터씨한테 얘기 좀 해 줘요. 트레몬씨 말이라면 포도나무에 수박이 열린대도 믿잖아요. 내

요구가 당연한 거라고 했으니까 내 입장을 전해 줄 수 있겠지요?"

"그건 제 일이 아닙니다. 그분께 불편한 일을 할 수 없습니다."

"노인이 정직하지 못하다고 했잖아요."

"그런 적 없습니다. 캐머포드씨가 한 말입니다. 저는 그분의 판단을 모릅니다. 거래를 꺼리는 중요한 이유가 있을 것입니다."

"그러면 약속 이행을 전제로 받아 간 돈은 돌려줘야지요."

"또 그 말씀이신가요? 그 얘기는 더는 하고 싶지 않습니다. 저쪽 계단 위에서 두 분의 대화를 우연히 들었습니다. 캐머포드씨는 그분을 믿는다고 하셨어요. 그러면 끝까지 믿어 보셔야지요."

그가 뜻 모를 미소를 지었다. 얼굴이 반쯤 일그러졌다. 내 고집불통에 저주를 퍼붓는 중이었다. 잠시 정적이 흘렀다. 그가 불쑥 말했다.

"딸이 납치되었다는 건 사실이 아니지요?"

"누가 그런 얘기를 했나요?"

"노인이 했어요. 그래서 사업 얘기를 하고 싶지 않다고 했어요."

"사실입니다. 그래서 사업 얘기를 하고 싶지 않다는 것도
사실일 겁니다. 제가 캐머포드씨라면 딸 문제가 해결될 때까
지 사업 얘기를 꺼내지 않을 겁니다."

"그래야겠군요. 트레몬씨 말대로 하지요. 딸 얘기는 나를
요트에 태우지 않으려고 만들어 낸 허풍인 줄 알았어요."

"그렇지 않습니다. 방해 받고 싶지 않다는 뜻으로 말씀하셨
을 겁니다. 캐머포드씨답지 않게 간파를 못 하셨네요."

"아 그건," 그가 정색하며 말했다. "지난 몇 주 동안 노인이
저를 조롱했기 때문이에요. 그가 정직했으면 나도 노인을 믿
었겠지요. 그는 생각처럼 쉽게 나를 떼어 내지 못할 겁니다.
그렇게 떨어져 나갈 내가 아니지요. 약속을 지킬 때까지 붙들
고 늘어질 겁니다. 트레몬씨도 그걸 명심해야 해요."

"명심하도록 노력하지요."

"정직한 처신을 하도록 햄스터씨에게 말해 줄 생각은 추호
도 없나요?"

"그렇습니다. 제가 보기에 그분은 충분히 정직하게 살아오
셨습니다."

"그렇군요. 배는 언제 코레아에 도착하나요? 항구 이름은
모르겠지만."

"내일 밤 제물포에 도착할 예정입니다."

"제물포? 시카고라면 좋겠네. 잘 주무시오."

"안녕히 주무세요."

그가 어둠 속으로 사라졌다.

㉕ 모험 끝 새로운 연합

다음 날 늦게 제물포항에 도착했다. 밤 열 시가 조금 넘었다. 평소와 달리 햄스터씨가 안절부절 초조한 기색을 감추지 못했다. 당장 서울로 가자고 했다. 내일 아침 날이 밝기 전까지는 부두가 열리지 않아 상륙할 수 없다고 내가 보고했다. 용감한 건지 무모한 건지 캐머포드는 무력을 사용해서라도 상륙을 강행하자고 했다. 어떻게든 밤사이에 서울로 가자는 것이었다. 귀가 솔깃해진 노신사가 그의 말에 동의했지만, 내가 만류했다. 상황이 예민하기 때문에 되도록 조용히 일을 처리해야 한다고 했다. 꼭 필요하지 않으면 무기도 사용하지 않는 것이 좋겠다고 건의했다.

"뉴욕에서도 해가 진 후에는 육지에 오를 수 없습니다. 다

급해도 참고 기다려야 합니다."

그다지 설득력 있는 말은 아니었지만, 헴스터씨가 마음을 바꾸었다. 쓸데없이 주목받는 것을 그도 원치 않았다. 내일의 험난한 여정을 위해 일찌감치 잠자리에 들기로 했다.

헴스터씨가 뜬눈으로 새운 밤이 지나고 날이 밝았다. 내가 아침 일찍 갑판으로 올라가 군사들을 점검했다. 보스 외에는 한 명도 보이지 않았다. 어찌 된 일이냐고 물었다.

"야밤에 아무도 모르게 삼판에 태워 육지로 보냈습니다. 부두에서 3~4킬로미터쯤 벗어나 서울로 가는 길목에서 기다리라고 했습니다. 그래야 아침에 하선할 때 저희 때문에 의심받는 일을 피할 수 있을 것으로 판단했습니다."

나보다 사려가 깊었다. 그의 선견지명을 칭찬해 주었다. 그의 말대로 우리는 서울로 향하는 길목에서 군사들과 합류했다. 그날 아침 요트에서 한 가지 불가사의한 일이 있었다. 캐머포드가 감쪽같이 사라진 것이었다. 침실을 살펴보았지만 잠을 잔 흔적이 없었다. 선원들도 그를 보지 못했다고 했고 합류한 군사들도 마찬가지였다. 올 때처럼 그렇게 불쑥 불청객이 사라졌다.

힐다는 서울행을 몹시 꺼렸다. 평생 잊지 못할 만큼 서울을 충분히 경험했다고 내게 말했다. 속을 모르는 헴스터씨는 힐다가 함께 가기를 원했다. 언제나 그랬듯 힐다는 군말 없이 그를 따랐다. 노신사를 배려해 그녀는 자신의 심경을 내색하지 않았다.

서울 길을 절반쯤 내달았을 때 제물포 방향으로 행군 중인 한 무리의 코레아 군사들과 마주쳤다. 일전 불사의 각오로 내가 호위병을 데리고 말을 몰아 그들에게로 갔다. 군대가 행군을 멈추었다. 지휘관이 말을 타고 천천히 내게로 왔다. 놀랍게도 그는 코레아 총리였다.

"이런 늙은 사기꾼 같은…." 내가 소리쳤다. "불행히도 아직 머리가 붙어 있네. 이 군사들로 뭘 하려고? 우릴 막겠다는 겁니까?"

"아닙니다. 영접을 나온 겁니다. 황제께서도 환영의 뜻을 보내셨어요."

"사실대로 말하는 것이 신상에 좋을 것이오. 우리가 오는 걸 알지 못했을 텐데 환영이라니?"

"오늘 아침 성문이 열리자마자 백인 외교관이 우리에게 와서 알려 줬어요."

"백인 외교관? 아, 캐머포드! 그 사람이 서울에 갔다고요?"

"그렇습니다. 큰 환대를 받았어요."

"그가 총리에게 우리를 만나라고 했나요?"

"아닙니다. 백인 공주의 요청으로 우리가 여기에 왔습니다."

"이런 악당 같으니… 결국 당신이 납치했군! 공주의 손끝 하나라도 건드렸으면 당신 모가지가 떨어지고 대궐도 통째로 날아갈 줄 알아!"

"진정하고 내 말 좀 들어 봐요. 납치 건은 참으로 유감입니다만, 나로서는 어쩔 수가 없었어요. 공주를 데려오지 못했으면 나와 친족 모두 목이 떨어져 나갔어요. 그런데 세상에, 이제는 공주가 제 발로 대궐을 떠나지 않으면 황제께서 나를 처형하겠다고 하십니다. 공주가 궁에 도착했을 때 이곳 상황은 아주 좋지 않았습니다. 외인 군대가 쳐들어왔고 황제의 목숨도 위태로웠어요. 백인 공주까지 돌볼 겨를이 없어서 곧바로 돌려보내려고 했는데 공주는 부친인 시카고 왕이 전함을 가지고 제물포로 와야 돌아가겠다고 했습니다."

"공주는 궁에 있나요?"

"아닙니다. 지금 이곳으로 오고 있습니다. 백인 외교관과 함께 오는 중입니다. 아, 저기 보이네요. 언덕을 넘어오고 있습니다. 공주는 아버지를 무척 보고 싶어 했습니다. 트레몬씨가 오는 건 기대하지 않았어요."

"총리, 공주가 지나갈 수 있게 길을 터 주세요. 나는 돌아가서 공주의 아버지인 시카고 왕께 사실을 알릴 겁니다."

내가 말을 돌려 우리 진영으로 갔다. 아무런 문제없이 모든 일이 잘 풀렸다고 보고했다. 왕이 안도의 숨을 크게 내쉬었다.

보고를 마칠 즈음 공주 행렬이 우리 호위병 사이를 통과했다. 노신사가 딸을 맞으러 앞쪽으로 말을 몰았다. 딸도 말에 앉은 채 아버지에게 왔다. 애틋하고 정감 어린 표정으로 딸이 아버지를 맞았다. 오랜만에 보는 흐뭇한 광경이었다. 딸이 팔을 뻗어 아버지의 목을 휘감았다. 노신사가 하마터면 낙마할 뻔했다. 장난기 그득한 여고생의 모습으로 그녀가 우리 일행에게도 인사를 보냈다.

아버지의 뼈를 삭혔던 납치 사건이 딸에게는 더없이 즐거운 궁중 놀이였다. 헴스터양이 끊임없이 웃으며 흥분을 감추지 못했다. 말없이 있던 힐다에게 다가가 그녀가 친자매처럼 다정하게 키스했다. 한때라도 보석을 멀리하고 동양의 작은 짐승-일본 여성을 그녀가 그렇게 불렀다-을 좋아했던 자신을 책망했다. 내게도 사랑하는 연인처럼 상냥하고 친절하게 대했다.

애와 증이 함께 어린 작별 인사를 내가 헌오에게 건넸다. 시원섭섭하다는 말이 딱 들어맞는 이별이었다. 나는 그를 떨쳐 낼 수 있어서 좋았고, 그는 내게서 벗어날 수 있어서 좋았다. 그날 이후 우리는 다시 보지 못했다. 우정도 증오도 회유도 대립도 모두 추억이 되었다.

그날의 제물포행은 즐거운 소풍길이었다. 소풍길 내내 햄스터양은 피랍 모험담을 소설처럼 늘어놓았다. 그렇게 유쾌한 모습은 근래 들어 본 적이 없었다. 햄스터씨도 딸의 열변과 유머에 간간이 웃음을 보였다.

일본 여성은 코레아 조정에서 돈을 받고 포섭된 스파이였던 것으로 밝혀졌다. 코레아 총리가 전보를 쳐 어떻게든 햄스터양의 믿음을 사라고 일본 여성에게 지시했었다. 여성이 즉시 미국 공사관에 통역원 등록을 했고, 기대보다 훨씬 빨리 흡족한 결과를 끌어낼 수 있었다. 백만 송이 집으로 갈 생각은 애당초 없었다. 여성은 햄스터양에게 일본 귀족 사회의 여러 가문을 탐방하자고 했다. 아니면 최소한 나가사키 근처의 귀족 마을과 가정들을 방문하자고 유혹했다. 그러려면 많은 시간이 필요하고 극비리에 진행해야 한다고 설득했다. 계획에 따라 여성이 세 통의 편지를 작성하고 햄스터양이 필사했다. 편지는 백만 송이 집 관리인에게 넘겨졌다. 우리 쪽 누군가가 햄스터양을 찾아오면 상대에 맞게 편지를 하나씩 전달하도록 지시했다. 햄스터양에게는 일본 귀족 사회 방문이 무척 매력적이었다. 일본 여성의 계획도 빈틈없고 타당해 보였다. 아무 의심 없이 그녀가 스파이의 각본을 그대로 따랐다. 내가 백만 송이 집에서 햄스터양의 쪽지를 받고 감쪽같이 속았다고 하자 그녀가 배를 잡고 눈물이 날 만큼 웃었다. 햄스터양이 호텔로 가겠다며 요트를 떠나 나가사키에 상륙한 날 일본 여인은 햄스터양과 시녀를 해안 찻집으로 데려갔다. 그곳에서 함께 차를 마시고 두 여성은 완전히 기억을 잃었다. 무아의 시간이 얼마나 흘렀을까, 눈을 떠 보니 중국 선박이었다. 이것이 햄스터양을 통해 알게 된 납치 사건의 전말이었다.

"그들이 우리 요트를 침몰시키려고 했던 걸 알고 있었나요?"

"아니요. 정신이 혼미했어요. 닻이 올라갈 때 눈을 떴는데 머리가 멍하고 아팠어요. 그때 쾅 하고 충돌이 있었어요. 악을 쓰며 비명을 질렀지요. 그랬더니 중국 짐승들이 우리를 선실에 가두어 버렸어요. 그때부터 줄곧 거기에 갇혀 있었어요. 짐승들은 제물포로 가지 않고 근처 다른 해안에 상륙했어요. 그곳에서 서울로 갈 때까지 정말로 무서웠는데 서울에 도착해서는 황제와 대신들이 너무나 잘해 줘서 왕비가 된 기분이었어요. 이제야 제가 바라던 대로 황제 면담이 이루어지나보다 했는데 목숨 걸고 저를 잡아 온 총리가 저더러 코레아를 떠나라고 했어요. 뭐 이런 싱거운 사람이 다 있나 싶었죠. 총리는 제가 낡은 중국 선박을 다시 타고 돌아가기를 바랐어요. 아버지가 올 때까지 가지 않겠다고 버티던 중에 캐머포드씨가 저를 데리러 온 거예요."

요트가 나가사키를 향해 선수를 돌렸다. 아름다운 코레아 연안을 따라 꿈같은 항해를 즐겼다. 헴스터양은 완전히 다른 사람이 되어 있었다. 주위를 배려할 줄 아는 사려 깊고 성숙한 여성이 되었다. 캐머포드는 이번 일을 통해 용감하고 헌신적인 기사도 정신을 보이면서 진가를 인정받았다. 힐다와 나도 그를 다시 보게 되었다. 헴스터양은 왕 헌팅을 그만두고 시카고로 돌아가겠다고 하여서 아버지를 기쁘게 했다.

나가사키에 도착하자마자 나는 미국 공사관에 결혼식 예약을 했다. 결혼 소식을 들은 헴스터양이 힐다에게 가슴에서 우러나는 축하를 보냈다. 캐머포드도 축제에 동참할 수 있게 해 달라고 졸랐다. 결혼식 날, 다 함께 미국 공사관으로 갔다. 캐머포드가 나서서 미국 공사에게 정중하게 부탁했다.

"국제결혼보다 자국민의 결혼식을 먼저 하는 게 순서일 것 같습니다. 예약도 제가 먼저 했고 말이지요."

공사가 웃으며 그렇게 하자고 했다. 헴스터양이 밝게 웃으며 걸어와 캐머포드의 손을 잡았다. 뜻밖의 광경에 내가 깜짝 놀랐다. 힐다도 눈이 동그래졌다. 두 사람이 공사 앞에 섰다.

자신들의 나랏법에 따라 그들이 결혼식을 올렸다.

"이 연합은 어떻게 생각하시나요, 장인어른?" 캐머포드가 두 손을 내밀며 환한 미소로 햄스터씨에게 말했다.

노신사가 손을 잡으며 나지막이 대답했다. "거티를 행복하게 해 주는 사람이면 누구든 나도 대만족일세."

드디어 힐다와 내가 국제결혼을 올릴 차례가 되었다.